상실 여행

상실 여행

발행일	2017년 6월 21일		
지은이	한 혜 경		
펴낸이	손 형 국		
펴낸곳	(주)북랩		
편집인	선일영	편집	이종무, 유재숙, 권혁신, 송재병, 최예은
디자인	이현수, 이정아, 김민하, 한수희	제작	박기성, 황동현, 구성우
마케팅	김회란, 박진관		
출판등록	2004. 12. 1(제2012-000051호)		
주소	서울시 금천구 가산디지털 1로 168, 우림라이온스밸리 B동 B113, 114호		
홈페이지	www.book.co.kr		
전화번호	(02)2026-5777	팩스	(02)2026-5747

ISBN   979-11-5987-613-4 03810(종이책)   979-11-5987-614-1 05810(전자책)

이 도서의 국립중앙도서관 출판예정도서목록(CIP)은 서지정보유통지원시스템 홈페이지(http://seoji.nl.go.kr)
와 국가자료공동목록시스템(http://www.nl.go.kr/kolisnet)에서 이용하실 수 있습니다.
(CIP제어번호 : CIP2017014269)

한/혜/경 장편소설

상실 여행

꿈을 꾸는 것이 삶
꿈을 꾸는 일만이
이루어진다는 의미일 수도 있고
우리가 경험하는
이 모든 것이 꿈이라는 의미일 수도 있고….

북랩 book Lab

작가의 말

 태양이 떠 있고 붉은 땅과 파란 하늘이 있는 곳에서 눈을 뜬다. 그곳에는 각자의 욕망에 따라 움직이는 수많은 생명체들이 있다. 그리고 그것들 중 일부는 우리와 어떤 관계로 맺어져 있다. 곁에 있는 모든 것이 너무 익숙해서 없는 것이 오히려 이상하다고 느낄 때 즈음 우린 그것을 상실한다. 연인, 가족, 친구 혹은 젊음, 건강, 재산 등 많은 소유물들이 차례로 사라진다. 그제야 우린 눈 앞에 펼쳐진 시간과 세상을 의심한다.

 슬픔과 안타까움 속에 존재를 사유한다. 그리고는 깨닫는다. 상실한 것이 아니고 버려야 했던 것임을. 완벽한 죽음이 새로운 세상을 여는 문이듯, 잃어버린 하나에서 탄생하는 소중한 하나를 알게 된다. 그리고 어차피 사라져버릴 모든 것의 바닥, 그 깊은 곳에 흐르는 변함없는 사랑, 그것을 통해 치유 받는다.

차례

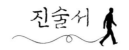

진술서

그날 전 B 신도시를 향하는 넓은 고속도로를 달리고 있었습니다. 그녀는 조수석 뒷자리에 앉아 가는 길 내내 입을 굳게 다물고 창밖을 뚫어져라 바라보고 있었습니다. 뒷자리 창에는 짙은 햇빛 가림막이 드리워져 있어, 밖이 거의 보이지 않았습니다. 때문에 저는 운전하는 내내 그녀가 무엇을 저렇게 골똘하게 보고 있는 것일까 의아했죠.

차가 고속도로를 벗어나 신호를 받았을 때, 전 잠시 뒷자리를 향해 얼굴을 돌렸습니다. 그 순간 길고 곧은 다리를 꼬고 앉아 있던 그녀는 아무것도 보이지 않는 창에서 눈을 떼고 제 얼굴을 보았죠. 서로 눈이 마주치자 그녀는 희고 고른 이를 드러내고 미소를 지었습니다. 그제야 앞자리 운전석에 있는 내 존재를 겨우 깨달은 듯 황급하고 어색한 미소였습니다.

저는 도무지 이해할 수가 없었어요. 그녀 같은 여자에게 이런 상황은 도무지 어울리지 않는다고 생각했죠. 실은 솔직하게 묻고 싶었습니다. 매번 이런 식이냐고. 하지만 차마 용기가 나지 않았습니다.

민석은 A4 용지에 적힌 짧은 진술서를 읽고 난 후 고개를 뒤로 젖혔다.

'B 신도시'

민석은 아내와 함께 그곳에 가본 적이 있었다. 그 도시로 가는 도로는 왕복 10차선으로 만들어져 넓고 시원스러웠다. 새로 입힌 아스팔트는 대리석처럼 매끄럽고 깔끔했다. 도로 주변에 심어진 어린 나무들은 누군가의 명령에 의하여 세워진 병정들처럼 줄을 꼭 맞추고 있었다. 곧게 뻗은 도로와 일정한 간격으로 스쳐 지나가는 나무, 그리고 네모반듯한 회색 건물…. 신도시 주변이 그렇듯 모든 풍경들은 인공적으로 규격화되어 있기 때문에, 인상 깊게 새겨둘 만한 부분은 없었다. 결국 민석은 아내와 함께 왜 그곳에 갔는지, 그곳에서 무엇을 했는지 기억해낼 수 없었다. 그저 차 안에서 보았던 무미건조한 거리와 아내의 옆모습 정도만 어렴풋하게 떠올릴 수 있을 뿐.

옆자리에 앉아 있던 아내는 차 안에서 흘러나오는 노래를 작은 목소리로 흥얼거리듯 따라 부르며 넓고 큰 길의 저 끝, 소실점을 향해 멍한 시선을 던지고 있었다.

그때 아내의 시선이 너무 멀리 나가 있었던가?

민석은 오른손을 들어 목덜미를 문지르며 두 눈을 지그시 감았다. 다음 대목을 이어 읽기 전에 잠시 여유가 필요했다. 그는 의자에서 일어나 방안을 서성거렸다. 깊은 밤이지만 그는 집안 어디에도 불을 켜지 않았다. 붉은 빛깔 원목 책상 위에 작은 스탠드 조명만이 읽고 있던 A4 용지를 겨우 비추고 있었다.

한때 이 집은 밝았고, 아내가 있었다. 길고 마른 체형인 아내는 키가 큰 설치류처럼 가벼운 몸짓으로 빠르게 온 집안을 돌아다니곤 했다.

'키 큰 설치류? 과연 그런 동물이 있기는 한가?'

민석은 문득 생각해낸 엉뚱한 비유에 자기도 모르게 허탈한 미소를 지었다. 아무튼 길쭉한 팔 다리로 집안을 정리하며 다니는 모습은 의외로 민첩했고, 때로는 우스꽝스러워 보였다. 우아함과 경박함이 교묘하게 조화를 이룬 몸짓이랄까?

아내는 저녁 식사를 할 때 주로 낮에 병원에서 있었던 일들을 이야기했다. 그녀는 종종 특유의 유머나 농담을 섞어 말하곤 했는데, 민석은 그 가벼움이 낮 동안 흰 가운을 입고 환자를 돌보는 진지한 이미지와는 전혀 어울리지 않는다고 느꼈다. 하지만 민석은 아내의 그런 이중적인 모습을 좋아했다.

아내를 처음 본 것은 시내에 있는 한 커피 전문점에서였다. 그곳은 바닥과 벽 그리고 테이블까지 모두 메이플 나무목으로 꾸며져 있어, 아늑하고 따뜻해 보이는 장소였다. 민석은 그날 친구인 현준과 머지않은 미래에 자신들이 하게 될 사업에 대하여 열띠게 이야기하고 있었다. 당시 민석의 관심은 대부분의 청년들이 그렇듯 자신이 계획하고 있는 일이 크게 성공하여 사회적으로 인정받는 위치에 오르는 데 있었다. 대화가 한창 무르익었을 때 갑자기 유리문이 열리면서 둘 사이 달아오른 열기 사이로 차가운 바람이 훅 끼어들었다. 순간 대화가 뚝 끊어지고, 민석의 시선은 카페 안으로 들어오는 한 젊은 여인에게 고정되었다. 키가 크고 팔과 다리가 길어 한눈에 봐도 눈에 띄는 여성이었다.

그녀는 짙은 푸른색 청바지에 밀리터리 룩의 낡은 점퍼를 입고 있었다. 어깨까지 자연스럽게 풀어놓은 갈색머리와 점퍼의 카키색이 매우 잘 어울렸다.

배경이 되는 메이플 나무목의 색깔까지 조화를 이루어서일까? 민석은 따뜻한 색채로 그려진 유화 한 점을 즐기듯 한동안 멍하니 눈앞에 펼쳐지는 장면을 지켜보고 있었다.

여인은 커다란 자루 같은 검은색 가방을 어깨에 메고, 그 가방에 채 넣지 못한 두꺼운 책 한 권을 옆구리에 끼고 있었다. 점원으로부터 뜨거운 커피를 건네받자 그녀는 어깨 밑까지 흘러 내려간 가방을 고쳐 메며, 힘겹게 컵 뚜껑을 열어 크림을 넣었다. 민석은 위태로워 보이기도 하고 한편으로는 우스꽝스러워 보이기도 한 그 모습에 자신도 모르게 웃음을 지었다. 현준도 그 순간 민석의 미소를 담은 시선을 따라 머리를 돌려 여인을 보았다.

"왜? 아는 여자야?"

"아니. 전혀."

그녀는 흘러내리는 가방의 무게 때문에 한껏 한쪽 어깨를 기울이고 책이 빠져나갈까 봐 옆구리에 힘을 준 채, 뜨거운 커피를 젓느라 안간힘을 쓰고 있었다.

민석은 순간 자기도 모르게 간절히 원했다. 여인에게 어떤 바쁜 일이 있는지 알 수 없지만, 잠시만 여유를 내어 맞은편 테이블에 짐을 내려놓고 자신의 눈앞에서 그 통통한 입술로 커피를 마셔주기를.

'지금 이 순간 한 잔의 향 좋은 커피와 나 같은 사내의 그윽한 시선보다 급하고 중요한 일이 과연 무엇이란 말인가…'

하지만 엉성하고 융통성 없어 보이는 그녀는 조급하기까지 했다. 자리에 앉기는커녕 다 저은 커피를 한 손에 쥐고 가방이 걸리지 않은 남은 한쪽 어깨로 커피숍의 문을 겨우 밀어 차가운 바람이 부는 11월의 거리로 나서버린 것이다. 바람은 그녀의 갈색 머리카락을 순간 사방으로 흩어지게 만들었다. 여자는 쌀쌀한 공기에 카키색 어깨를 한껏 움츠리며 민석의 시선에서 서서히 사라져갔다.

민석은 아주 짧은 순간이지만 작은 공간에 불쑥 솟아오른 것처럼 나타나 11월 어느 길거리로 사라져간 하나의 영상을 자기도 모르게 무의식 속에 깊이 간직했다. 현준과 그 뒤에 무슨 이야기를 나누었는지는 기억나지 않았다.

민석은 아내에 대한 기억을 떠올리며 여전히 어두운 방을 서성거렸다. 이제는 더 이상 지체할 수 없었다. 책상 위에 도사리듯 놓인 활자들을 마저 읽고 단서를 찾아야 했다. 활자들이 생생한 장면으로 둔갑한다 하더라도, 냉정함을 잃지 말아야 했다.

전 처음에 그녀가 놀라울 정도로 길고 부드러운 팔과 다리 그리고 볼륨 있는 몸을 가지고 있어 오히려 위축되었습니다.

민석은 조금씩 떨려오는 손을 엉덩이 밑에 깔고 마른침을 삼켰다. 그리고 다시 한 번 자신에게 '냉정해야 해.'라고 속삭이고 글을 읽어내려갔다.

하지만 남자로서 그렇게 물러난다면 최고의 불명예가 아니겠습니까? 그리고 잠시 저 같은 남자에게 사랑을 느낄 리 없으면서 자신을 내어주는 이 여자에게 농락당하고 있는 것은 아닌가 하는 의심도 들었어요. 하지만 일단 침실로 들어가자 그녀는 따듯하고 부드러웠고, 이상하게도 정숙한 나만의 여인을 안을 때처럼 편안했어요. 짧은 순간이었지만 그녀에게 진정으로 사랑받고 있다는 충만한 느낌도 들었죠.
한 번의 관계가 끝나고 저는 침대에서 나와 대충 옷을 걸쳐 입고 침대와 좀 떨어져 있는 창가 의자에 앉았어요. 흥분이 지나간 후 어쩐지 그녀를 내 여자처럼 안고 누워 있기가 어색했거든요. 그리고 왠지 약간 거리를 두고 그녀의 이해할 수 없는 이런 행동들을 관찰하고 싶기도 했고요.

그녀는 자연스럽게 상반신을 드러내고 침대에 반쯤 일어나 앉아, 창가에 앉은 저와 함께 사소한 잡담을 했어요. 제가 하는 일도 물어보고, 심지어 제 아내와 아이들에 대해서도 물어보았어요. 자신에 대한 이야기는 일절 하지 않았고요.

제가 그녀에 대해서 조심스럽게 묻자,

'사람들은 누구나 말할 수 없는 비밀이 있지 않나요?'

라고 짧게 되물었던 것 같아요. 그녀는 간간히 입을 크게 벌려 웃음을 터뜨리기도 했는데, 그때마다 전 그녀가 참 예쁘다고 느꼈어요. 드러낸 젖가슴 또한 기가 막혔고요. 실은 처음 그녀를 보았을 때는 아주 예쁘다고 생각하지는 않았거든요. 보면 볼수록 예뻐지는 얼굴 같았어요. 그래서 다시 한 번 용기를 내어 침실로 들어가서 한 번 더 관계를 가졌어요. 완벽했죠. 아주. 난생 처음이라고 느꼈어요. 이렇게 훌륭한 결합은…. 하지만 전 알 수 있었어요. 완벽하기 때문에 마지막일 수밖에 없음을….

진술서는 그 흔한 워드 작업이 아닌 손글씨로 되어 있었다. 어투로 보아 진술자가 직접 쓴 것은 아니고, 조사자가 진술자의 말을 받아쓴 것임에 분명했다. 글씨는 모범생의 노트 필기처럼 깔끔하게 쓰어 있었지만, 내용은 진솔하고 잔인했다. 믿을 수가 없었다. 아내는 절대로 그런 여자가 아닌데…. 민석은 어두운 허공 속에서 여러 번 머리를 가로저었다.

두 번째로 아내를 만난 것은 커피 전문점에서 처음 아내를 본 그날로부터 꼭 일년이 지난 11월이었다. 갑자기 심한 어지러움을 호소하는 아버지를 모시고 다급하게 찾은 곳은 한 종합병원 응급실이었다. 민석은 그날 태어나서 처음 응급실이라는 장소에 가보았다.

문을 열자 피와 체액에서 나는 비릿한 냄새와 화학 약품 향이 절묘하게 버무려진 공기가 가빠진 호흡으로 확장된 숨구멍 안으로 훅 하고 들어왔다.

'아, 이 불쾌한 느낌은….'

민석의 미간에는 세 가닥의 세로줄이 솟아올랐다. 이어 환자들의 아우성과 신음 소리가 들려왔고, 피로에 전 얼굴과 후줄근한 어깨를 가진 의사들의 모습이 간간이 보였다. 민석은 위장으로부터 올라오는 메스꺼움을 애써 참으며 병원 직원의 지시에 따라 절차를 진행하기 시작했다.

침대에 눕혀진 아버지는 검사와 처치를 하기 위하여 응급실의 한 구석으로 옮겨졌다. 흰 가운을 입은 서너 명의 무리들이 아버지를 빙 둘러싸고 바쁜 손을 놀리기 시작했다. 민석은 그들 곁으로 다가갈 수도 없고, 그렇다고 이 기분 나쁜 공간 밖으로 나갈 수도 없어 어중간한 위치에 서 있었다. 그때 그 무리들로부터 두어 발자국 떨어진 곳에 아무런 손놀림을 하지 않고 유일하게 한가해 보이는 흰 가운이 보였다. 느낌상 자신이 차지하고 있는 불편하고 어색한 위치를 공유할 수 있는 존재인 것 같았다. 민석은 자신도 모르게 만만해 보이는 그 흰 가운에게 다가가 말을 건넸다.

"저기요, 저…, 제 아버지 상태가 좀 어떠신가요?"

"아, 그게 좀…."

가늘게 떨리는 목소리….

민석은 그제야 상황을 말끄러미 구경만 하고 있는 흰 가운이 여자라는 것을 알아챘다. 여자치고는 꽤 큰 키였다.

'그런데 이 여자 의사는 왜 자신처럼 어중간한 위치에서 구경만 하고 있을까?'

그러고 보니 민석을 향해 고개를 돌린 그녀는 그 못지않게 잔뜩 긴장 된 얼굴에 복잡한 감정이 어린 표정을 짓고 있었다. 사무적인 표정으로 다급하게 환자를 치료하는 다른 의사들과는 사뭇 다른 분위기였다.

희고 창백한 얼굴, 깊이를 알 수 없게 흔들리는 호수를 연상하게 하 는 불안한 눈동자, 잘못된 장소에 전시된 값진 예술품처럼 우아하지만 불안정한 자세. 불안하고 초조해 보이는 표정과 어울리지 않게 귀엽고 매력적으로 보이는 통통한 입술, 그리고 하나로 꼭 졸려 묶여 있지만 분 명 갈색으로 부드럽게 빛나는 머릿결…

바로 그녀였다. 어느 늦가을 차가운 바람이 누렇게 시든 나뭇잎들을 사정없이 춤추게 만든 날, 커피 전문점에 나타났던 카키색 점퍼의 그녀. 왠지 모르게 민석의 기억 속에 깊게 심어져 있던 키가 크고 어설펐던 그 녀. 바로 그녀가 이 병원 의사였다니. 그럼 그녀의 날씬한 옆구리에 불 안하게 끼어 있던 두꺼운 책은 사람 몸을 낱낱이 파헤친 그런 책?

민석은 어릴 때 집에 있는 인체도감에 대한 거부감이 있었다. 눈을 똑 바로 뜬 건장한 남자와 예쁘장한 여자의 벌거벗은 모습에, 배 부분을 둥 그렇게 벌려 갖가지 색을 입힌 장기를 그려놓은 도감 속 그림을 볼 때면 비위가 상했다. 특히 성기 부분을 적나라하게 그려놓은 부분을 볼 땐 속이 메스꺼울 정도였다.

그런 이유 때문인지 그동안 그는 의사라는 직업에 대해서는 그 어떤 관심도 매력도 갖거나 느끼지 않았다. 하지만 그 순간 자신의 눈앞에는 단 한 번도 느껴보지 못한 강렬한 관심을 끌고 있는 묘한 분위기의 의사가 서 있었다. 그리고 그는 아버지를 치료할 수 있는 능력과 위엄을 가진 것처럼 보이기는커녕, 어깨를 내어주면 바로 엎어져 울음을 터뜨릴 것 같은 모습을 하고 있었다.

민석은 그날 처음 아내의 얼굴을 자세히 보았다. 커피 전문점에서는 그저 하나의 이미지로만 인식하고 기억에 저장했다면, 그날은 또렷하게 여자의 얼굴을 뇌리에 새길 수 있었다.

아내는 예쁘다고 말할 수는 없지만, 바른 이목구비를 가지고 있었다. 화장기가 전혀 없는 하얀 피부에 크지는 않지만 길쭉한 눈매, 높지도 않고 낮지도 않아 마치 있는 듯 없는 듯 자리 잡은 코, 모든 얼굴 기관은 매우 평범해 보였으나 입술만큼은 눈에 띄게 도톰하고 뚜렷했다.

나중엔 알게 된 사실이지만, 아내에게 그날은 첫 필드 실습 날이었다. 졸업반 의과 대학생은 책 속 지식이 아닌, 실제 환자들을 만날 수 있는 종합병원의 모든 파트에서 실습을 해야 했다. 병원에서 흔히 회진 시간이 되면 높은 지위를 가진 의사가 앞장서고, 그 뒤를 여러 의사들이 따르게 된다. 대체로 그 행렬의 맨 뒤에 따라다니는 흰 가운들은 학생일 가능성이 많다. 병원에서는 학생들에게도 의사 가운을 입혀놓기 때문에 자칫 환자나 보호자들은 그들에게 매달려 질문하거나 하소연하는 일이 많았다. 한편으로 다급한 환자를 다루게 되는 상황에서 학생들은 오히려 거추장스러운 방해꾼이 될 수도 있었다.

민석도 그날 아내가 학생 신분임을 알지 못했고, 아내 또한 환자의 보호자보다 나을 것 없는 위치에서 그런 어설픈 모습만 보여줄 수밖에 없었던 것이다.

민석의 감정은 말할 수 없을 만큼 복잡했다. 하지만 머리는 무서울 정도로 또렷하게 아내에 대한 기억을 떠올렸다. 그는 다시 한 번 방 안을 서성거린 후 마지막 페이지를 펼쳐 읽기 시작했다.

전 저녁 무렵 그녀를 방 안에 혼자 남겨두고 그곳을 떠났습니다. 서울까지 오는 마땅한 차편을 모를 것 같아 걱정스러웠지만, 끝까지 혼자 가겠다고 고집했기 때문에 먼저 방을 나설 수밖에 없었어요. 문을 닫기 전에 보았던 그녀의 모습이 생각나네요. 여전히 침대에 앉아 있었고, 도무지 감정을 읽을 수 없는 무덤덤한 표정을 짓고 있었어요.

그날 일은 이것이 전부입니다. 살다 보면 누구나 신기한 경험을 한두 번씩은 하죠? 저도 그때 일을 생각하면 무엇인가에 홀렸던 것처럼 느껴집니다. 꿈을 꾼 것 같기도 하고요.

실은 그 일이 있고 한 달 정도 지난 후 다시 한 번 만나볼까 하는 생각으로 그녀가 일하는 병원을 찾아냈습니다. 그리고 정말 큰 용기를 내어 그곳으로 들어갔지요. 접수까지 하고 대기실에 앉아 있는데, 안쪽 어디선가 또랑또랑한 목소리가 들려왔어요.

'여기 ○○씨, 처치 준비해줘요.'

그녀 목소리가 맞았어요. 힘이 탁 풀렸어요. 이건 현실이구나. 그땐 꿈이었고…, 이런 괴리감이랄까? 전 그녀를 현실에서 다시 볼 용기가 나지 않았습니다.

한편으로 그녀가 나를 알아보지 못하면 어떡하나 하는 걱정도 되었죠. 흰 가운을 입고 정색한 얼굴로 '어디가 불편해서 오셨나요?' 이렇게 묻는다면 난 뭐라 해야 하나? 내 기억 속의 그 아름답고 관능적이던 여인은 과연 누구인지…. 결국 저는 끝내 그녀를 보지 않고 도망치듯 병원을 빠져나왔습니다.

　　민석은 마지막 용지를 뒤집어 더 이상 진술이 없음을 확인하고 자리에서 일어났다. 드디어 해냈다. 의외로 어떤 대목에서도 격렬한 반응은 일어나지 않았다. 어쩌면 놀라움, 분노, 질투는 이미 아내가 사라진 직후 한 차례 폭풍우처럼 쓸고 지나가버린 감정이기 때문인지도 몰랐다.

　　한편으로는 잠시나마 아내의 아름다운 몸과 매력을 공유했던 남자, 그리고 자신처럼 어리둥절하게 혼자 남게 된 그 진술자에게 야릇한 연민과 동지의식 같은 것을 느꼈다. 아내의 젖가슴을 언급한 대목에서는 자신도 모르게 몸이 반응하는 것 같아 당혹스러웠다. 말할 수 없이 거북한 흥분, 하지만 의지대로 반응하지 않는 그것을 민석은 애써 외면했다.

　　민석은 책상을 비추던 작은 조명마저 신경질적으로 꺼버리고 침실로 기어들어 갔다. 사방은 어두웠고, 침실 속은 민석의 기분만큼이나 서늘하고 축축했다. 오른쪽 어깨에 닿았던 아내의 부드러운 머릿결, 돌아누울 때마다 만져졌던 그녀의 따뜻한 살결, 그 어떤 것도 느껴지지 않았다.

　　아내는 따뜻한 햇볕과 푸른 나무, 그리고 상쾌한 미풍을 좋아했다. 시간이 날 때마다 산책을 가자고 졸랐고, 풀밭이 있는 곳이면 어디든 자리를 깔고 책을 펴들곤 했다. 반면 민석은 쉬는 날에도 자신의 일에 대한 계획이나 구상에 집중해 있곤 했다. 때문에 그때는 아내와 한가롭게 보내는 시간들이 무의미하고 무료하다고 느꼈다. 하지만 지금 이 어둡고 서늘한 방에서 잠을 청하자니, 그 밝고 따뜻했던 시간이 사무치게 그리웠다.

'빨리 잠들어버려 이런 참을 수 없는 기분으로부터 벗어나고 싶어.'

그 어떤 소중한 것도 없는 이상 민석이 이 세상에 남아 있을 이유는 없어 보였다.

'과연 아내는 어떤 세상으로 가버린 것일까?'

만남

그 진술자의 말대로 아내는 평범한 외모였지만 눈길을 사로잡는 선을 가지고 있었다. 이마로부터 두세 번의 웨이브를 타고 내려오는 부드러운 머릿결에 하얀 피부, 길고 우아한 목선 그리고 선이 가늘고 아름다운 몸매.

동그랗고 쌍꺼풀 진 눈을 좋아했던 민석은 아내의 비교적 두툼하고 길쭉한 눈매에는 매력을 느끼지 못했다. 하지만 그 속에서 빛나는 검은 눈동자만큼은 언제나 신뢰했다. 아내의 눈동자는 지혜롭고 현명한 혼들이 담긴 깊은 호수처럼 맑고 영롱했다.

도톰한 입술은 굳게 다물고 있을 때는 기품과 도도함이 담겨 있었고, 살짝 벌어지면 희고 가지런한 치아와 함께 시선을 붙드는 매력이 넘쳐흘렀다. 민석은 아내와 처음 식사를 하던 날 그 입술을 쳐다보느라 거의 아무것도 먹지 못한 것을 기억했다.

아내와 특별한 관계로 발전될 수 있는 계기는 세 번째 만남에서 만들어졌다. 응급실에서 학생 의사의 신분으로 그녀를 본 후 정확하게 일년이 지난 11월이었다.

당시 민석의 아버지는 메니에르 질환으로 진단받았다. 그 질환은 특히 추위가 다가올 때면 재발되어, 그 후에도 수차례 응급실 행을 할 수밖에 없었다. 생명에는 지장 없는 병인 것은 알고 있었지만, 갑자기 어지러움을 호소하며 쓰러지는 사람을 데리고 갈 수 있는 곳은 응급실이었다.

한편 민석에게 그 장소는 은근히 무언가를 기대하게 만드는 곳이기도 했다. 민석은 아버지가 입원한 병실을 방문할 때에도 이유 없이 응급실 주변을 어슬렁거리다 돌아가곤 했다.

그날도 저녁 무렵 응급실 입구 근처를 산책하듯 걷고 있을 때, 의사들이 잠시 나와 쉴 수 있는 휴게 공간에서 민석은 드디어 그녀를 발견했다. 정확하게 삼 년 동안 일 년에 한 번씩, 매 11월마다 우연히 아내와 마주쳤던 것이다. 민석은 또 다시 눈앞에 서 있는 그녀를 알아보고 자신도 모르게 소리 없는 환호를 내뱉었다. 이 세 차례의 우연은 그녀가 민석에게 어떤 운명적인 존재임을 말하는 표지임에 분명했다.

민석은 우선 여자의 모습을 살펴보았다.

그날따라 어깨는 축 처져 있었고, 안색은 푸른빛이 감돌 정도로 창백해 보였다. 눈두덩은 반죽이 덜 된 밀가루 덩어리처럼 푸석하고 무거워 보였고, 깊은 눈빛이 담긴 눈동자의 아래는 한겨울 태양처럼 검푸른 그림자가 드리워져 있었다. 옆에는 선배 의사로 보이는 덩치 큰 남자가 여자만큼이나 굳은 표정으로 그녀와 이야기를 나누고 있었다. 분명 좋은 일로 대화를 나누는 상황은 아니었다.

잠시 후 민석은 적절한 타이밍을 잡았다. 선배 의사로 보이는 남자가 응급실 안으로 들어가고, 여자 혼자만 남게 된 것이다.

그녀는 잠시 머뭇거리다가 흰 가운을 벗어 한 쪽 팔에 걸치고, 느린 걸음으로 민석이 서 있는 방향을 향해 걸음을 떼었다. 민석은 순간적으로 자신의 심장박동이 빨라지고, 양 손바닥에 습기가 스며드는 것을 느꼈다. 그리고 넋이 나간 사람처럼 자신을 향해 다가오는 그녀의 모습에 빠져들었다.

여자는 민석을 포함한 주변 타인들의 존재를 완벽하게 무시한 채 고개를 푹 숙이고 걸었다. 시선은 깊숙하게 땅바닥을 향해 있었고, 입술은 무기를 든 수천 명의 적군들로부터 보호하기 위해 빗장을 걸어놓은 철문처럼 굳게 닫혀 있었다. 자신만의 생각 속에 골똘히 잠겨 걷고 있는 여자의 이마 위에는 저녁노을을 반사한 갈색 머리카락이 빛났다. 민석은 그 광채에 자신도 모르게 두 눈을 지그시 감았다.

찰나였다. 여자는 민석의 옆으로 불과 1미터 정도의 사이를 두고 지나갔다. 순간 불어온 바람이 가지런한 머릿결을 잠시 흩뜨려놓았고, 가볍게 날리는 머리카락 사이에서 빠져나온 여인의 향기가 공기 중에 뿌려졌다. 아찔했다. 민석은 그 순간을 영원처럼 매번 강렬하고 또렷하게 기억했다. 시간이 멈추고 모든 것이 사라지고, 단 두 사람만이 존재하는 공간이 무한하게 펼쳐지는 것처럼 아득한 느낌.

천천히 눈을 뜨고 토해내듯 긴 숨을 크게 내쉬고 들이쉬는 동작이 이어졌다. 민석이 정신을 차리고 정상적인 시간의 체계를 느꼈을 때, 여자는 이미 민석의 뒤로 30미터 정도 지나친 후였다. 그는 갑자기 불에 덴 사람처럼 서둘렀다. 어디서 그런 반사적인 몸짓이 나왔는지 스스로도 알 수 없을 정도로 처음 해보는 행동이었다. 이번 기회를 놓치면 더 이상 운명도 그를 도와주지 않을 것 같았다. 민석은 뒤를 향해 몸을 돌렸고, 거의 달리듯 빠른 걸음을 내디뎠다. 그리고 이내 천천히 걷고 있는 여자의 곁을 어렵지 않게 차지했다.

"저…, 그땐 고마웠어요."

자기 스스로도 무엇이 고마웠는지 알지 못한 채 입 밖으로 튀어나온 말이었다.

"아아…, 네?"

그녀의 절대 열릴 것 같지 않던 입술이 민석을 향해 벌어졌다. 기가 막힌 전율이 온몸에 흘렀다.

"저 기억하실지 모르겠네요."

"아 네에, 죄송해요. 제가 좀 기억력이 좋지 않아서. 이제는 괜찮으시죠?"

그녀는 민석을 자신의 환자 중 한 명이라고 생각하고 있는 것 같았다.

"아 그게…, 제가 아팠던 것은 아니고요. 지난해에 응급실에서 저희 아버지를 잘 돌봐주셨잖아요."

민석은 1년이나 지난 일을 아무렇게나 엮어서 말을 이어가려고 했다.

"아아, 그랬었나요? 지난해라면 제가 뭘 했겠어요. 그때 저는 학생이었는데."

그녀는 그제야 민석이 아는 척하는 동안 짓고 있던 어리둥절한 표정을 풀고 입가에 보일 듯 말 듯한 겸연쩍은 미소를 지었다. 민석은 내심 그렇게 고백하지 않아도 이미 다 알고 있는 사람의 여유와 아량을 담은 과장된 미소를 지으며 말을 이었다.

"아아, 그러셨어요? 저는 그때 하도 솜씨가 좋으셔서 아주 실력 있는 의사라고 생각했었죠."

"네에?"

민석을 쳐다보는 여자의 얼굴이 모욕적인 대접을 받은 사람처럼 이상하게 찌푸려졌다. 민석은 그 불편한 표정을 보고 자신이 무엇인가 실수했음을 알아챘다. 그녀에게 지금 이런 칭찬은 왠지 큰 실례의 언사임이 분명했다. 그 불쾌감의 원인이 무엇인지 알 수 없었으나, 최선을 다해 솔직해지는 것이 좋을 것 같았다.

"미안해요. 당황하지 마세요. 전 선생님을 전에 두어 번 본 적이 있어요. 그리고 조금 전 우연히 다시 보게 되었지요. 그리고 솔직하게 말씀드리면, 관심을 갖게 되었어요. 하지만 막상 무슨 말부터 꺼내야 할지 몰라서…. 그냥 실력이 좋은 의사라고 말한 것뿐이에요. 실은 선생님이 누군가를 치료하는 모습을 직접 본 적은 없어요."

그녀는 민석의 솔직한 변명에 조금은 어이가 없다는 표정을 지었다. 그리고 잠시 머뭇거리다 입술의 한 끝을 살짝 무는 시늉을 하며 대답했다.

"고마워요, 제게 관심을 보여주어서요. 하지만 지금 전 그쪽을 처음 뵈어요. 그리고 지금 제 상황이 낯선 사람과 첫인사를 나누기에 적합하지 않은 것 같아요. 실은 저 때문에 조금 전 한 생명이 하마터면 위험에 빠질 뻔했거든요."

민석의 머릿속에 방금 전 눈앞의 여자와 또 한 사람의 의사 사이에 맴돌던 심각한 분위기가 떠올랐다.

"아아, 그랬군요. 그것도 모르고 제가 괜한 말을…. 너무 죄송합니다."

민석은 자신이 타이밍을 잘못 잡았다고 생각했다.

"저 이만 갈까요?"

"아, 그런데…."

그녀는 잠시 고개를 숙이고 골똘히 생각하는 표정을 짓더니 이내 머리를 들어 눈앞의 낯선 이를 진지한 눈망울로 똑바로 바라보았다. 두 눈에서 나오는 선명한 빛이 초저녁의 서늘한 공기를 꿰뚫고 민석의 심장을 파고들었다.

"아니에요. 잠시 함께 걸으면서 이야기해도 괜찮아요. 안 그래도 누군가에게 고해성사를 하듯 말하고 나면 마음이 좀 나아질 것 같네요. 그리고 낯선 사람에게 말하는 것이 더 편할 것 같기도 하고요."

차분하면서도 야무진 목소리가 민석의 마음을 또 한 번 사로잡았다.

순간, 설령 방금 전 살인을 하고 나온 여자라 해도, 민석은 그녀를 사랑할 수 있다고 생각했다.

"사실은 저 방금 전에 응급 환자의 기도 내에 튜브 넣는 것을 실패했어요. 실력이 형편없는 인턴이 되어버린 거죠."

여자는 민석의 옆에 서서 천천히 걸음을 옮기며 고해성사를 시작했다.

"실력 없는 의사는 그 자체가 살인 무기가 될 수도 있어요."

민석은 '살인을 했어도 괜찮다고 했잖아요.'라고 속으로 중얼거렸다.

"지난번에 잘해냈는데, 이번 환자는 너무 힘들었어요. 술에 취해 있었고 몸집이 비대한 남자라서 기도를 들추어보기조차 어려웠어요. 바보같이 겨우 찾았다고 생각했는데, 식도에 튜브를 넣고 바람을 집어넣었어요. 폐에 산소를 넣어야 하는데, 위장에서 산소를 넣은 거죠. 환자의 얼굴은 점점 검푸르게 변하기 시작했고, 저는 더 열심히 공기를 밀어넣었어요. 그때 옆에 있던 간호사가 말했죠.

'선생님! 튜브가 식도로 들어간 것 같아요.'

아마 그때 제 얼굴은 환자의 죽어가는 얼굴만큼이나 파랬을지 몰라요. 튜브를 빼고 다시 한 번 시도했지만, 당황하니까 더더욱 기도를 들추어 찾을 수가 없었어요. 환자의 심장 움직임을 그리는 심전도의 그림이 마구 날뛰기 시작했어요. 마치 내 심장의 움직임을 그리고 있는 것 같았죠. 그때 선배 레지던트가 응급실로 내려오지 않았으면, 전 그 자리에서 바로 환자를 저승에 보냈을 거예요."

"다행이네요. 선배가 마침 내려와서요."

민석이 여자가 잠시 숨을 고르는 틈을 살짝 끼어들었다.

"아직 그 환자는 완전하게 안정된 상태가 아니에요. 어쩌면 저의 실수 때문에 뇌 세포가 파괴되어, 의식이 들어도 정상적이지 않을 수 있어요."

그녀는 말을 하며 그 통통한 입술을 또 한 번 깨물었다. 민석은 그제야 깨달았다. 그가 그녀에게 솜씨 좋고 실력 있는 의사라고 운운했을 때 모욕당한 사람처럼 불쾌한 표정을 지은 이유를. 그리고 이제는 어떻게 그녀를 위로해야 할지 몰라 허둥거렸다.

붉은 노을 사이로 어둠이 서서히 찾아들고, 남녀는 어느새 병원의 여러 건물들을 크게 한 바퀴 돌아 두 사람이 조금 전 운명적으로 스쳐간 장소를 또 한 번 지나고 있었다. 11월치고는 순한 저녁 바람이 여전히 여인의 향기를 민석에게 전달하고 있었다. 한 가지 먼저와 다른 점은, 이번에는 두 사람이 나란히 같은 방향으로 걷고 있다는 점이었다. 여자는 고해 성사를 모두 마쳤는지 아무 말 없이 민석과 발걸음을 맞추고 있었다.

"전 어떤 상위 질서가 있다는 것을 믿고 있습니다."

민석이 먼저 침묵을 깨고 부드러운 목소리로 말을 꺼냈다.

"상위 질서라뇨?"

경건하고 우아하게 걷고 있던 그녀가 걸음을 멈추고 민석에게 고개를 돌렸다.

"세상에서 일어나는 일들은 마치 아무런 규칙이나 원칙이 없이 일어나는 것처럼 보이지만, 실은 그렇지 않다는 말이죠. 사람이 태어나 개인적인 삶을 살아가며 여러 사건을 체험하고 죽는 과정에는 우리가 쉽게 알 수 없는 어떤 질서가 있다고 믿습니다. 의사라 하더라도 그것을 거역할 수는 없죠."

"그렇게 모든 문제를 환자의 운명이라고 넘겨버린다면 의사가 필요 없겠군요."

"꼭 그런 뜻이라기보다는, 이번 일은 당신의 잘못이 아니라고 생각했으면 해서 한 말이에요."

"지금은 기분이 너무 혼란스러워 솔직히 무슨 말씀인지 이해하기 어렵네요."

실은 민석 자신도 무슨 말을 하고 있는지 정확하게 알 수 없었다. 단한 가지 확실한 것은 이 모든 일들이 운명적으로 일어날 수밖에 없었다는 점. 그녀가 처음으로 자신이 앉아 있던 커피 전문점에 들어온 것도, 그녀가 일하는 병원 응급실에서 그녀를 다시 만나게 된 것도, 조금 전에 그녀가 기관 삽입에 실패한 것도, 그리고 현재 자신이 한 여인과 마주 바라보며 대화를 나누고 있는 것도, 마지막으로 두 사람이 영원히 깊은 사랑에 빠진 것도, 어떤 상위 질서의 힘에 의해 일어난 사건임에 분명했다.

아내는 그날 민석과 병원을 세 바퀴나 더 돌고 난 후 응급실로 들어갔다. 물론 그 시간 동안 민석은 업무 중인 한 초보 의사의 연락처도 알아냈고 식사 약속도 받아냈다. 한 사람의 생명이 촌각을 다투는 상황에서도 사랑은 언제 어디서나 생겨나기도 하고 이루어지기도 하는 것이다. 그날 민석은 아내와 헤어지면서 다시 한 번 그녀가 살인자라고 해도 사랑할 수 있다고 생각했다.

실종

아내가 사라지고 난 후 아침은 더할 나위 없이 어려운 시작이었다. 민석은 매일 혼자 눈을 뜨고 혼자 빵을 굽고 혼자 우유를 찾아 마셨다. 지난 10년 동안 단 하루도 빠짐없이 아내와 함께하던 아침이었는데, 그 익숙한 공간과 시간은 마치 하룻밤 꿈인 것처럼 사라져버렸다.

민석은 단서와 힌트를 찾아 헤맸다. 마치 꿈속 조각난 기억들을 퍼즐처럼 짜 맞추듯, 아내의 흔적을 짜 맞추어보려고 애썼다. 처음에는 경찰에 알릴까 하는 생각을 했었다. 하지만 누가 보아도 아내는 스스로 집에서 나간 것이다. 범죄와는 관계가 없었다.

민석은 전에도 사적으로 사건을 의뢰한 적이 있는 송사장이라는 사람에게 아내의 실종을 말했다. 그는 오래 전 사법시험에 통과했으나 현재는 마땅한 직업 없이 혼자 생활하고 있기 때문에, 은밀하게 조사하고 싶은 일을 의뢰하기에 적합했다. 민석은 아버지 친구의 아들이 송사장의 본래 이름조차 알지 못했다. 그저 그의 아버지가 송 회장이었기 때문에, 그를 언제나 송사장이라고 불렀다. 송사장은 의외로 아내의 실종에 깊은 관심을 보였고, 조용하게 아내와 관련된 몇몇 사람들을 찾아내 조사하며 놀라운 사실을 밝혀주었다.

'아내의 일탈과 배신'

민석은 엄청난 충격을 받았다. 송사장은 조심스럽게 아내와 관계를 가진 남자들을 직접 만나고, 그만의 능력으로 그들의 솔직한 진술을 받아내었다. 결국 민석은 송사장의 반듯한 글씨로 쓰인 진술서를 받아볼 수 있었던 것이다.

'왜 그랬을까?'

두 사람은 진심으로 사랑했고, 사랑하는 남녀가 그러듯 자연스럽게 결혼했다. 물론 어느 정도 관계가 안정되고 난 후 민석은 자신의 일에 열중했다. 회사에서 실력을 인정받기 위해 남다른 노력을 기울였고, 그 대가로 오래지 않아 어느 정도 인지도를 가진 건축가로서 자신의 이름을 내건 건축 사무소를 차릴 수 있었다.

조직 생활을 좋아하지 않는 아내는 수련 과정을 마치자마자 바로 개인병원을 운영하기 시작했다. 두 사람 모두 성실하게 자신에게 주어진 일을 열심히 했기 때문에 기반을 잡는 데도 오래 걸리지 않았다. 결혼 생활도 표면적으로 아무런 문제가 없었다. 이런 안정된 기반과 평화로운 관계 속에서 무엇이 그녀를 못 견디게 만들었을까?

'내가 일에만 매달렸기 때문일까?'

'일상의 권태로움 때문이었을까?'

왜 아내는 쉬지 않고 열심히 삶을 살아가는 민석에게 이런 엄청난 짓을 저질렀을까?

민석은 아내가 왜 그랬는지 궁금해서 미칠 것 같았다. 화가 머리끝까지 치밀었다. 하지만 화를 내고 이유를 따져 묻고 변명이라도 들을 수 있는 대상은 사라져버렸다. 그렇다고 아내를 포기할 수는 없었다. 실은 그리웠다. 가장 참을 수 없는 것은 아내의 부재였다. 아무래도 좋았다. 대답해주지 않아도 좋았다. 다시 돌아와주기만 한다면…. 살인자여도 괜찮다고 하지 않았던가.

실내는 지나치게 조용했다.

창밖에는 커피 전문점에서 아내의 갈색 머리를 흩뜨려놓던 그 세찬 바람이 몰아치는 11월이 다시 찾아와 있었다. 민석이 그토록 애써 이룬 사회적인 역할에서 손을 놓은 지도 몇 달 되었다. 자신이 운영하던 건축 사무소는 친구인 현준이 대신 맡아 일하고 있었다. 어린 시절에는 학업에 대한 성실성을, 성인이 되어서는 일에 대한 성실성을 강조하던 아버지가 살아 계셨다면 크게 실망할 일이었다. 돌이켜보면 민석은 학창 시절부터 항상 규율이 지배하는 어떤 조직의 일원이었고, 언제나 그 목표와 성과를 위해 애써왔다. 결국 아내를 잃고 난 지금에야 비로소 긴 자유 시간을 가지게 된 것이다.

해야 할 일도 없고 하고 싶은 일도 떠오르지 않는 시간, 민석은 커피 한 잔을 들고 창가로 다가갔다. 그리고 부석부석한 턱 주변을 어루만지며 창밖을 멍하게 바라보았다. 손끝에 느껴지는 아무렇게나 자라난 수염, 면도를 하거나 머리 손질을 한 지가 언제인지 기억나지 않았다. 민석은 커피 마시는 일마저 잊은 채 한동안 바람에 흔들거리는 세상을 바라보고 있었다.

커피잔에 남은 희미한 온기마저 사라져버린 순간이었다. 낙엽 한 잎이 창문으로 세차게 날아와 표면에 달라붙었다. 그리고 애타게 몸부림을 치며 잠시 동안 민석의 눈앞에 머물렀다. 민석은 자기도 모르게 턱을 어루만지던 손을 뻗어 위태롭게 붙어 있는 낙엽을 잡아보려 했다. 민석은 분명 이 가냘픈 나뭇잎이 자신에게 무엇인가를 말하려 한다고 느꼈다. 하지만 손끝에는 소름 돋는 유리의 냉기만 느껴지고, 나뭇잎은 다시 세찬 바람에 밀려 다른 죽은 잎들과 더불어 날아가 버렸다. 이해할 수 없는 목소리와 몸짓으로 무엇인가 말하려 애썼지만, 끝내 자신과 소통하지 못했던 아내처럼 순식간에 눈앞에서 사라져버린 것이다.

민석은 창가로부터 몸을 돌려 거실에 놓인 긴 소파에 앉았다. 그리고 두 눈을 지그시 감았다. 어차피 날아가 버린 낙엽과 사라져버린 아내 모두 귀로 이해할 수 없고 눈으로 확인할 수 없는 존재들이었다. 분명 어딘가에 있지만 알 수 없는 존재. 눈을 감은 민석은 천천히 호흡하며 복잡한 생각들을 하나하나 지우기 시작했다. 그리고 그저 아내와 함께 나누던 느낌만을 떠올렸다. 여인의 향기와 부드러움, 그리고 결합을 원하는 강렬한 마음과 여인을 얻고 난 후 느껴지던 충만함 등이 차례로 떠올랐다. 한참을 그렇게 어둠과 침묵 속에서 아내만을 기억하고 있자, 막연히 그녀의 영혼이 가까워지고 있다는 느낌이 들었다. 하지만 그 순간이 조심스러운 적막을 가차 없이 깨버리는 소음이 실내에 울려퍼졌다.

'조금만 더 침묵 속에 있었으면 아내와의 내밀한 소통이 가능하지 않았을까?'

그의 살아난 마음에 원망이 밀려왔다. 작은 수첩만 한 도구, 네모난 숫자판이 눌리는 조합에 따라 서로 다른 공간에 있어도 편리하게 대화를 나눌 수 있도록 만들어진 기구가 몸을 떨며 진동음을 내고 있었다.

'인간은 이렇게 위대한 통신 기계를 만들었음에도 불구하고 왜 가장 중요한 내면의 접근과 영혼의 소통은 더욱 어렵게 만들어버렸을까…'

민석은 신경질적으로 테이블에 놓여 있는 전화기를 집어 들었다. 그리고 휴대폰 액정의 발신자 이름을 확인하고는 잠시 머뭇거렸다.

'한동안 연락하지 않고 지냈는데 왜 하필 이런 시간에.'

민석은 기계의 한 점을 손가락으로 누르고 한 쪽 귀를 향해 그것을 옮겼다.

"여보세요?"

상냥하고 부드러운 여자의 목소리가 기계를 통해 또렷하게 들려왔다. 원치 않는 시간, 원치 않는 상대임에 분명했지만, 그 음성에는 그의 무장을 해제시키는 묘한 기운이 담겨 있었다.

"응, 그래… 오랜만이야. 으음."

"그러게요. 별 일 없었어요? 안 그래도 먼저 전화를 해야 하나 많이 망설였어요. 그러다 너무 오래도록 연락이 없어서…"

여자는 말끝을 흐렸다. 민석은 겨우 말을 꺼냈다.

"미안해. 으음."

목에서 자꾸 쉰 소리가 났다.

"으음, 그동안 좀 일이 있었어…"

"아직도 경황이 없는 것처럼 느껴져요, 당신 목소리가…"

여자는 예민했다.

"아니, 그렇지 않아. 실은 나도 네 전화를 기다렸어."

민석의 입에서 본심을 감춘 말이 흘러나오기 시작하자 목소리가 조금 매끄러워졌다.

"연락이 없는 기간이 길어질 때면 불안해요."

"안 그래도 이번 주에 너에게 가려고 했었어. 다시 한 번 미안해."

민석은 결코 그녀에게 연락할 마음이 없었지만, 말은 계속 엉뚱한 내용으로 둔갑해서 흘러 나왔다.

"당신, 얼마나 내게 연락하지 않은 줄 알아요?"

민석은 속으로 대답했다.

'그럼 알고 있지. 그것도 너무나도 정확하게. 3개월 하고 3일.'

아내가 사라진 이후 민석은 그녀의 존재를 까맣게 잊고 있었다.

그러고 보면 지금 통화중인 이 여자의 인내심도 알아줘야 할 모양이었다. 민석이 3개월이나 무심하게 내버려두었는데 이제야 연락을 해보다니… 아아, 아니, 전부터도 그녀가 먼저 민석에게 전화하는 일은 불문율처럼 금지되어 있었던가?

민석은 혼란스러웠다. 민석이 말없이 수화기만 들고 있자 여자는 스스로 대답을 했다.

"당신…, 3개월이나 연락하지 않았어요."

수화기 속 여자의 목소리가 작고 가늘게 이어졌다.

"도대체 무슨 일이 있었기에…"

민석은 여자가 말을 채 잇기 전에 빠르게 가로챘다.

"아무튼 정말 미안해. 희진아, 지금 바로 그리로 가도 되겠니?"

여자는 잠시 생각하는 듯 간격을 두고 대답했다. 좀 전보다 담담해진 목소리였다.

"억지로 그러실 필요 없어요. 그냥 당신이 편해졌을 때 만나도 돼요. 제가 괜히 전화했나 봐요."

이상하게도 여자의 음성이 차분해지자 민석의 혈액이 조금 전보다 빠르게 움직이기 시작했다.

"아냐, 아냐. 그렇지 않아. 지금 나 네가 너무 보고 싶어. 제발 가도 된다고 말해줘. 실은 그동안 집에 문제가 있었어. 바로 달려가서 말해줄게. 희진아, 화내지 마."

"…"

민석에게 희진의 대답은 중요하지 않았다.

민석은 전화를 끊고 서둘러 외투를 대충 걸쳐 입고 차에 올라탔다. 달리는 차창에 쉴 새 없이 바람에 흩날리는 낙엽이 부딪쳤다. 조금 전 거실 창문에 붙었다 사라진 낙엽에 대한 미묘한 상념은 깨끗이 사라져버렸다. 그저 무엇인가에 홀린 듯 민석은 바람과 낙엽을 와이퍼로 빠르게 털어버리고 희진의 집을 향해 전속력으로 달리기 시작했다.

전화를 끊은 후 채 1시간도 지나지 않아 민석과 희진은 이미 푹신한 침대 한가운데 나란히 누워 있었다. 현관부터 희진의 방까지 벗겨진 두 사람의 옷가지들이 전위예술 전시품처럼 질서 없이 흩어져 있었다. 민석은 희진을 현관에서부터 다급하게 안았고, 다시 식탁에서 그리고 거실에 놓여 있는 긴 의자에서 안았다. 마치 토네이도가 이곳 저곳 옮겨다니며 마을을 집어삼키듯, 두 사람은 닥치는 대로 온 집안을 돌아다니며 격렬하게 결합했다. 지난 3개월 동안 단 한 번도 머리에 떠오르지 않았던 희진과 이런 정사를 나눌 수 있다는 사실에 민석은 스스로 크게 놀랐다.

한바탕 휘몰아침이 지나간 후 민석은 희진을 한 팔로 감싸 안고 침대에 누워 있었다. 그리고 한참 동안 단 한 마디의 말도 없이 멍한 눈으로 하얀 천장을 바라보았다. 아내가 신도시로 난 길을 낯선 남자와 지나갈 때 차단막에 가려진 차창 문을 뚫어져라 바라보던 것처럼.

"그런데 아까 무슨 일이 있었다고 말한 것, 뭔지 물어봐도 돼요?"

긴 침묵을 참다못한 희진이 먼저 말을 꺼냈다.

"으응…, 아내가 집을 나갔어."

"네? 정말요?"

희진은 민석의 팔에서 머리를 빼내어 들며 놀란 표정을 지었다. 그래도 민석은 여전히 천장에서 시선을 떼지 않은 채 대답했다.

"음. 정말이야."

"둘 사이에 무슨 일이 있었어요?"

"아니."

민석은 희진의 질문에 짧고 간결한 답을 했다. 전부터도 희진과 대화할 때는 단답식의 말만 오고간 것 같았다. 말보다는 몸이 먼저 소통을 요구했던 사이여서일까?

희진은 암고양이처럼 그르릉거리는 숨소리를 내다가 다시 질문을 던졌다.

"혹시 저 때문은 아니겠죠?"

민석은 순간 날카로운 것에 찔린 듯 움찔했다. 민석은 그동안 단 한 번도 아내와 자신과의 관계 사이에 희진을 끼워 넣어 생각해본 적이 없었다. 아내가 사라지고 아내의 일탈과 배신을 알았을 때조차도 민석은 자신이 똑같은 행동을 하고 있었다는 사실을 의식하지 못했다. 또한 자신이 왜 희진과 오랜 시간 동안 비밀스러운 관계를 가지고 있는지에 대해 진지하게 의문을 가져본 적도 없었다. 그저 이 또 하나의 쾌락은 사회적인 성공을 향해 미친 듯 일하며 생기는 스트레스에 대한 보상 정도라고 가볍게 여겨왔다. 어쨌든 희진의 질문 하나로 그 순간 민석은 다른 여인을 품에 안고 아내를 원망하고 있는 꼴이 되어버렸다. 민석은 서둘러 그 자리를 벗어나고 싶었다.

"절대 너 때문은 아니야."

"당신이 그걸 어떻게 알아요. 여자들에게는 육감이 있어요."

민석은 다시 한 번 움찔했다. 아내가 희진의 존재를 알고 있으리란 가정 또한 해본 적이 없기 때문이었다. 아내가 남편이 숨겨놓은 어린 애인을 알게 되고, 그로 인한 충격으로 다른 남성들과 일탈 행위를 벌이고, 급기야는 남편을 떠나버렸다…. 삼류 드라마에 매번 나오는 이런 뻔하고 예측 가능한 스토리를 민석은 단 한 번도 생각해본 적이 없었다. 아내가 사라지기 전 아내가 자신을 배신했으리라고는 상상조차 해본 적이 없던 것처럼.

민석은 남들이 쉽게 생각해내는 남녀 간 갈등의 전개를 전혀 알아채지 못한 스스로가 신기하게 여겨졌다. 그리고 보니 아내에 대한 분노의 감정에는 모순이 있음이 분명했다. 민석은 더욱 지금의 자리가 불편해졌다.

"아내는 아내 나름대로의 문제가 있었던 것 같아. 그 문제로 너까지 걱정시키고 싶진 않아. 그래서 연락도 못 하고 지금까지 지냈던 거야.

하여간 너와 관련된 문제는 아니니까 신경 쓰지 않아도 돼."

민석은 비교적 긴 문장의 말을 희진에게 풀어냈다.

"알았어요. 전 또 기다려야겠군요."

희진이 다시 그르렁거리는 숨소리를 냈다.

"그래, 미안해. 실은 아직 경황이 없어."

"제가 그 자리를 대신할 수는 없겠죠?"

또 한 번의 예상치 못한 질문에 민석은 드디어 천장에서 시선을 떼고 고양이 소리를 내는 여자에게로 고개를 돌렸다. 그곳에는 동그랗고 쌍꺼풀이 선명한 눈을 가진 젊은 여인이 시선을 아래로 향한 채 가늘게 떨리는 숨소리를 내고 있었다.

역시 단 한 번도 상상조차 해보지 않은 상황이었다. 민석에게 오늘은 전에 한 번도 생각하지 못했던 새로운 것들을 일깨워주는 날임에 틀림이 없었다.

'아내 대신 희진과 함께 보내는 삶이라…'

민석은 더 이상 이 장소에서 버틸 수가 없었다. 좀 전까지만 해도 한번 더 그녀를 안고 집으로 가겠다던 내심의 계획은 사라져버렸다. 민석은 주섬주섬 돌아갈 채비를 시작했다.

"제가 괜한 질문을 했나 봐요."

희진의 얼굴에 울음이 터지기 직전인 어린애 같은 표정이 나타났다.

"아니야, 아니야. 너에겐 언제나 미안하지만, 그 무엇도 알 수 없는 이런 상황에서 내가 할 수 있는 일의 한계를 이해해주었으면 해."

"알았어요. 지금 가실 건가요?"

민석은 잠시 희진을 바라보았다. 영롱한 빛을 띠고 있는 동그란 두 눈에 조금의 빈틈도 없이 결이 탱탱한 양 볼, 그리고 방금 전 자신의 입술로 맛보았던 작고 붉은 입술이 차례로 보였다. 그리고 방금 잡아 올린 물고기의 요란하고 탄력 있는 몸부림으로 민석을 흥분시킨 단단하고 다부진 몸매도 눈에 가득 찼다.

"응. 가야 돼. 하지만 곧 다시 연락할게. 난 너를 떠나지 못해."

민석에게 그 말은 진심이었다. 결코 벗어날 수 없는 것…, 비록 마음의 어떤 부분이 거부하고 있어도 자신의 의지와 관계없이 행하게 되는 어떤 것들을 민석은 솔직하게 표현하고 있었다. 자신도 모르게.

'너 자신을 모른다면 어쩌면 끝내 아내를 찾을 수가 없을지도 몰라.'

누군가 민석의 귀에 이렇게 속삭이는 것 같았지만, 민석은 눈치 채지 못하고 서둘러 희진의 집을 나섰다.

초겨울의 시내는 무채색 외투를 걸친 움츠러든 어깨들로 어두운 물결을 이루고 있었다. 상점마다 반짝이는 불빛으로 밤을 밝혀도 민석의 눈에는 보이지 않았다. 겨울이면 아내는 거리마다 반짝이는 작은 불빛을 좋아했다. 연두색 새싹 잎이 돋아 오를 때까지 눈으로 즐길 수 있는 유일한 장식은 헐벗은 나무들을 둘러싼 작은 불빛들이라고 말하곤 했다. 유난히 추위를 많이 타던 아내는 산책할 수 없는 겨울을 보낼 때면 입버릇처럼 지구의 만대변을 부러워했다. 그녀는 사시사철 창문을 활짝 열고 밝은 햇살과 미풍을 맞이하고, 원할 때마다 푸른 나무와 예쁜 꽃들을 만날 수 있는 환경을 원했다. 그러자면 아내는 적어도 겨울이면 이 나라를 떠나야 했다.

안 그래도 민석은 아내가 사라졌을 때 가장 먼저 출국 여부를 조사했다. 말 그대로 겨울이 오지 않는 나라로 철새처럼 이동해버렸는지…. 하지만 민석이 알아본바 아내의 출입국 기록은 깨끗했다. 가명과 가짜 여권을 이용한 것이 아니라면, 다른 나라로 간 것은 아니었다. 아내는 어디로 이동한 것이 아니라, 그냥 사라져버린 것 같았다.

그날 아침 민석이 눈을 떴을 때 모든 것은 제자리에 있었다. 아내의 향기로운 머릿결이 닿았던 베이지색 베개도 그대로였고 아내의 칫솔, 아내가 좋아하던 향이 좋은 바디크림, 그리고 즐겨 입던 심플한 디자인의 옷가지들, 그 모든 것이 고스란히 집안에 남아 있었다. 딱 한 가지, 그 물건들의 주인만 없었다.

그날 이상한 점이 있었다면, 민석이 보기에 다른 날보다 그 모든 물건들이 무척 간결하고 아름다운 모습으로 정돈되어 있었다는 점이다. 베개도 머리카락 한 가닥 없이 반듯하게, 칫솔도 바르게, 바디크림도 깨끗하게, 아내의 옷가지들은 섬뜩할 정도로 가지런히 매달려 있었다.

민석은 먼저 아내에게 전화를 걸었다. 아내의 휴대폰이 책상 위에 놓인 핸드백 속에서 거듭 울려 퍼졌다. 핸드백마저 두고 나간 모양이었다. 핸드백 안에는 지갑과 간단한 화장품이 들어 있는 작은 주머니, 그리고 휴대폰과 차 열쇠가 들어 있었다. 그 어디를 보아도 아내의 외출 방향을 알려줄 힌트는 없었다. 아내는 수증기처럼 공중으로 증발해버린 것 같았다. 민석을 포함한 그 모든 것을 남겨두고.

단 한 가지 이해할 수 없는 일은 있었다.

아내가 사라지기 전 날 친구인 현준에게 한 통의 전화가 걸려왔다. 현준은 그날 아침 자신의 어머니를 모시고 진료를 보기 위해 아내의 병원에 갔다고 했다. 하지만 아내는 병원에 없었고, 간호사들도 갑자기 진료를 하지 않고 외출한 아내 때문에 우왕좌왕하고 있다는 내용이었다.

민석은 서둘러 아내에게 전화를 걸었다. 통화가 되지 않았다. 자신의 일만큼은 철저했던 사람이 그 어떤 예고도 없이 진료를 보지 않다니. 도대체 무슨 일일까? 민석은 오전 내내 연락이 닿지 않는 아내 때문에 안절부절했었다.

현준과 통화한 후 네댓 시간이 지났을까? 때는 점심시간을 훌쩍 넘은 오후였다. 민석은 예상하지 못한 장소에서 아내를 찾았다. 아내는 자신의 사무실 응접실 의자에 앉아 있었다.

그날 민석은 아내의 돌발 행동에 적지 않게 놀랐다. 갈색머리와 딱 어울리는 갈색 카디건을 입은 아내가 정말 어울리지 않는 장소에 있었던 것이다. 분명 매일 집에서 보던 아내였지만, 그 자리에 앉아 있으니 생전 처음 보는 남보다도 더욱 낯설고 수상해 보였다. 민석은 그날 아내와 만나서 나눈 짧은 대화를 정확하게 기억하고 있지만, 아직도 그 내용을 이해할 수는 없었다.

"어, 웬일이야? 당신이 여기에…"

민석은 아내의 갑작스러운 방문에 당황을 감출 수 없었다. 아내가 불쑥 사신의 사부실에 찾아온 일은 결혼하고 10년 동안 처음 있는 일이었다.

"무슨 일 있었어? 안 그래도 당신하고 연락이 닿지 않아 걱정하고 있었어."

아내를 찾았지만 여전히 민석의 불안함은 해소되지 않았다.

"그냥 좀, 일을 하기 힘들어서 좀 일찍 병원에서 나왔어요. 잠깐만 있다가 갈게요."

"그래? 그럼 우리 차 마시러 나갈까?"

민석은 자신의 일터에 아내가 있다는 사실이 불편했다. 다른 직원들이 문 밖에 있다는 사실 또한 무척 신경이 쓰였다.

"아뇨. 그냥 여기도 조용하고 좋은데요 뭘."

아내는 천연덕스럽게 대답했다.

"응 그래? 그럼 뭐⋯."

민석은 우물쭈물하다가 마치 갑자기 생각난 일인 양 질문을 했다.

"그런데⋯, 오늘 오전에 어디에 있었어? 아침에 현준이가 어머니랑 병원에 갔는데 당신이 없어서 그냥 돌아갔대. 갑자기 당신답지 않게 예고도 없이 병원을 비우다니⋯."

"나답다는 게 어떤 건데요?"

아내는 질문에는 답하지 않고 엉뚱한 말을 걸고 넘어졌다.

"당신 항상 철저하잖아. 특히 환자들하고의 약속은 강박적일 만큼 잘 지키지 않았나?"

어릴 때부터 아내의 꿈은 의사였다. 덕분에 의사가 된 후 자신의 일에 무척 성실했고, 병원은 아주 잘 운영되고 있었다. 하지만 지금 눈앞의 아내는 왠지 그런 고정된 이미지와 맞지 않아 보였다.

"왜 그래? 아픈 것은 아니지?"

민석은 스스로 가능한 상상력을 모두 동원해보았다. 왠지 어색한 아내의 모습은 다소 창백하긴 했지만, 아픈 곳이 있어 보이지는 않았다.

불과 반나절 전에 평상시와 같이 출근한 아내였다.

"아프지 않아요. 그런데 오늘 나…, 일을 그만두기로 했어요."

"뭐?"

민석은 자기도 모르게 큰 소리를 내고 말았다.

"제 후배 민정이 알죠? 그 친구가 내일부터 병원 일을 맡게 될 거예요."

민석은 자신 앞에 있는 여인이 분명 아내가 맞는지 의아했다. 자신이 10년 동안 같이 살아온 아내라면, 이런 식으로 일을 결정할 리 없고, 이런 식으로 사전에 한 마디 의논도 없이 통보할 리 없다. 게다가 후배 민정이라…. 듣지도 보지도 못한 인물이었다.

"아니, 무슨 문제라도 있었어? 너무 갑작스럽게 그런 말을 하니까 좀 놀라서…."

민석은 말을 얼버무렸다. 민석의 당황함 사이로 중대한 결정에서 소외된 자신의 입장에 대한 분노의 감정이 끼어들었다.

"문제라기보다는 왠지 이제는 벗어나야 할 때가 된 것 같아서 그래요."

"벗어나고 싶다고?"

그제야 민석은 아내의 얼굴에서 생기가 빠져나간 영혼의 빛깔을 본 깃 같았다. 그늘신 눈가와 홀쭉한 뺨, 그리고 붉은 빛깔 립스틱에 가려졌지만 바짝 말라 있는 입술이 한눈에 들어왔다. 아내의 얼굴을 바로 본 적이 언제였는지 모르겠지만, 언제나 그 입술은 촉촉하고 부드러울 것이라고 생각했다. 민석은 그제야 아내를 조금 이해했다고 생각했다.

굳어진 얼굴에 약간의 표정이 돌아오고 은근히 치밀어 올라오기 시작한 분노도 조금은 진정시킬 수 있었다.

"그랬었구나. 내가 당신을 이해하지 못했군. 그동안 일하느라 지치고 힘들었구나…. 하긴, 답답한 진료실에서 매일 환자를 대하는 일은 스트레스도 많고, 으음…."

민석은 두서없이 말을 늘어놓았고, 아내는 긍정도 부정도 아닌 표정을 짓고 있었다.

"그런데 언제까지 일을 쉴 거야? 그 민정이라는 후배가 언제까지 병원을 봐준대?"

"병원은 이제 민정이 것이에요."

민석은 다시 한 번 놀랐다. 일을 잠시 쉬는 수준의 결정이 아니었다.

"왜 그동안 그렇게 힘들었으면서 한 번도 내게 의논하지 않았지?"

"…"

아내는 대답을 피하고 시선을 내리깔았다. 민석은 눈앞에서 일어나고 있는 상황을 이해할 수가 없었다. 전날까지만 해도 아내는 분명 자신의 아내였다. 서로 그 누구보다도 잘 알고 있다고 생각하는 그런 부부사이 말이다.

"그럼 이제 뭘 할 거야?"

"…"

아내는 여전히 말이 없었다.

"아, 왜 그래 도대체? 답답하니까 말을 좀 해봐. 무슨 문제가 있는 거야?"

"…"

"혹시 나한테 문제가 있는 거야?"

"당신에게 문제는 없어요."

아내는 짧게 대답했다.

"알았어. 도무지 당신이 어디로부터 벗어나고자 하는지는 모르겠지만 좀 쉬어, 그럼."

민석은 결국 역정 섞인 목소리를 냈다. 하지만 아내는 끝내 화가 난 남편을 이해시키고자 하는 일말의 노력조차 하지 않았다. 갑자기 사무실에 찾아와서 아무런 이유도 대지 않고 자신이 천직처럼 하던 일을 정리했다고 말하고는, 잘못 배달된 물건처럼 응접실의 한 자리를 어색하게 차지하고 있을 뿐이었다.

"자, 자, 알았어, 말하고 싶지 않으면 나중에 이야기하고. 오랜만에 쉬는데 당신 오후에 뭘 할 거야? 나는 이제부터는 일을 좀 해야겠어. 저녁은 집에서 먹을까, 아니면 당신 퇴직 기념으로 외식할까? 당신이 좋아하는 인도 음식점은 어때?"

민석이 의자에서 먼저 일어났다. 어차피 그 어떤 질문을 해도 아내가 시원스레 대답을 해줄 것 같지 않았다. 그렇다면 이 불편한 상황을 빨리 끝내는 것이 좋다는 판단이었다. 아내도 따라 일어났고, 마치 아무 일 없었나는 듯이 입을 열었다.

"이제 어차피 집에 있을 거니까 제가 저녁 준비할게요."

"그래, 일찍 갈게."

의외로 싱거운 결말이었다. 아내가 가고 난 후 민석은 가느다란 침 하나가 몸 어딘가에 박혀 있는 듯한 아릿한 통증을 느꼈다. 빼버리고 싶지만 도무지 어디인지 알 수 없게 교묘하게 몸속으로 숨어버린 작고 가는 침이었다. 때문에 민석은 지난 몇 달간 집중했던 중요한 개발 프로젝트에 대한 미팅과 회의를 미루었다. 은근히 자신의 일을 방해한 아내가 원망스럽기도 했지만, 단순하게 화낼 기분 또한 아니었다. 민석은 아내가 간 후 몸 둘 바를 몰라 오후 내내 사무실 근처를 돌아다니며 힘겹게 시간을 보냈다.

민석은 그날 밤 아내가 차려준 저녁을 먹었다. 정갈하고 깔끔한 음식이었다. 어떤 것도 입맛에 잘 맞아 아주 만족스러웠다. 하지만 왠지 아내와 마주한 식탁의 길이는 평소보다 두 배는 길어진 것 같았다. 마주 앉은 아내의 표정은 오후 시간을 집에서 보낸 덕인지 무척 편안해 보였다. 도대체 낮에 있었던 해프닝은 무슨 짓이었는지, 도무지 아내의 담담함을 이해할 수 없었다.

"현준이네는 이번 결혼 10주년에 몰디브 섬으로 여행을 간대. 당신 이제 시간 많아졌으니 우리도 거기 한 번 가볼까?"

민석은 두 사람 사이의 어색한 분위기를 바꾸기 위해 여행 제안을 했다. 물론 자신이 벌여놓은 프로젝트를 생각하면 어림도 없는 휴가지만, 어쨌든 이 상황에서 여행 말고는 다른 대화 소재를 떠올릴 수가 없었다.

"몰디브 섬들은 아주 서서히 바다 속으로 가라앉고 있다는데. 완전히 그 모습이 사라지기 전에 가봐야 하지 않겠어?"

"사라져 모습이 보이지 않는다고 그 존재가 없어지는 것은 아니죠."

식탁을 정리하던 아내가 멍한 눈빛으로 밑도 끝도 없는 말대꾸를 했다.

"그래도 섬이 가라앉으면 가서 즐기고 놀 수는 없잖아."

민석은 아내의 이해할 수 없는 말에 짜증이 났다. 안 그래도 하루 종일 편치 않은 마음이었다. 돌이켜 생각해보니 '모습은 사라졌지만 존재는 있다.' 마치 지금 아내의 실종을 말하는 의미 같기도 했다.

"하긴, 나도 당분간 프로젝트가 끝날 때까지는 바쁠 것 같긴 하다. 그래도 당신이 어디 가고 싶으면 장소도 정하고 날짜도 잡아. 난 그냥 당신이 하자는 대로 할게."

민석은 더 이상 아내와 이야기를 이어가다가는 다시 역정을 내게 될 것 같아 설익은 과일처럼 떫고 무미한 대화를 중단했다.

민석은 늘 잠자리에서 다음 날 해야 할 일에 대한 계획을 구상하곤 했다. 그리고 대체로 아내보다 먼저 잠들었다. 하지만 그날 밤 민석은 자신의 다음 날을 그려볼 수가 없었다.

왠지 모를 아내의 이상한 행동이 불편한 잠자리의 원인이었을까? 민석은 한참을 뒤척이다가 어느 순간 아내의 숨소리가 고르게 길어진 것을 느꼈다. 민석은 그날 아내가 잠든 것을 확인하고 뒤이어 자신도 잠이 들었다고 생각했다.

그리고 다음날 아침 항상 그렇듯 알람 소리에 눈을 떴다. 옆을 보니 아내의 자리는 깨끗하게 정돈되어 있고 아무도 보이지 않았다. 아내는 몰디브 섬처럼 서서히 사라지지 않고 하룻밤 사이에 갑자기 사라져버린 것이었다. 단 하나의 징후, 아내가 회사에 찾아오고 이유를 말하지 않고 자신의 일을 정리한 사실을 통보하고 이내 일상으로 돌아온 이상한 하루라는 징후만을 남기고 아내는 가버렸다. 가장 가까운 남편에게 왜 떠나야 했는지 단 한 마디의 설명도 하지 않은 채 가버렸다. 화가 머리끝까지 치밀어오를 만큼 심각한 배신이자 무책임한 행동이었다.

만약 남편의 문제라면 이야기를 나누고 고칠 수 있는 여유를 주었어야 했다. 하지만 그녀는 일말의 힌트도 주지 않았다. 그러고 보면 민석이 아내에게 가장 가까운 사람임은 틀림없지만, 그렇다고 그가 아내를 잘 알고 있다고 말할 수는 없었다.

그 사람에 대하여 잘 알고 있다는 기준은 무엇인가? 과연 민석은 자기 자신을 잘 알고 있기는 한 것인가? 민석은 스스로에게 되물었다.

'나의 무엇이 그녀를 떠나게 했는가? 희진의 말대로 내가 먼저 그녀를 배신했기 때문일까? 아니면 아내보다 일에 더 많은 신경을 썼기 때문일까?'

어느새 민석은 희진의 집에서 나와 한참을 걸어 낯선 거리 한가운데까지 와버렸다. 초겨울의 이른 저녁이었다. 이미 침울하고 흐린 낮을 지나쳤기 때문에 어둠은 결코 어색하지 않게 일찌감치 거리를 가득 메우고 있었다.

너무 오랜 시간 밖에 있었던 탓인지 쌀쌀한 한기가 어깨에 스몄다. 게다가 갑자기 세찬 바람이 불어오자 몸의 마디마디가 조각조각 흩어지는 것 같았다. 그제야 인식하게 된 추위와 고독함에 그는 어쩔 줄을 몰랐다. 차가워진 두 볼에 몸에 남은 딱 한 줄기의 온기를 담은 눈물이 타고 내려왔다. 민석은 닥치는 대로 가까운 커피숍의 문을 밀었다. 잠시 후 김이 펄펄 나는 커피 한 잔을 놓고 자리에 앉자, 자신을 향한 연민이 솟구쳐 올라왔다.

'난 아내에게서 버림받았다. 이유조차 알 수 없는 채로. 그리고 난 아내에 대하여 아무것도 모른다. 그녀는 언제나 나를 속여왔다. 그녀를 통해 꿈꾸던 완벽한 삶 또한 잃어버렸다. 난 이젠 나 자신에 대해서도 무력해졌다. 난 더 이상 일을 할 수도 없고 이젠 도무지 내가 누구인지조차 알 수가 없다.'

옅은 김을 품어내는 커피에서는 마른 나무 타는 냄새가 났다. 따듯한 액체가 목덜미를 따라 천천히 내려가자, 거친 바람에 흩어졌던 몸의 파편들이 하나씩 제자리로 짜 맞추어지는 것 같았다. 저절로 흐르는 눈물도 자제할 수 있었다.

누군가가 필요했다. 자신을 위로해주고 사랑해줄 누군가가 필요했다. 희진은 아니었다. 아내였으면 좋겠지만 그녀는 절대로 지금 자신 앞에 나타나지 않을 것이 분명했다. 신이 있다면, 신의 품에라도 기대고 싶었다. 신은 따듯한 한 모금의 커피 속에 있을지도 몰랐다. 실은 예전에 아내가 그렇게 말했다. 민석은 인정하고 싶지 않았지만, 지금은 그 허황된 말을 믿고 싶을 정도로 누군가가 필요했다.

아내는 언제나 사소한 모든 것에 신이 있다고 믿었다. 야외로 산책 나갈 때마다 불어오는 미풍에도, 이름 모를 작은 꽃들에게도 영이 있다고 말했고, 심지어 나뭇잎이 바람에 흔들거리는 것조차도 신의 메시지를 전달 해주는 움직임이라고 말했다. 물론 당시 민석은 그 말을 그냥 웃으며 넘겨버렸다.

'말도 안 되는 감상적인 이야기들…, 여자들이란…'
"당신이 믿는 신은 누구인데 그래? 당신은 교회도 다니지 않잖아."

"신은 누굴까요? 형상으로 이미지화하고 설명할 수는 없지만 그냥 느낄 수 있는 것, 하지만 완벽하고 절대적인 어떤 것이라고 해야 하나? 나도 답답하긴 해요. 도대체 저 나무가 내게 전달하고자 하는 메시지가 무엇인지 알지 못하겠어요."

민석은 아무런 근거도 없는 신앙을 가지면서 나름대로 목마름을 느끼고 있는 아내가 무모하다고 생각했다. 하지만 지금은 그녀의 말을 따르고 싶었다. 차갑고 쌀쌀한 허공에 덩그러니 위치하여 자신을 불러들인 이 찻집과 꽁꽁 언 몸을 녹여주는 한 줄기 더운 액체가 신의 가벼운 터치라고 믿고 싶었다. 신만큼은 자신을 외롭게 두지 않으리라 생각하고 싶었다. 그런데 보이지 않는 신은 누구이고, 역시 보이지 않는 아내는 누구인가? 민석은 언제 그 답에 다가갈 수 있을까? 민석의 답답한 가슴 속에서 하얀 연기를 내는 입김이 길게 흘러 나왔다.

가연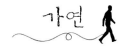

아내에겐 친구가 거의 없었다. 수련 과정을 마치고 자신의 병원을 해나가면서부터는 공적인 동문 모임조차 가기를 꺼려했다. 아내는 누구에게나 친절했지만, 사회성은 좋지 않았다.

민석은 일주일에 두서너 번은 퇴근 후 친구들과, 혹은 일과 관련된 사람들과 만나곤 했다. 그럴 때마다 혼자 집에 있을 아내가 신경 쓰였지만, 아내는 별 불평 없이 퇴근해서 자신만의 시간을 보내곤 했다. 뭘 했냐고 물어보면 대개 긴 시간을 두고 꼼꼼하게 목욕을 했다고 말했다. 한 번은 물었다.

"당신은 왜 모임에 가지 않아? 여자 친구들과 만나지도 않는 것 같고."

"그냥 피곤해요. 사람들과 이야기를 하다 보면 지금보다 무엇을 더 해야 할 것 같은 강박증이 생겨나요."

"무슨 말이야 그게?"

"예를 들어 유행하는 옷 이야기라도 나오면 그걸 꼭 사야만 하나, 하는 생각 말이에요."

"그래서 사람들과 어울리지 않는 거야?"

"그리고 대부분의 사람들은 각자 자신의 이야기에 정신이 팔려 있어요. 자신이 가진 것, 자신이 옳다고 생각하는 것들을 강조해서 말하죠. 그리고 그들과 이야기를 나누다 보면, 그들을 중요하게 만들어주는 것 이외의 모든 것들은 비난과 멸시의 대상이 되어버린다는 것을 알게 돼요.

서로의 이야기를 맞추어 나가다 보면, 그들만의 동조로 이루어진 그룹이 형성되기도 하는데, 이 그룹의 힘은 때로는 지나치게 독선적이고 배타적이에요. 심지어 난 그들이 어느 순간 폭력적이 될 수도 있다는 생각을 했어요. 나도 사람들과 만날 때, 때로는 그들의 주장에 동의하기도 하고 때로는 나름대로 내 주장을 펼치기도 하지만, 집에 돌아와 생각해보면 그냥 의미 없는 시간을 보냈구나, 하는 느낌을 지울 수가 없어요."

민석은 아내가 이런 이야기를 할 때면 자신은 사회적 관계가 필요한 남자임을 강조했다. 언제부터인가 퇴근 무렵 종종 답답함을 느낀다는 것을 아내가 알아챈 것 같기도 했고, 자주 있는 늦은 귀가를 비난하는 것 같기도 했다. 실은 일을 마치고 바로 집에 가지 못하고 방황하기 시작한 지는 한참 되었다. 이유는 알 수 없었다. 그런 날이면 희진을 만나기도 했다. 민석은 아내의 의견을 반박하고 싶었다.

"그래도 사람은 사회적 관계를 맺고 그 속에서 성장하고 또 자아실현을 해나가야 하는데…"

"당신보고 사람을 만나지 말라고 하는 것은 아니에요. 그저 내가 그렇다는 말이에요. 실은 제 이런 성향은 다분히 개인적인 부분이라 누군가에게 권장할 만한 부분은 아니에요. 당신은 맘껏 사람들을 만나고 정보도 얻고 일도 열심히 하세요."

민석은 잠시 둘 사이에 아이가 없기 때문에 아내가 사람들을 꺼리는 것이 아닌가도 생각했다. 자신도 자주 주변 사람들에게 아이에 대한 질문을 받았다. 민석은 그 질문에 항상 스스럼없이 대답했고, 실제로 언젠가는 아이가 생기리라 생각했다.

하지만 아내는 그렇지 않았을지도 모른다. 결혼하고 수년 동안 아내는 자신의 병원을 키워가느라 바빴고, 민석도 건축 사무실을 운영하느라 정신이 없었기 때문에 아이에 대해 관심을 두지 않았다. 결혼하고 5-6년쯤 지나 어느 정도 일들이 안정적인 궤도에 올랐을 때 두 사람은 잠시 아이가 생기지 않은 이유를 고민한 적이 있었다.

"검사를 한 번 받아봐야겠어요."

"나도 받아야 하나?"

"아마도요."

"우리 좀 더 기다려보자. 내가 보기엔 당신이 일을 좀 줄이고 편해지면 금방 생길지도 몰라."

민석은 실은 그런 일로 병원에 가서 검사를 받고 그 후 그에 맞는 괴이한 처방을 받아야 한다는 사실이 끔찍하게 싫었다. 제 아무리 유능한 불임 전문 의사라 하더라도, 그가 자신에게 어떤 날 아내와 관계를 맺어라 말아라 지시하는 것은 참을 수 없이 불쾌할 것 같았다. 그리고 그런 무례한 지시에 자신의 도도한 몸이 과연 반응할 것인지도 자신이 없었다. 민석은 만에 하나 아이가 없다 하더라도, 아내와 자신 사이에는 그 어떤 문제도 생기지 않을 것이라고 확신했다. 실은 민석은 그냥 아이에 대하여 잊어버리고 지낼 때가 많았다. 아내도 그랬을까. 그것은 모를 일이었다.

민석은 그렇게 희귀한 아내의 여자 친구를 드디어 만날 수 있었다. 학교 동창 중에 유일하게 아내와 연락하고 지내던 친구의 연락처를 송사장이 알아낸 것이다. 민석은 아내가 사라진 직후 송사장에게 그녀가 놓고 나간 휴대폰에 들어 있는 정보를 주었다. 송사장은 그 여자 친구를 자신이 만나볼까, 아니면 민석이 직접 만나보겠느냐 물어왔다. 아내의 남자가 아닌 이상 민석이 직접 만나도 괜찮을 것이라고 생각한 모양이었다. 민석은 스스로 만나겠다고 결정했다.

짧지만 강렬한 겨울 햇살이 꽁꽁 얼어붙은 땅 위에 잠시 축복을 내리는 정오, 민석은 아내의 친구를 만나러 집을 나섰다. 지나치게 강렬하고 환한 햇살이 그녀에게서 어떤 단서가 나올까 하는 기대감을 과장시켜주고 있었다. 어렴풋이 결혼식에 왔던 몇 안 되는 아내 친구들의 모습이 기억 속에서 희미하게 재생되면서 민석의 발걸음은 점점 빨라졌다. 민석은 12시가 조금 지난 시간에 시내에서 조금 벗어난 곳에 있는 한 카페에 도착했다.

남쪽으로 난 커다란 창에는 옅은 베이지색 커튼이 반쯤 드리워져 아늑함을 더해주었다. 그 커튼 사이로 들어오는 겨울 햇빛은 실내를 환하게 밝혀주고 있었다. 민석은 햇살 속 옅은 갈색의 나무 탁자를 앞에 두고 낯선 여인과 마주 앉았다.

'아아! 이런, 이 여자가 아내의 친구라니⋯'

앞에 앉은 여인과 결혼식에서 보았던 여자들과는 단 한 명도 일치되는 사람이 없었다. 민석은 먼저 본래 만남의 목적과 다르게 그녀를 한 사람의 여성으로서 분석하기 시작했다.

그녀는 달이 뜨지 않은 밤처럼 어두운 검은색의 긴 생머리를 허리까지 드리우고 있었다. 얼굴에는 본래의 혈색을 알아볼 수 없을 정도로 두꺼운 화장을 했고, 볼에는 붉은 볼터치를 발랐다. 민석은 여자의 길게 매달린 위태로운 속눈썹과 가볍게 윤기만 낸 창백한 입술을 번갈아 바라보았다. 그녀는 골이 깊게 패이고 타이트한 검정 스웨터에 짧은 모직 스커트를 입고 있었다. 허리에 두른 메탈 벨트, 스커트 밑에 드러난 검은 스타킹과 굽이 높고 장식이 그로테스크한 가죽 부츠는 모든 남성들의 엿보기 본성을 위하여 만들어진 도구들의 조합 같았다. 한눈에 보아도 온순하고 순진한 여자로 보이진 않았다. 베이지색 면 커튼과 따뜻하고 밝은 햇살과도 전혀 어울리지 않았다.

민석은 그녀에게서 시선을 떼지 못하면서도, 남성으로서 본능적으로 그녀로부터 무엇인가를 방어해야 한다고 생각했다. 그녀의 목소리는 전체적인 모양새와 어울리게 비교적 크고 허스키했다.

"안녕하세요?"

"네에…, 안녕하세요? 제가 재인이의 남편입니다. 이렇게 불쑥 만나뵙자고 해서 놀라셨죠?"

"아니에요. 재인이에 대한 이야기는 제게 맨 처음 전화 주신 분을 통해 들었어요. 그동안 많이 힘드셨겠네요."

전화를 맨 저음 했다는 사람은 송사장임이 분명했다.

"네, 좀…"

그녀가 입을 열자 비웃음을 담은 것인지, 동정심을 담은 것인지 알 수 없는 표정이 두꺼운 화장을 가르고 나타났다.

"도무지 전 재인이를 이해할 수가 없군요. 이렇게 멋지고 자상해 보이는 남편과 좋은 환경을 원하지 않았다니."

민석은 그녀가 준 첫 번째 단서를 알아챘다.

'원하지 않았다…. 그랬군. 아내는 원하지 않았구나, 나와 그녀 주변의 모든 것을…. 그리고 아내가 원하지 않았다는 사실을 내 앞의 좀처럼 신뢰할 수 없는 외모를 가진 이 여인은 이미 알고 있었구나. 난 조금도 눈치 채지 못했던 사실을…'

민석은 실은 아내에 대한 이야기를 들으러 나왔음에도 불구하고 낯선 여인이 아내와 자신에 대하여 대뜸 직접적인 표현을 하는 것이 불편했다. 민석은 어느 정도 속도를 조절하며 이야기를 진행하고 싶었다.

"재인이의 친구 분이신데 제가 처음 뵙는 것 같네요. 전 정민석이라고 합니다."

"그렇군요. 그리고 보니 제 소개를 아직 하지 않았나 봐요. 전 오가연이라고 합니다."

의미 없는 통성명이 건조한 말투로 이루어졌다.

"재인이 결혼식 때 전 지방에 있었어요. 그래서 아마 처음 보실 거예요."

"아, 그랬군요."

"전 재인이보다 먼저 결혼해서 조금 먼 곳에서 살았고요. 지금은 혼자예요. 이혼했거든요."

"아아, 네."

외모만큼이나 당돌하고 거리낌 없는 말투였다. 민석은 그녀에 대하여 알고자 이곳에 나온 것이 아님을 상기했다. 불편한 느낌이 든다 하더라도 빨리 본론으로 들어가는 것이 좋을 것 같았다.

"아내와는 자주 만나셨나요?"

"아뇨. 아주 가끔 만났죠. 재인이는 언제나 일 때문에 바빴으니까요. 고등학교 때는 꽤나 친했던 것 같은데…. 흠 친구 사이라는 게 다 그렇죠. 서로 다른 삶을 살게 되니까, 후후."

그녀의 두꺼운 화장이 기묘한 웃음으로 말미암아 눈에 띄게 갈라지기 시작했다.

"혹시 마지막으로 아내를 만난 것을 기억하세요?"

"네, 물론이죠."

"아내에게 이상한 점이 있었나요?"

"네. 아무래도 평상시와는 매우 달랐죠. 민석 씨에게 모두 다 말해도 될지 모르겠지만."

여자는 말끝을 살짝 흐리면서 야릇한 미소를 지었다. 상대방의 불길한 미래를 알고 있지만 발언 수위를 조절하고 있는 점쟁이들이 짓는 표정 같았다. 아내의 부정한 행위도 이미 알고 있는 것이 분명했다.

민석은 호흡을 가다듬었다. 앞에 앉은 여자는 만만해 보이지 않았다. 그녀의 비뚤어진 미소 속에서 송사장이 건네준 진술서 내용보다 더 충격적인 사실이 튀어나올지도 몰랐다. 민석은 긴장했지만 그래도 그녀가 솔직해질 수 있도록 먼저 말을 꺼내야만 했다

"모두 다 말해줘야 해요. 전 아내에게 남자친구가 있었다는 것도 이미 알고 있고, 아내가 어떤 행동을 했는지도 알고 있습니다. 하지만 그건

제게 중요하지 않아요."

"모두 알고 있으시다면, 왜 재인이를 찾는 일에 열중하시죠? 그 친구를 찾아서 처절하게 복수하려고 하시나요? 후후후."

검은 머리의 여인이 조커의 입술 모양처럼 양 입가를 쭉 끌어올리는 표정으로 웃기 시작했다. 마음 같아서는 자리를 박차고 일어나고 싶었지만, 그럴 수는 없었다.

"아뇨. 그런 이유는 아닙니다. 전 단지 아내가 했던 행동을 이해하고 싶고, 아내를 되찾고 싶을 뿐이에요."

"자신을 속이고 배신한 사람에겐 대부분 화를 내기 마련인데, 정말 괜찮으세요?"

"화가 날 때도 있었지만 지금은 아니에요. 단순히 감정적인 부분보다 더욱 중요하게 해결해야 할 문제가 남았다는 생각이 들어요."

민석은 진심을 말했다. 검은 머리의 짙은 눈썹의 여인은 입가의 비웃음을 풀고 어떤 심각한 이야기를 시작하려는 듯 정색한 표정을 지었다.

"그럼 제가 알고 있는 대로 모두 말씀드리죠. 저와 재인이는 자주 만나진 못했어요. 그 친구는 저뿐만 아니라 다른 친구들과도 어울리는 것을 별로 좋아하지 않았답니다."

"저도 알고 있습니다."

"그래요. 그런 재인이가 하루는 전화를 해서 갑작스럽게 만나자고 했습니다. 저도 놀랐어요. 분명 무슨 일이 있는 것 같았지요. 특별한 일이 아니고는 먼저 전화를 하는 친구가 아니거든요. 오랜만에 만난 재인이는 사뭇 들뜬 표정이었어요."

여자는 얼굴을 더욱 들이대며 긴 눈썹 아래 작은 눈동자로 민석의 두 눈을 뚫어질 듯 바라보았다. 클라이맥스 직전 긴장감을 높이기 위한 짧은 멈춤 같았다. 짙고 검은 마스카라가 묻은 화려한 눈썹에 비하여 작고 조잡해 보이는 눈동자가 잠시 빛을 발했다. 잠시 후 희고 창백한 입술이 기묘하게 일그러지며 동시에 타액이 삼켜지는 일련의 근육 운동이 리드미컬하게 일어났다. 턱이 당겨지고 긴 목을 이루는 층층의 근육들이 차례대로 꿈틀거린 후에야 그녀는 말을 이었다.

"놀라지 마세요. 천천히 말할게요, 아주 천천히…. 으음…, 그날 재인은 나에게 만나는 사람이 생겼다고 말했어요. 좋아하는 남자 음, 그러니까 뭐라 말해야 하나, 애인? 으음, 후후후."

그녀는 한 번 더 음침하게 웃었다.

"저는 정말 당황스러웠어요. 언제나 완벽하게 모범적인 친구였고, 대체로 자기 이야기를 거의 하지 않던 친구였기 때문에, 정말 놀라운 일이 아닐 수 없었지요. 제게 연애 사건은 일 년에 적어도 서너 번은 일어나는 흔한 일이지만, 재인이 같은 친구에게는 평생에 한두 번 일어날까 말까 하는 일이 아닐까 생각했죠. 게다가 저는 자유로운 이혼녀지만, 재인이는 남편에게 철저하게 충실한 아이라고 믿었고요. 전 호기심에 우선 그 남자에 대한 것부터 물어보았어요. 그런데 이야기를 계속해도 괜찮겠어요?"

민석은 그녀에게 어떤 표정을 읽혀버린 것 같았다. 민석은 자세를 고쳐 잡고 자신도 모르게 굳어가는 표정을 바르게 잡으며 고개를 크게 끄덕거렸다. 검은 옷을 입고 긴 부츠를 신은 이혼녀는 상대방을 탐색하는 표정을 거두고 이야기를 이어나갔다.

"재인이는 바로 그날이 그 남자에게 헤어지자고 말한 날이라고 했어요. 전 재인이에게 남자가 있다는 사실도 알지 못했는데, 어느새 헤어지게 된 날 그 사실을 알게 된 거죠. 재인은 그 남자에게 분명 이런 만남은 옳지 않다고 말하고 헤어지자고 했지만, 왠지 자신이 잘못한 것 같다고 말했어요. 이별을 선언했지만 그 남자와 만나지 않고는 견디기 어려울 것 같다고, 아무래도 벗어나기 어려울 것 같다고 했죠."

"그게 언제쯤이었나요?"

"으음. 한 일 년 전쯤이에요."

"네? 일 년 전이라고요?"

민석이 한 번 더 되물었다. 아내의 행적을 조사해본바 일 년 전이라면, 그자와의 만남이 부정의 시작이었다. 그리고 이 수상한 여자의 이야기가 모두 맞는다면, 그 누구보다 그자로 인해 아내가 크게 흔들리기 시작한 것 같았다. 민석은 가연을 향해 의자를 더욱 바짝 당겨 앉았다.

"아내가 한 이야기를 모두 기억해봐 줘요."

"기억은 왜곡돼요."

"그래도 가능하면 정확하게 기억해줘요."

"잘될지 모르겠어요."

비웃음 같은 미소를 흘리는 그녀의 얼굴이 민석에게 바짝 다가왔다. 두 사람은 이내 무척 가까워졌다. 그녀의 검은 머리와 분가루가 가득한 얼굴에서 나는 강한 향이 민석의 코 속으로 흘러들어왔다. 그 향기는 말하는 자와 말을 듣는 자의 기억 모두를 왜곡시키기에 충분히 짙고 독했다.

"그 사람이 먼저 재인에게 적극적으로 접근했다고 했어요. 재인이 결혼한 것을 알았지만, 물러서기는커녕 더욱 집요하게 다가왔다고 했죠. 재인은 그 남자가 어떤 강한 권력을 가지고 있다고 말했어요. 그리고 자신도 모르게 그 힘에 끌려 들어갔다고 했죠. 심지어 그 남자는 재인에게 그런 말을 했대요."

"어떤 말이죠?"

민석은 두 사람 사이의 공간 사이로 머리를 조금 더 깊이 들이밀었다.

"너를 내 것으로 만들려면 얼마의 돈이 필요할까?"

민석은 흠칫 놀랐다.

'음 뭐? 이런 더러운 말을 들어보았나. 앞에 있는 이 이상한 여인이 지어낸 말이 아닐까?'

민석은 속이 뒤틀릴 정도로 거부감을 느꼈다. 민석이 알고 있는 아내의 성품상 그런 질문에 아내가 모욕감을 느끼지 않았다는 사실이 의아했다.

"아내의 입에서 직접 그런 말이 나왔나요?"

"이 부분만큼은 정확하게 기억해요. 저도 많이 놀랐으니까요. 돈으로 여자를 가지려고 했다는 그자에게는 아무래도 재인이의 분위기와 맞지 않는 천박함이 있다고 생각했죠."

"하하핫!"

여자가 말을 하다 말고 갑자기 고개를 젖히고 이를 드러내며 크게 웃기 시작했다. 검게 줄을 두른 눈가의 잔주름들이 짙은 분칠 사이로 골을 만들며 또렷하게 드러났다. 그녀는 과장되고 우스꽝스러운 몸짓으로 원맨쇼를 하고 있는 광대 같았고, 민석은 절대 함께 웃을 수 없는 불편한 관객 같았다. 여자는 겨우 웃음을 멈추고 다시 말을 시작했다.

"어리석은 여자들은 자신의 가치를 스스로의 능력으로 평가하지 않고, 남자들의 재력이나 권력의 잣대에 맞추어 평가하지요. 전 처음엔 재인이 그런 남자에게 빠졌다는 사실에 좀 놀랐지만, 잠시 후에 왠지 안도했다고나 할까? 재인이 같은 여자도 별 수 없구나."

아내 친구가 눈을 깜박거리며 음침한 눈동자를 장난스럽게 굴렸다. 짙은 마스카라를 매달고 껌벅대는 까만 눈썹이 더욱 위태로워 보였다. 민석은 혼란스러웠다. 은근히 아내를 폄하하고 있는 그녀를 탓할 수도, 그렇다고 동조할 수도 없고…. 그러면서 자신도 모르게 시선은 그녀의 검은 머리와 검은 눈썹, 그리고 검은 눈동자로 고정되고 있었다.

"아내가 또 다른 말은 하지 않았나요?"

"무슨 말이요?"

"나에 대해서, 아니면 그에 대해서…."

"음…, 제가 물었죠. 앞으로 어떻게 할 거냐고요. 잘 모르겠다고 했어요. 그냥 그 남자를 다시 만나고 싶다고 말했고요. 자기도 그런 생각을 하는 자신의 마음을 제어할 수 없어 힘들다고 했어요."

"아내가…, 그 사람 많이 좋아했었나 보군요."

"그거야 제가 다 알 수 없지만…."

여자는 잠시 숨을 고르고 말을 이었다.

"민석 씨에게 위안이 되라고 하는 말은 아니고요. 제 육감으로 재인이가 그 사람을 진정으로 사랑한다고 느껴지지는 않았어요. 어떻게 보면 재인의 의도가 아닌 것 같았어요. 그냥 어떤 힘에 무릎을 꿇은 사람 같아 보였다는 말이에요. 자신의 의지대로 선택한 사랑이라면 행동을 해야죠. 남편에게도 용기를 내어 말해야겠죠. 이제 진정한 사랑을 찾았으니 껍질만 남은 부부라는 관계는 이제 끝내자고요. 실은 재인은 당신에 대해서는 한 마디도 하지 않았어요. 미안함도 죄책감도 없는 것처럼 보였어요. 그냥 이야기하는 내내 힘들다고만 했어요."

아내의 친구는 말을 멈추고 앞에 있는 찻잔을 들었다. 이제 민석이 말할 차례였다.

"실은 아내가 사라진 후 아내의 행적을 조사했어요. 실은 아내는 다른 남자들과도 만났어요. 하지만 그 남자들은 모두 스쳐가는 상대였던 것 같아요. 아내의 어긋난 행동들은 가연 씨가 말한 그 남자와 헤어진 이후부터 시작된 것이 분명해요."

민석은 이제 아내의 친구에게 자기가 알고 있는 정보까지 알려주며 함께 분석하는 입장이 되었다.

"뒷조사를 많이 하셨군요. 하긴 저까지 찾아내신 걸 보면…"

"그러게요. 지금으로서 제가 할 수 있는 일은 그것 말고는 특별히…. 재인이는 제게 중요한 사람입니다."

"새삼. 알고 보면 그렇고 그런 여자 아닌가요? 너무 특별하게 생각하지 마시고 자신도 좀 돌보시죠. 제가 보기에 민석 씨는 넋이 반쯤은 나간 것 같아요. 이성적인 판단도 어려워 보이고요."

"제가 그렇게 보이나요?"

"네, 적어도 제 눈에는 불쌍할 정도로 한 가지에 집착하고 있는 것 같아요 그 한 가지가 한낱 신기루일지도 모르는데…"

그녀는 한 손을 들어 검고 긴 생머리를 어깨 너머로 넘기며 몸을 살짝 비틀었다. 민석의 시선이 골 깊은 스웨터 속에서 함께 비틀려지는 두 개의 젖가슴 쪽으로 갔다. 분명 거부감과 경계심을 가지고 있었지만, 여자를 바라보는 두 눈과 그와 연결된 뇌의 특정 부분에서 분비되는 물질은 그의 이성을 순간순간 둔화시키고 있었다.

그녀는 자신의 가슴께에 고정되어버린 민석의 시선을 고양이처럼 재빠르게 훑어보았다. 그리고는 여자는 마치 '그러면 그렇지.'라고 말하는 듯 여유로워졌고, 모든 주도권을 가지고 온 사람처럼 도도해졌다. 친구가 아내를 비하했지만, 정작 민석은 반박할 수 있는 힘을 잃었다. 아내의 친구는 능숙하고 치밀한 사냥꾼처럼 작은 기회를 놓치지 않았다.

"그런데 제가 지금은 민석 씨와 더 이야기할 시간이 없어요. 약속이 있거든요. 워낙 시간 약속을 지키지 않으면 화를 내는 사람이라서…. 이따가 저녁 시간에 나머지 이야기를 해드리면 안 될까요?"

그녀는 은근히 자신에게 남자가 있음을 암시했다. 그리고 그 남자를 미끼삼아 민석에게 또 한 번의 약속을 제안하고 있었다. 민석의 여러 분비샘에서는 더욱 복잡한 물질들이 분비되기 시작했다.

"아내에 대하여 할 이야기가 더 남았나요?"

"조금은…, 당신보다는 내가 아는 것이 좀 더 많지 않겠어요?"

민석은 졸지에 약자가 되어버렸다. 이제는 어쩔 수가 없었다. 그녀의 의견에 반대할 특별한 이유가 생각나지 않았다.

"알았어요."

"저녁에 와인이 맛있는 집에서 봐요. 어떤 대화든 술이 좀 들어가야 부드럽게 풀리거든요. 전화드릴게요. 9시쯤 보게 되었으면 해요."

그녀는 왼손을 들어 길고 검은 생머리를 한 쪽 어깨로 몰아 꼬는 시늉을 했다. 그리고 남은 한 손을 가볍게 내밀어 악수를 청하는 몸짓을 했다.

'9시의 와인바라…'

그녀에게는 대낮의 밝고 따뜻한 카페보다 어울리는 장소였다. 민석은 무심결에 붉은 매니큐어가 칠해진 손끝을 살짝 잡았다. 차고 끈적이는 느낌일 줄 알았는데, 의외로 잘 마른 솜처럼 폭신하고 따뜻한 감촉이었다. 사라진 아내만큼이나 알 수 없는 여자였다. 민석은 이 세상 모든 여자를 몰랐다. 자신을 세상에 있게 해준 어머니도, 사랑했던 아내도, 그리고 눈앞에서 알 수 없는 교태의 몸짓을 하고 있는 여인도 자신의 인생에 어떤 의미로 다가온 사람인지 알 수 없었다.

길고 가느다란 부츠 굽에 얹힌 여자의 커다란 몸이 출렁이듯 겨울 햇살 속으로 사라져갔다. 민석에게 환한 햇살은 그녀의 뒷모습과 함께 꺼져버렸다. 남겨진 시간과 공간 속에서 민석은 꿈을 꾸듯 검은 긴 생머리를 가진 여인을 탐하고 또 떨쳐내는 상상을 했다. 검은 생머리가 문득 눈늘 무드러운 갈색 웨이브로 바뀌어 품을 파고들기도 했다. 아내와 그 친구의 모습이 백일몽 속에 번갈아 등장했다. 민석은 한참 넋을 놓고 멍하게 한 자리에 앉아 있었다. 햇살이 기울어 인공조명이 켜지고, 카페의 직원이 민석에게 다가와 저녁 손님을 위해 자리를 비켜주어야 한다는 말을 한 후에야 겨우 그곳을 나올 수 있었다.

밖으로 나오니 어느새 차가워진 초저녁의 공기가 민석의 멍한 정신을 일깨웠다. 9시까지는 아직도 여러 시간이 남아 있었다. 아내가 곁에 있다면 바삭한 새우튀김을 얹은 따뜻한 우동을 먹으러 가고 싶은 날이었다. 짙은 자주색 와인, 코를 찌르는 향을 가진 치즈와 검은 옷을 입은 아내의 친구와 함께 보내야 하는 저녁이 낯설게만 느껴졌다.

집에 돌아온 민석은 자신의 방 넓은 침대 한 구석에 웅크리고 누워 아내의 체취가 희미하게 남아 있는 이불을 뒤집어썼다. 그리고 백일몽이 아닌 진짜 깊은 잠에 빠져 들어갔다. 꿈은 빠르게 진행되었다.

민석은 어떤 행렬을 바라보고 있었다. 똑같은 제복을 입은 사람들이 커다란 구령 소리에 맞춰 한 치의 오차도 없이 줄을 이루며 행진하고 있었다. 민석은 자신이 어디에 있는지 알 수 없었다. 하지만 여러 줄로 정확하게 짜 맞추어진 바둑판식 행렬 속 빠져 있는 한 사람의 자리. 바로 그 텅 빈 자리가 자신이 있어야만 할 곳임을 알 수 있었다. 교관이 알게 된다면 무척 화를 내며 무리를 이탈한 자를 찾아내려고 할지 몰랐다.

민석은 몸을 잃어버리고 떠다니는 유체처럼 그곳을 불안하게 보고 있었다. 하지만 자신의 몸으로 빈자리를 채워 들어갈 수가 없었다. 교관과 주변에 줄을 잘 맞추고 열심히 행진하고 있는 자들은 아직 한 자리가 비어 있다는 사실을 눈치 채지 못한 것 같았다. 행진하는 자들의 동작은 점점 과격해지고, 구령은 귀를 찢을 듯 커져갔다.

초조함은 극에 달했다. 이대로 있다가는 큰 벌을 받게 될 것 같았다. 민석은 자신의 육체를 찾아 헤맸다. 그리고 동시에 제복과 모자를 찾았다. 하지만 그 어디에서도 자신이 찾는 것을 발견할 수가 없었다. 무언가를 애타게 찾고 있는 동작이 더할 나위 없이 무겁고 둔탁했다.

결국 교관이 텅 빈 자리를 발견하고 자신의 이름을 불러대기 시작했다. 자신을 찾는 교관의 목소리가 민석을 압박할수록 대형의 행진은 미친 듯 힘차게 진행되고 민석의 빈자리는 점점 더 넓어져만 갔다. 의식의 불안은 극한에 도달했다. 대형은 이젠 커다란 뱀처럼 꿈틀거리기 시작했고, 교관은 급기야 금속성의 고성을 내기 시작했다.

그때 갑자기 또 다른 소리가 끼어들었다. 민석의 의식이 황급히 현실로 돌아왔다. 전화벨 소리에 그는 겨우 익숙한 자신의 침실로 돌아올 수 있었다. 전에도 가위에 눌려본 적이 있었지만 이런 지독한 느낌은 처음이다. 민석은 식은땀에 범벅이 된 몸을 겨우 일으켜 전화기를 집었다. 일단 그 미친 행렬로 들어가지 않아도 된다는 사실에 안도했지만, 전화를 받는 일 또한 꿈속 못지않은 긴장감을 일으켰다. 작은 기계 저편으로부터 검은 머리 여인의 목소리가 잡음과 함께 들려왔다. 전화를 끊은 민석은 서둘러 여인이 지시한 장소를 향해 되찾은 몸을 움직였다.

와인바는 차로 시내에서 30분 정도 벗어난 곳에 있었다. 이면도로 구석에 있었기 때문에 아는 사람이 아니면 찾기 어려운 장소였다. 민석은 아내의 친구가 지시한 대로 차를 몰았지만 두세 번 같은 골목을 반복해 돌고 나서야 겨우 작은 간판 하나를 찾을 수 있었다.

'판타지'

와인바 간판에는 이렇게 쓰여 있었다.

환상…. 판타지라는 와인바의 이름이 모종의 암시처럼 다가왔다. 민석은 최근 자신에게 일어나는 모든 일들에서 도무지 현실감을 느낄 수가 없었다.

아내가 사라진 일부터 시작해서 모든 것이 낯설었다. 좀 전에도 육체를 잃어버리고 미친 듯 헤매는 꿈을 꾸었지만, 깨어나도 또 다른 꿈으로 빠져들어가는 듯 좀처럼 익숙한 감각을 되찾기 어려웠다. 실제 꿈은 깨어나면서 모든 상황이 사라져버리지만, 아내가 없는 이 상황은 지난 3개월 동안 매일 아침 끈질기게 반복되며 찾아왔다

'끈질기게…, 끈질기게…'

민석이 혼자서 웅얼거리며 이 와중에도 현실감 있게 돌고 있는 시계를 한 번 흘끗 들여다보았다. 그리고 기괴한 모양에 쇠 장식이 달린 와인바의 문을 밀어젖혔다.

낯설고 육중한 문은 또 다른 흐름으로 전개되는 환상을 여는 문처럼 기묘한 소리를 내며 열렸다. 순간 밤안개가 깔린 묘지의 공기처럼 서늘하고 축축한 기운이 민석을 감쌌다. 그는 눈살을 찌푸렸다. 뿌연 어둠 속에서 느리게 연주되는 피아노 소리와 허스키한 음성을 가진 여가수의 노래가 들려왔다. 언뜻만 들어도 노래하는 여자가 내뿜는 슬픔과 고통이 주변으로 스멀스멀 스미는 것 같았다. 그러면서도 왠지 남자를 흥분시키는 목소리. 민석은 아무도 반기지 않는 입구에서 멈칫거렸다.

잠시 후 홍채가 열리고 시신경이 어둠에 적응하자, 몇 개의 테이블과 작은 촛불들이 보이기 시작했다. 촛불은 앉아 있는 사람들을 어렴풋하게 비출 수 있었지만, 돌아다니는 웨이터들의 얼굴을 비출 정도의 밝기는 아니었다. 때문에 시야에서 왔다 갔다 하는 웨이터들은 몸통만 있는

유령들처럼 보였다.

　민석은 몇 걸음 안으로 들어갔다. 그리고 어렵지 않게 아내의 친구를 찾았다. 그녀는 홀 정중앙 테이블에 유령들의 지도자처럼 엄숙하고 곧은 자세로 앉아 있었다. 여인은 낮보다 더 커 보였다. 긴 머리는 어둠에 묻혀 보이지 않았고, 작은 눈망울은 촛불 탓인지 더욱 흔들리고 있었다. 양 손으로 모아 쥐고 있는 둥근 잔에는 핏빛 액체가 담겨 있었고, 입술은 물기로 반들거렸다. 그녀는 낮보다 짙은 립스틱을 바른 것이 분명했다. 민석과 눈이 마주치자 그녀는 벌떡 자리에서 일어났다. 그러자 붉은 입술을 담은 큰 얼굴은 어둠속에 숨어버리고, 촛불의 그늘 때문에 더욱 굴곡이 드러나는 커다란 몸통만이 민석의 시야에 들어왔다.

　그녀의 옷은 아까 낮에 입었던 옷이 아니었다. 깊게 파진 핑크색 앙골라 스웨터에 몸에 꼭 맞는 청바지를 입고 있었다. 어쩌면 시간 약속을 지키지 않으면 화를 내는 불같은 성격의 남자와 대낮에 한 차례 정사를 치른 후 갈아입은 옷일지도 몰랐다. 스웨터의 패인 목 주변에 달린 진주 구슬들은 가슴이 출렁일 때마다 함께 흔들거렸고, 딱 붙는 청바지는 성기의 골까지 파고 들어갈 듯 그녀의 하체를 힘껏 조이고 있었다. 잠시 테이블로 다가가지 못하고 지체하는 민석을 향해 몸통으로부터 하얀 손이 불쑥 튀어나왔다.

　"어서 오세요. 찾기 어렵지 않으셨어요?"

　민석은 내민 손을 향해 다가갔다. 하얀 손으로부터 여전히 목소리가 들려왔다.

　"이 집, 찾기는 좀 어려워도 제가 좋아하는 곳이에요. 맛있고 기분이 좋아지는 와인이 다양하게 있거든요. 아무래도 매 순간 우리 몸은 즐거움을 찾으니까요…, 후후. 아무리 심각한 이야기라 하더라도, 이왕이면 즐겁게 해야겠다는 생각이 들어서 이곳에서 뵙자고 말했지요."

"네, 전 괜찮습니다."

"앉으세요."

민석은 주춤거리면서 하얀 손이 가리키는 의자에 앉았다. 두 사람은 와인 한 잔과 촛불 하나를 사이에 두고 마주 보았다. 앞에 앉은 여인이 아내였다면 작은 초의 온기로 따듯해진 미소가 오고 갈 수 있는 공간이었다. 하지만 지금은 아니었다.

"어떤 와인을 드시겠어요?"

"전 잘 모르겠네요. 그냥 같은 것으로 시켜주시겠어요?"

"아아, 그럼 먼저 제 것을 드셔보세요."

그녀는 자신의 붉은 입술 자국이 선명하게 묻은 잔을 민석 앞으로 내밀었다. 민석은 차마 거절하지 못하고 입가로 잔을 가져갔다. 순간 여자가 손을 뻗어 잔을 든 민석의 손을 살짝 잡아 당겼다.

"잠시만요. 와인을 즐기는 법을 먼저 아셔야겠네요."

여자는 아예 민석의 손에 자신의 손을 감싸 쥐었다.

"우선 와인 잔부터 자세히 바라보세요. 여인의 몸처럼 섬세하게 부드러운 선과 투명하고 맑은 표면, 그리고 잘못 다루면 금방이라도 금이 갈 것 같은 연약함."

민석은 넋을 놓고 여자의 지시대로 촛불에 반사되어 반짝거리는 잔을 바라보았다.

"자, 그 다음엔 아름다운 잔을 손끝으로 살며시 잡고 이리저리 돌려 보며 눈을 즐겁게 하세요."

민석은 자신의 손등 위에 겹쳐진 손의 인도에 따라 잔을 흔들었다. 그녀와의 접촉 때문인지, 잔의 관능적인 선 때문인지, 아니면 아직도 들려오는 여인의 노래 소리 때문인지, 민석은 자기도 모르게 서서히 흥분하고 있었다. 짙은 핏빛 액체는 민석의 몸속에서 서서히 더워지고 요동치는 혈액처럼 순결하고 투명한 잔 속에서 제멋대로 출렁거렸다.

"이젠 잔을 내밀어 조명에 비친 포도주의 빛깔을 보세요."

그녀는 작은 촛불 가까이 잔을 당겨 민석이 그 속을 들여다볼 수 있도록 했다. 민석의 시선은 밑에 담긴 붉은 빛 액체보다는 위쪽 맑은 유리를 통해 보이는 두 개의 하얀 젖가슴에 머물렀다. 민석은 그 신비한 빛깔의 즙이 그녀의 두 개의 젖가슴에서 분비되어 잔 속으로 떨어진 액체라고 생각했다. 그는 드디어 포도주의 맛이 미칠 듯이 궁금해졌다. 여자의 몸속에서 분비된 액체의 맛에 본능적인 목마름이 생겨난 것 같았다. 그녀는 민석의 욕망을 빠르게 눈치 챘다.

"자, 이제는 참을 수 없을 정도로 그 맛이 궁금해졌을 거예요."

그녀는 조급한 욕망을 다스리는 여신처럼 너그러운 미소를 지었다. 그리고 천천히 민석의 입술을 향해 잔을 내밀며 이제는 그 맛을 보라는 고갯짓을 해보였다.

"코끝으로 향을 맡고 예민해진 혀끝으로 맛을 살짝 보세요."

민석은 오래된 꽃잎에서 날 듯한 그윽하면서도 자극적인 향을 느끼며 한 모금을 혀끝을 통해 목구멍으로 흐르게 했다. 한 줄기 액체가 달고

시고, 그리고 형용하기 어려운 뒷맛을 남기고 사라졌다. 왠지 허락되지 않는 것을 느껴버린 사람처럼 민석은 부르르 몸을 떨었다. 다시 한 번 형용하기 어려운 그 맛을 느끼고 싶었다. 환상의 문을 열 때 이미 예상했던 상황이었을까? 민석은 왠지 모르게 불안했지만 멈출 수 없음을 알고 있었다.

결국 눈앞에는 또 하나의 잔에 새 포도주가 채워졌고, 그러기를 여러 차례 반복했다. 어느 순간 민석의 몸속에서는 본래의 혈액을 대신해 잔속의 붉고 뜨거운 액체가 돌기 시작했다. 머리가 핑 돌고 붉은 열꽃이 솟아난 피부가 따끔거렸다. 혀가 둔해져 말도 잘 나오지 않았다. 분명 아내에 대한 이야기를 하고 있었지만, 내용은 전혀 이해되지 않았다. 마치 이 세상에 단 한 번도 존재하지 않았던 것에 대한 이야기 같았다.

깊게 취할수록 민석은 자기도 모르게 더욱 빨리 붉은 액체를 입속에 털어넣고 있었다. 강박적 반복이었다. 민석은 가까스로 여자의 붉은 입술이 벌어졌다 다물어졌다 하며 드러나는 그 깊은 안쪽의 어떤 공간을 바라보며 고개를 끄덕이고 있었다. 그 구멍에서는 가느다란 진동수를 가진 곤충의 울음소리가 들렸다. 눈이 자꾸 감겼다. 잠시 졸았던가, 민석이 정신을 차리며 고개를 들어보니 여자가 갑자기 커다란 벌레로 보였다. 움찔한 민석이 눈을 꾹 감았다 뜨자, 이번에는 여자가 미끄럽고 끈적거리는 비늘을 가진 커다란 뱀으로 변해 있었다. 느릿하면서도 리드미컬한 연동 운동을 하는.

급기야 여자는 시시각각 다른 모습으로 변신했다. 그러면서 얼마나 시간이 흘렀을까. 변신을 거듭하던 여인이 어느 순간 통통한 입술을 가진 갈색머리의 아내가 되었다. 그리고 아내로 변한 여인은 다정하고 친절한 몸짓으로 민석을 일으키고 부축해주었다.

"아아, 여보…."

민석은 어지러운 눈을 감고 상냥한 아내의 어깨에 몸을 기대었다. 그리고 젖가슴에서 나는 비릿한 냄새를 맡으며 여인이 이끄는 알 수 없는 장소를 향해 걸음을 옮기기 시작했다. 육중한 문을 한 번 더 밀어 지나간 것 같기도 하고, 어떤 차를 타고 달리는 것 같기도 했다. 아내가 정말로 오랜만에 자신의 얼굴을 부드럽게 어루만져준 것 같기도 했다.

어느 큰 침대가 있는 방에 다다르자 아내로 변한 여인은 민석을 뉘었고, 붉은 액체의 맛에 취해버린 민석의 입안으로 풍만하고 부드러운 젖가슴을 물려주었다. 세상에 갓 태어나 하얗고 부드러운 생명의 액체를 받아들이는 첫 의식을 치르듯 민석은 자신은 몸속 깊은 곳을 향해 그것을 힘차게 당겨 빨아들였다.

온몸에 강한 쾌감이 번져나갔다. 자신의 깊은 저 속에서 신음 소리가 터져나왔다. 어느만큼을 빨아들였을까? 아아, 만족스럽지 않았다. 민석은 있는 힘껏 더욱 세게 그것을 빨아들였다. 상대방의 깊은 곳에서도 신음소리가 흘러나왔다. 고통의 소리인지 쾌락의 소리인지는 알 수 없었다. 민석은 순간 끝내 가질 수 없는 마지막 그것을 가지기 위해 여자를 파괴해버리고 싶은 충동을 느꼈다. 여자의 입속에서 더 큰 비명소리가 나오게 하고 싶었다.

미처 날뛰는 폭풍우에 너덜거리는 돛을 달고 속절없이 흔들리는 돛단배처럼 옷가지는 찢어지고 큰 침대는 출렁거렸다. 민석은 더 이상 자신의 모든 감각이 제어 불능한 상태가 된 것을 느꼈다. 다섯 가지 감각은 미쳐 날뛰었고 모든 것이 뒤죽박죽이 되어버렸다. 혼돈과 혼란이 거듭되던 어느 순간 민석에겐 더 이상 저항할 수 없는 큰 폭발이 일어났고, 곧 이어 끝을 알 수 없는 어둠과 정적이 찾아왔다. 짙은 어둠과 깊은 침묵 속에 민석은 죽음을 체험했다. 모든 감각은 절정의 순간 이후 빠르게 사라져갔고, 세상 밖의 느낌을 알지 못하는 자궁 속 태아로 돌아간 것 같은 평화로움이 찾아왔다.

민석은 쉬었다. 신에겐 일말의 자비로움이 있었다. 극한의 상황까지 몰아갔지만, 그래도 어느 순간 도를 넘지 않고 감각을 거두어가는 은혜를 베풀 줄 알았다. 끝내 멈추지 않을 것 같던 폭풍우는 결국 잠재워졌다. 민석은 쉬고 또 쉬었다. 자궁이 꿈틀거리며 그를 밀어내려는 이상한 움직임을 시작하기 전까지. 그는 그 지독했던 오감의 지배에서 잠시 벗어나 심연에서 휴식을 취했다.

겨울밤은 길고 또 길었다. 하지만 아무리 길어도 시간이 지배하는 세상에서 끝은 언제나 존재하는 법. 민석은 어쩔 수 없이 알 수 없는 힘에 의해 자신이 세상 밖으로 배출되고 있음을 알아챘다.

'아니야, 난 다시 나가고 싶지 않아. 이대로 있게 해줘.'

하지만 언제부터인가 의지대로 되는 것은 하나도 없었다. 감긴 두 눈 사이를 비집고 가느다란 빛이 파고들었다. 그리고 어렴풋이 여자 음성이 들리기 시작했다.

"이제 좀 정신이 드시나 보군요. 괜찮으세요? 어젯밤 와인을 너무 많이 마신 것 같아요."

민석은 여전히 눈을 크게 뜨지 못하고 찌푸린 얼굴로 소리 나는 쪽을 바라보았다. 그 앞에는 낯선 여인이 헐렁한 셔츠를 걸치고 하얀 맨 다리를 드러내놓고 서 있었다.

'누구지? 아아…, 아내의 친구?'

분명 어제 본 아내의 친구인 듯한데 얼굴을 알아볼 수가 없었다.

"왜 절 그렇게 보세요? 제가 화장을 지워서 알아보지 못하시나? 호호호. 저도 어제 너무 무리했는지 방금 전에 일어났어요. 당신이 일어나기 전에 씻고 화장도 하려고 했는데 이미 깨버리셨군요."

'당신? 내가 어느새 당신이 되어버렸나?'

민석은 그녀의 자연스러운 어투에 정신을 차리며 방어적인 반응을 보였다. 동시에 완벽하게 살아난 정상적인 시각으로 자신이 누운 자리를 중심으로 방안 전체를 둘러보았다. 방은 비좁고 가구들은 간소했으나, 비교적 깔끔하게 정돈되어 있었다. 그리고 보니 여자의 모습도 어제보다 사뭇 다른 분위기였다.

두꺼운 화장을 걷어낸 피부는 아침의 생기와 윤기가 돌았고, 검고 긴 인조 눈썹을 떼어낸 눈매는 전날보다 유순해 보였다. 비교적 크고 오뚝한 콧날도 밉지 않았고, 립스틱을 지운 입술 또한 건강한 혈색이 도는 빛깔을 띠었다. 검고 그로테스크했던 긴 머리는 하나로 올려 묶어 단정해졌고, 흰 면으로 된 커다란 셔츠 밖으로 드러난 팔과 다리는 풍만하고 건강해 보였다.

"날씨가 좀 쌀쌀하네요. 찬물로 목을 축였더니 더 추운 것 같아요. 다시 침대에 들어가 몸을 좀 더 녹이고 싶네…"

그녀는 민석이 아직 반쯤만 몸을 일으키고 들어 있는 침대 안으로 파고들었다. 물론 민석의 침대가 아닌 이상 민석이 그녀를 밀쳐낼 권리는 없었다. 그녀의 자연스러운 태도로 보아 이곳이 그녀의 집인 것이 확실했다. 민석은 다가온 그녀의 맨 얼굴을 마주했다. 어색하게 서로에게 머문 눈길이 짧은 시간을 길게 늘여주는 듯했다.

"하하하, 정말 우습죠?"

그녀가 먼저 큰 웃음을 만들어 멋쩍은 시선으로부터 탈출했다.

"제가 재인이의 남편과 함께 자게 될 줄은 정말 꿈속에서조차 상상한 적이 없었어요. 재인이가 남편 이외의 남자와 그럴 수 있는 아이라는 것을 상상 못 했듯이."

민석은 그녀의 거침없는 표현에 잠깐 동안 어쩔 줄을 몰랐다. 하지만 시선만큼은 여자의 맑은 얼굴에서 쏟아져 나오는 웃음과 셔츠 단추 사이로 보이는 천진한 젖가슴에서 떼지 못했다. 민석은 그녀의 노골적인 말에 어떤 대꾸도, 어떤 행동도 하지 않았다. 낡은 커튼의 올올 사이로 스며든 햇살과 맨몸에 닿은 부드러운 침구, 그리고 웃음소리가 시원한 여인을 가만히 즐기고 있었다. 아내가 떠난 후 오랜만에 느끼는 만족감과 편안함이었다.

민석은 여자의 하얀 셔츠 단추를 하나하나 풀고 느긋하게 사랑을 나누는 상상을 했다. 그리고 난 후 여자가 만들어주는 노른자가 탐스러운 계란 프라이로 허기진 배를 채우고 싶다고 생각했다. 그 순간 어디선가 휴대폰의 희미한 진동 소리가 들렸다. 민석은 몸을 일으켜 의자에 가지런하게 걸쳐진 자신의 옷을 걷어 벌거벗은 몸을 가렸다. 그리고 겉옷 주머니 안을 뒤져 휴대폰을 꺼내 들었다. 발신자 표시 제한…. 기계는 비둘기를 담고 있는 마술 상자처럼 수상한 진동을 하고 있었다. 이상한 예감이 잠시나마 양순해졌던 민석의 정신을 세게 내리쳤다.

분명 아내다. 민석의 심장이 빠르고 강하게 뛰기 시작했고, 휴대폰을 쥔 손이 파르르 떨렸다. '죽은 자에게서 걸려온 전화'라는 추리소설의 제목이 떠올랐다. 민석은 수신 버튼을 누르고 진동하는 작은 기계를 귀에 가져갔다.

"여…, 보…, 세요?"

소리는 꼬깃꼬깃하게 접힌 종이를 펴내듯 가까스로 튀어나왔다.

"…"

너무 늦게 받은 탓일까? 아니면 어렵게 연락을 결정한 그녀의 마음이 다시 흔들려버린 것일까?

"여보세요? 여보세요?"

"…"

분명 끊긴 것은 아닌데 침묵이 이어졌다.

"당신이야?"

민석이 급하게 불쑥 다가가는 실수를 범했다.

'뚜우…'

순간 전화는 끊겼다. 민석은 유대폰을 놓쳐버렸고 망연자실한 그의 시선은 아직 침대 안에 있는 여자의 휘둥그레진 눈동자와 한 치의 어긋남 없이 마주쳤다.

"재인인가요?"

"잘 모르겠어요."

"모르겠다니요."

아내 친구가 눈을 가늘게 뜨며 미간을 찌푸렸다. 그러자 조금 전까지 신선하고 맑았던 피부에 가는 주름이 번지기 시작했다.

"아무 말 없이 끊어버렸어요."

"그 전화가 재인이 아닐 수도 있잖아요."

"이제 그만 가야겠어요."

민석의 아침 섹스와 계란 요리의 꿈은 한 통의 전화로 물거품이 되었다.

"어제는 정말 고마웠어요. 오랜만에 과음을 해서 너무 많은 실례를 범한 것 같습니다."

"그러게요. 저도 이젠 일을 나가야죠. 여자가 혼자 살면 스스로 돈을 벌어야 하니까요."

순식간에 생기를 잃은 여자가 빠르게 푸념조의 말투로 바꾸어 말했다. 민석은 그녀가 무슨 일을 하는지 알지 못했다. 문득 궁금했지만 묻지는 않았다. 이제 그녀에게서 아내에 대한 정보는 더 이상 바랄 것이 없어 보였다. 어젯밤 나눈 이야기는 전혀 기억나지 않았지만, 왠지 요점과는 관계없는 내용들만 오간 것 같았다. 민석은 돈벌이에 대한 언급이 나오면서 어두워진 그녀의 얼굴을 애써 외면했다.

"먼저 가보겠습니다. 괜히 저 때문에 일하시는 데 문제가 생긴 것은 아닌지."

"괜찮아요. 제가 도움이 되었는지 모르겠네요. 하루 빨리 재인이를 찾아서 다시 한 번 좋은 관계 만들어가시길 진심으로 바라고요. 제 도움이 필요하시면 언제든지 연락하세요."

"네, 고맙습니다. 다시 연락드리겠습니다."

하룻밤을 함께 지낸 사이치고는 지극히 형식적인 인사가 오갔다. 현관에서 또 한 번 불쑥 내민 그녀의 손을 가볍게 잡아 악수를 나눈 후 민석은 서둘러 그녀의 집을 나섰다. 낯선 동네, 낯선 거리였다.

민석은 아내의 숨소리가 스쳐 지나간 것 같은 전화기를 한 손에 꼭 쥐고 길을 걸었다. 아직도 아내의 망설임이 담겨 있는 듯 불안한 감촉이었다. 전에도 민석은 아내 외의 여자들과 간간이 관계를 맺어본 적이 있었다. 희진과는 오랜 기간 은밀한 사이이기도 했다. 하지만 지난밤 일은 더욱 심각하게 금지된 것을 누리고 난 후처럼 격렬한 죄책감을 불러일으켰다. 그리고 조금 전 어떤 경고의 표지와도 같은 한 통의 전화…

큰길로 나오자 민석은 한 손에 쥐고 있던 전화기를 코트 속주머니 속에 넣어버렸다. 왠지 그 집에서 멀어진 이상 아내의 전화는 오지 않을 것 같기 때문이었다.

봄

딱 하루를 전환점으로 하여 겨울과 봄은 그 구역을 나누었다. 민석은 봄이 차지하기로 정한 그 첫 날을 예민하게 알아챘다. 아내가 사라진 후 계절은 두 번 바뀌었다. 곧바로 겨울이 찾아왔고, 그리고 지금 봄이 찾아왔다.

겨울 내내 민석은 하던 일마저 접어두고 아내를 찾는 일에 열중했다. 송사장에게 은밀한 정보를 받기도 했고, 아내의 주변 사람들을 탐색하기도 했다. 하지만 아내 친구와의 이상한 하룻밤, 그리고 그 다음날 수상한 전화 한 통을 받고 난 이후로는 도무지 어떤 행동도 취할 수가 없었다. 마치 어느 작가의 꽉 막혀버린 머릿속처럼 앞으로도 뒤로도 진행할 수 없는 정지 상태가 계속되었다. 의기양양해진 시간은 멈춰버린 그를 사정없이 후려치며 흘러갔지만, 민석은 그 어떤 저항도 할 수가 없었다.

아내의 친구 가연에게는 그 후 두 차례 연락이 왔다. 그 혼란스러웠던 밤 이후 한 번은 잘 지내고 있냐는 간단한 안부를 묻는 전화였고, 또 한 번은 재인의 남자에 대한 자세한 정보를 알 수 있을 것 같다는 내용의 전화였다. 문득 길을 걷다가 아내와 이야기를 나눌 때 나온 그 남자의 회사 이름이 떠올랐고, 그 회사의 홈페이지를 검색한 결과 재인이 이야기한 남자와 모든 것이 일치하는 사람을 찾았다는 내용이었다. 민석은 고맙다고 인사하며 조만간 자세한 내용을 물어보기 위해 만나자고 말했지만, 막상 그 전화를 받은 지 두어 달이 흐른 지금까지 그 어떤 연락도 하지 못했다.

분명 가연이 알아낸 그 남자가 아내가 저지른 부정에 시초적인 인물이며 어떤 단서를 가진 인물이라고 짐작되었지만, 막상 봄이 온 그날부터 민석은 아내에 대하여 거의 잊고 지낼 정도로 무감각한 상태를 이어가고 있었다.

아침이면 간단하게 식사를 하고 신문을 읽었다. 날씨가 좋은 날에는 산책을 나가기도 했다. 오후에는 희진의 집에 머무는 날이 많았고, 희진의 집에 가지 않는 날에는 중단된 자신의 일을 개시하기 위해 현준과 만나곤 했다. 현준은 그동안 사무실을 잘 운영해주고, 자신의 자리 또한 잘 보존해주었다. 희진과의 사이는 어느 정도 불편함이 남아 있었지만, 해가 바뀌며 눈에 띄게 어린 티를 벗은 그녀는 민석을 편안하게 해주려 애쓰고 있었다. 민석은 더 이상 생활의 불편을 못 느낄 정도로 급속히 안정을 되찾아갔다.

어느 순간부터는 정상적으로 사무실에 출근하기 시작했고, 거의 매일 희진의 집으로 퇴근을 했다. 물론 희진이 차려준 정성스러운 저녁 식사를 마친 후에는 반드시 집에 돌아와 잠을 잤다. 왠지 희진의 집에서 잠을 자기 시작한다면 그대로 아내를 잊게 될 것 같기 때문이었다. 봄은 민석에게 그리웠던 체온처럼 주위 모든 것에 따뜻한 온기와 부드러움을 살아나게 만들어주었다. 바람에 날리던 쓸쓸한 낙엽과는 달리 파랗게 움트는 새싹은 아내의 실종에는 별반 관심이 없는 듯 보였다. 발신자 제한 표시 전화는 그 후 단 한 번도 울리지 않았다. 가연에게도 그 뒤로는 연락이 오지 않았다.

재인이 없다는 것 말고는 모든 것이 이전과 같았다. 일을 마치고 들어가는 희진의 집에서는 따듯한 온기와 더불어 식욕을 자극하는 음식 냄새, 여자의 향기가 한꺼번에 마중을 나왔다. 갖가지 아기자기한 반찬에 밥을 먹고 나면 희진 집 근처를 산책하면서 봄꽃들을 즐겼다. 바깥 공기에는 갖가지 화려한 꽃 냄새가 섞여 있었고, 그 향기는 지난 겨울의 미스터리를 잊게 만들어줄 만큼 충분히 진하고 화려했다.

민석은 산책을 마치고 그대로 집으로 돌아가기도 했고, 때로는 다시 희진의 집으로 돌아가 그녀를 안기도 했다. 마치 과거에 아내와 보낸 신혼 생활이 반복되는 듯, 안정적이지만 어딘지 모르게 어설픈 봄은 그렇게 지나가고 있었다. 다시 한 번 가연이 민석의 눈앞에 나타나기 전까지 짧고 아슬아슬한 평화는 잠시간 지속되었다.

4월 5일…. 나라에서 나무를 심기로 정한 날이다. 눈에 보이지 않는 그 무엇을 상상하며 작은 씨앗을 검은 땅에 묻는 일. 땅과 자연은 분명 나무의 성장과 열매에 대한 약속을 지킬 것이다. 간혹 그 생명을 더욱 강하게 만들기 위하여 시련을 주는 일도 있겠지만.

오랜만에 공휴일을 맞아 민석은 늦잠에서 깨어났다. 4월 5일은 재인과의 결혼기념일이기도 했다. 일 년 중 가장 생명력이 높은 절기, 부부의 인연을 약속하기에 적절한 날이었다.

3월엔 겨우내 언 땅 속에서 차가운 죽음의 상태를 견뎌낸 갖가지 형태의 생명들이 새로운 탄생을 준비한다. 하지만 초봄의 환경은 아직 위협적일 수 있다. 때로는 따뜻한 공기가 새 생명들을 유혹하지만, 막상 고개를 내밀면 수시로 미련이 남은 차고 매서운 공기가 봄의 영역을 침범한다. 하지만 4월이 되면 더 이상의 침범은 없다. 온전한 봄이 시작된 것이다. 이제는 맘껏 태어나고 맘껏 자라날 수 있다.

그런 날 민석은 재인과 결혼했다. 죽음의 기간이 지나면 매번 좀 더 진화된 새로운 생명이 세상에 모습을 드러내듯, 둘로 나뉜 불완전한 성이 하나로 결합하여 좀 더 완벽한 모습으로 다시 태어나겠다는 약속을 나눈 것이다.

하얀 드레스를 입은 재인은 옅은 핑크색의 장미 다발을 들고 웃고 있었다. 특유의 웨이브 진 앞머리는 깔끔하게 빗겨져 이마 위로 넘겨졌고, 역시 핑크색 장미로 장식된 작은 화관이 곱게 빗겨진 갈색머리 위에 차분하게 놓였다. 봄의 미풍이 불자 재인의 가늘고 긴 몸에 하얀 실크 드레스가 살며시 휘감겼다. 신이 만든 작품 중 최고의 조각품이었다.

민석은 검은 양복을 입었다. 충분히 성장하여 건강하고 날렵한 몸매를 가지게 된 청년은 그 어떤 인생이 자신에게 펼쳐진다 해도, 눈앞에 서 있는 아름답고 섬세한 생명체가 자신의 곁에 있는 한 두렵지 않다고 생각했다. 겨우내 굳은 땅을 뚫고 세상 밖에 나온 생명체의 거침없는 행보처럼 민석은 10년 뒤에 사라질 아내를 향해 힘찬 걸음을 내디뎠고, 깊고 뜨겁게 포옹했다. 그 순간 민석은 진정으로 사랑할 수 있는 여인을 아내로 맞게 되었다는 사실에 안도했다. 죽음이 두 사람을 갈라놓을 때까지 이 여인이 자신의 여자라는 사실을 믿어 의심치 않았다. 그리고 자신의 품에 가냘프고 아름다운 몸을 내맡긴 아내 또한 민석을 깊게 사랑하고 있다고 확신했다. 민석은 그날 자신이 세상을 경험하기 시작한 이래로 가장 행복한 순간을 맞이했다.

간단한 예식이 끝난 후 민석은 재인과 함께 야외로 나갔다. 두 사람은 기념사진을 찍기 위하여 새파란 잔디와 이제 막 피어나는 갖가지 꽃들이 가득한 장소를 향해 차를 타고 달렸다. 현준이 운전대를 잡았고, 두 사람은 뒷자리에 몸을 꼭 붙이고 앉아 있었다. 차 안에서 민석은 아내의 손을 꼭 잡아 자신의 무릎 위에 올려놓았다. 그리고 자신도 모르게 잠시 눈을 감았다.

전 날 벅찬 기대로 불면의 밤을 보내서인지 민석은 자연스럽게 아내의 손을 잡고 잠에 빠져들었다. 민석은 그때의 짧은 꿈을 언제나 기억했다. 제비 꿈이었다. 두 마리의 제비가 끝없이 파란 창공을 날고 있었다. 때로는 너무 높이 날아올라 그 형태가 작은 점으로 보이기도 했고, 때로는 지나치게 빠른 속도로 가까이 날아들어 그 날카로운 부리가 관찰자의 눈을 찌를 듯 다가오기도 했다. 두 마리 제비의 또렷한 눈동자가 번갈아 눈부시게 반짝였다. 그들은 고요하고 우아하게 허공을 가로지르다가도 갑작스럽게 끽끽대는 자극적인 비명소리를 내기도 했다. 때로는 우아하고 아름답게, 때로는 아슬아슬하고 위협적인 비행을 하고 있는 두 마리 제비의 영상이 잠든 눈 속에 깊게 새겨지고 있었다.

민석은 제비가 큰 날갯짓을 할 때마다 몸을 움찔거렸다. 그러면서 손의 힘이 풀려 잡았던 아내의 손을 놓아버렸다. 그래도 그는 잠에서 깨어나지 못했고, 두 마리 제비의 현란한 유영에 모든 의식을 빼앗긴 채 몸은 계속 어디론가 이동하고 있었다. 그런데 어느 순간 그 중 한 마리가 끝없는 추락을 시작했다. 더 이상 날개를 펴지 않고 작은 타원형 검은 실타래처럼 끝없이 아래를 향해 떨어지기 시작한 것이다. 떨어지는 검은 물체에는 반짝이는 눈빛이 사라져 있었다.

남은 한 마리의 제비는 두 날개를 더욱 활짝 펴고 다급한 몸짓으로 떨어지고 있는 제비를 쫓아 날았다. 하지만 펼쳐진 날개는 접은 날개의 쏜살같은 추락을 따라갈 수가 없었다. 펼쳐진 날개의 반짝이던 눈빛은 불안하게 흔들렸고, 더욱 화급하게 날개를 퍼덕거렸지만 둘 사이는 점점 멀어지고 있었다. 추락하는 제비를 구할 수 없는 안타까움, 헤어짐의 비통함이 한꺼번에 민석의 의식을 차지하기 시작했다. 그러면서도 제어할 수 없는 긴박하고 고요한 추적은 계속되었다.

민석의 뇌파는 강력한 지진파처럼 거칠게 진동하기 시작했고, 몸엔 경련이 일어났다. 그때 길고 무거운 자동차의 경적소리가 그를 현실로 불러내지 않았다면, 민석은 그 안타까움에 비명을 지르고 발버둥 쳤을 것이다. 급정거하는 차바퀴의 마찰음이 민석의 다급한 무의식 사이를 날카롭게 끼어들었다. 민석은 눈을 떴다. 잠시 후 운전하던 현준의 웃음 섞인 목소리가 들려왔다.

"미안, 미안…, 단잠을 깨웠네. 앞 차가 갑자기 끼어드는 바람에 경적을 울리지 않을 수가 없었어. 어휴, 하마터면 좋은 날 사고 날 뻔했어."

민석은 놓쳐버린 재인의 손을 끌어당겨 다시 한 번 굳게 잡았다.

"꿈을 꾸었어."

"무슨 꿈을…?"

아내는 고개를 돌려 깊게 반짝이는 눈을 살짝 치켜뜨며 특유의 끝을 흐리는 말투로 물었다. 민석을 바라보는 재인의 눈빛이 꿈속 제비의 눈빛과 닮아 있었다.

"제비…, 두 마리 제비가 아주 드넓고 파란 창공을 멋지게 날았어. 당신과 나 같았지."

"좋은 꿈…, 같네요."

"그래…, 그런 것 같아. 두 마리 제비가 정말 아름답고 시원스럽게 하늘을 날더군."

민석은 아내에게 한 마리의 추락은 끝내 말하지 않았다. 야외에서 사진을 촬영하고 난 후 민석은 아내와 첫 밤을 보냈다. 이전에도 여자를 알았지만, 사랑한다고 확신이 서는 여자와의 결합은 처음이었다. 재인은 진정으로 처음이었기 때문에 그 밤은 환희와 고통으로 꼬아진 줄을 어지럽게 풀어내듯 엎치락뒤치락 흘러갔다. 4월의 깊은 밤, 사방에서 꽃잎과 나뭇잎들이 그 누구도 모르게 소리 없이 두꺼운 흙과 거친 나뭇가지를 뚫고 피어났고, 두 사람의 밤도 꼭 그런 모습으로 흘러갔다.

민석은 10년 전 그 하루를 곰곰이 회상하며 늦은 아침을 맞이했다. 창밖을 바라보니 그날처럼 모든 만물이 새로운 모습으로 다가왔다. 밝은 햇살 속에 하얀 벚꽃잎들이 그날 아내의 웨딩드레스 자락처럼 화사하게 흩날리고 있었다. 오랜만에 민석은 한동안 잊고 있던 아내에 대한 생각에 젖어 있었다. 겨울처럼 고통스럽지 않았지만, 아내가 떠오를 때마다 민석은 풀 수 없는 문제를 앞에 남겨둔 학생처럼 암담하고 힘겨운 느낌을 가졌다. 그때 전화기가 울렸다. 아내의 친구 가연의 목소리가 맞았지만, 이전의 당당함이 가신 가늘고 떨리는 목소리였다.

"여보세요?"

"네, 저 재인이 친구 가연이에요. 오랜만이죠?"

민석은 당황했지만 침착한 목소리로 대답했다.

"네, 안 그래도 언제 한 번 연락드리려고 했는데, 그동안 경황이 없었네요."

"네. 많이 바쁘셨나 봐요. 음, 그런데 좀 뵙고 드릴 말씀이 있는데…, 혹시 오늘 시간이 되시나요?"

가연은 말을 더듬거렸다.

"아, 네. 그럼 지금 잠시 뵐까요?"

가연과 밤을 보낸 날 이후 민석은 그녀를 다시 볼 용기를 내지 못했다. 하지만 이렇게 직접 만나자고 제안하는 이상 더 이상 피할 수 없을 것 같았다.

"휴일인데 괜찮으세요?"

"아, 네, 괜찮습니다."

이상하게도 오랜만에 아내 생각을 하자 가연에게 연락이 왔고 곧바로 약속이 잡혔다. 두 사람은 한 시간 후 처음 만났던 볕이 밝은 카페에 마주 앉았다.

겨울 햇살보다 더 여유롭고 활달한 햇살이 여전히 실내를 풍부하게 비추고 있었다. 가연의 긴 머리는 여전히 검은 빛깔이었지만, 윤기를 모두 잃고 헝클어진 채 둥근 어깨를 덮고 있었다. 어깨로부터 내려오는 가습선 또한 그 사이 무척 야윈 듯 그 풍만함을 찾아볼 수 없었다. 얼굴은 짙은 화장품으로 덮여 있지만, 안색은 시체의 그것처럼 푸르게 보였고, 눈가에 흔들거리는 검은 그림자는 그녀를 더욱 불안해 보이게 만들었다. 옷차림 또한 아무렇게나 걸친 듯, 검은 재킷 사이로 보이는 셔츠는 매우 구겨져 있었다.

"무슨 일 있었어요? 안색이 많이 안 좋아 보여요."

"네, 실은…."

"왜요? 어디 아팠어요?"

그러고 보니 가연은 온몸을 조금씩 떨고 있었다. 분명 실내에 스민 봄볕이 사방을 따뜻하게 덥히고 있었지만, 가연은 한겨울 스산한 바람이 부는 무덤가에 서 있는 사람처럼 어깨를 움츠린 채 떨고 있었다. 민석은 손을 테이블 위로 뻗어 가연의 어쩔 줄 몰라하는 두 손을 자신 쪽으로 당겨 굳게 잡았다. 자기도 모르게 나온 행동이었다. 그러면서 민석은 가연의 두 손목에 든 붉고 푸른 멍들을 보고야 말았다. 가연의 하얀 피부는 빛깔이 화려했던 꽃망울이 시들면서 내는 퇴색의 빛깔들로 얼룩져 있었다.

"아무래도 무슨 일이 있었던 것 같군요."

"네, 좀…."

"재인이와 연관된 일인가요?"

"그럴지도…."

말끝을 흐리며 가연은 미간을 찌푸렸다.

"자세히 말해봐요."

가연은 잠시 머뭇거리다 파랗게 질린 입술을 열었다.

"그때 이야기했던 그 남자…."

민석은 가연이 전에 전화로 갑자기 기억해냈다고 말한 아내의 남자를 말하고 있음을 알아챘다.

"미안해요. 가연 씨가 힘들게 기억해냈는데…, 실은 그 뒤 연락하지 못한 것은…, 그냥 좀 자신이 없었어요."

"이해해요. 자기 아내의 남자를 만난다는 것이 많이 불편할 수 있죠. 그래서 저도 다시 연락을 드리지 않았지요."

"이해해주어서 고마워요."

"그런데 전 그 남자를 결국 만났답니다."

가연의 목소리는 전보다 많이 가늘어져 있었다.

"그랬군요."

민석은 한숨 섞인 큰 숨을 뱉어냈다. 그러면서 분명 가연이 앞으로 하게 될 이야기가 겨우 진정된 자신의 삶에 큰 물의를 일으키리라 생각했다.

'아아, 피할 수 있다면….'

민석은 지금이라도 바로 뒤로 돌아 성큼성큼 카페 밖으로 걸어 나가고 싶었다. 하지만 자신이 사라진다면 앞에 앉은 여인은 한 줌의 모래로 변해 바람에 흩어지리라. 민석은 의자를 고쳐 바르게 앉았다.

"오늘 할 이야기가 그 남자에 대한 것인가요?"

"네. 그런 것 같아요."

'애매한 대답…, 그런 것 같다…, 왜 이렇게 불안할까….'

민석은 잡은 가연의 손에 힘을 더했다.

"말해봐요, 천천히…. 난 괜찮으니까."

개입

　가연은 그날 이후 재인과 민석에 대한 생각에서 벗어날 수 가 없었다. 친구 남편의 뜬금없는 전화 그리고 그와의 만남과 하룻밤, 그 후 그들의 일이 머릿속에서 떠나지 않았다. 절대 넘볼 수 없는 지적인 아름다움과 정숙함을 지닌 재인이 다른 남자를 만났다고 말할 때만 해도 그저 놀라웠고 뒤따른 감정은 안도감 정도였다. 그런데 민석을 보고 난 후에는 사정이 달라졌다.

　그는 야윈 볼과 깊이를 알 수 없이 흔들리는 깊은 눈동자를 가지고 있었다. 언뜻 불치의 병을 앓고 있는 소년처럼 보이기도 했다. 병마로 인하여 한층 날카로운 성장기를 보내는 소년, 그 소년은 화장을 벗은 자신처럼 창백하고 초라했기에 가연의 마음을 뒤흔들었다.

　민석은 의외로 쉽게 가연과 밤을 보냈다. 그렇다고 가연이 그를 가벼운 유혹에 저항 없이 넘어가는 약한 사내라고 느낀 것은 아니었다. 그는 몹시 취해 있었지만 성실했고, 서툴지만 열정적이었다. 열정이 지나쳐 가연을 거칠게 다루기도 했다. 하지만 이기적이지는 않았다. 오히려 그 거침은 상대를 향한 가해가 아닌, 스스로가 지어내는 고통의 몸부림 같았다. 버림받은 사람이 느끼는 처절한 그리움과 원망이 가연에게 전이 되었다. 처음에는 동경했던 친구를 향한 미묘한 감정으로 시작한 유혹이었지만, 격한 섹스 도중 가연은 그녀 자신의 깊은 밑바닥을 후벼 파는 남자를 느꼈다. 그의 마지막 비명이 그 누구도 다다라본 적 없는 성기의 끝에 비수처럼 꽂혔다. 순간 재인의 이름을 들은 것 같기도 했다. 민석은 이내 죽은 듯 잠이 들었다. 하지만 가연은 그날 밤 눈을 감을 수 없었다. 남자의 몸이 떨어져 나간 공간이 너무 공허하고 황망해 넋을 놓고 누워 있었다.

몇 시간이 지났을까. 가연은 갑자기 벌떡 일어났다. 다음 날 민석이 눈을 뜨는 순간을 위하여 해야 할 일이 떠오른 것이었다. 가연은 먼저 아무렇게나 벗어놓은 옷가지들을 정리하고 오래된 먹을 것과 비워진 술병들을 치웠다. 가구들을 바르게 놓고, 자신의 삶처럼 닦지 않고 오래도록 방치해둔 먼지를 닦아냈다. 아침 햇살이 잘 들어오도록 언제나 닫혀 있던 낡은 커튼을 실로 오랜만에 젖혀놓기도 했다. 마지막으로 가연은 자신을 보호하는 방어막마저도 치워버리기로 했다. 가연은 언제나 짙은 화장을 했다. 그녀에게 화장과 화려한 옷차림은 유일한 권력이었다. 남자들이 떠나갈 때마다 더욱 두꺼운 화장으로 자신을 보호했고, 더 많은 남자들을 유혹함으로써 쇠퇴해가는 권력을 확인하려 했다. 하지만 왠지 민석 앞에선 방어할 그 무엇도 의미가 없는 것 같았다.

가연은 방 정리를 마친 후 자신의 작은 욕실로 들어갔다. 군데군데 녹슨 거울 속에 한 여인이 서 있었다. 거친 섹스로 헝클어진 머리와 들뜬 화장으로 푸석한 얼굴, 그리고 눈 밑으로 번진 검은 마스카라…. 가연은 거울 속 여자를 옆에 놓인 휴지통에 처넣고 싶은 충동을 느꼈다.

하지만 잠시 후 욕실 선반에 놓여 있는 피임기구와 남자들을 위한 세면도구를 휴지통에 버리기 시작했다. 그리고 그 휴지통마저도 큰 비닐에 싸서 현관 밖으로 내버렸다.

다시 욕실로 돌아온 가연은 이번에는 가장 옅은 향을 가진 비누로 의식을 치르듯 정성껏 얼굴과 온몸을 닦아냈다. 검푸른 그늘이 걷히고 여인의 하얀 피부가 나타날 때까지 문지르고 또 문질렀다. 새벽이 될 무렵 가연은 모든 정리와 목욕을 마치고 깊이 잠든 민석 앞에 섰다. 뱃속으로부터 고형인지 액체인지 알 수 없는 무엇인가가 울컥하고 가슴께로 솟아 올라왔다. 버림받은 남자에 대한 연민인지, 언제나 외로웠던 자신에 대한 연민인지 알 수가 없었다.

가연은 결코 깨어날 것 같지 않은 민석을 바라보며 자신의 어린 시절을 떠올렸다. 가연은 아버지를 기억하지 못했다. 어머니는 딸에게 아버지에 대한 이야기를 한 번도 해준 적이 없었다. 가연은 막연하게 아버지가 다른 여자와의 삶을 선택한 것을 알고 있었지만, 그 누구에게도 사실을 확인받을 수 없었다. 어머니는 아버지에 대한 모든 것을 애써 외면했기 때문에 감히 그에 대해 물어볼 수 없었다.

어머니는 가연이 태어난 후 아버지와의 관계가 잘못된 것으로 생각했다. 그래서 스스로도 알 수 없는 고통의 감정을 딸에게 투사하고 있었다. 어머니 인생 중심에는 두 아들이 있었다. 두 남자 형제 뒤에 태어난 가연이라는 존재는 무겁기만 한 짐 덩어리일 뿐이었다. 혼자된 어머니는 두 아들의 뒷바라지를 위해 악착같이 일을 했다. 그런 어머니의 정성 때문인지 두 형제는 언제나 우수했다.

초등학교 시절 어느 날 가연이 학교에 간 사이, 집이 이사를 가버린 적이 있었다. 가연은 그날의 두려움과 외로움을 잊지 못했다. 무거운 가방을 어깨에 메고 사라진 가족과 집을 찾아 헤매던 그날 저녁의 노을빛을 잊지 못했다. 이웃에게 물어보아 겨우 찾아낸 집에 들어가서 어머니에게서 들은 변명은 고작 한 마디였다.

"도무지 넌 내 이야기를 듣지를 않는구나. 아침에 분명 내가 이쪽으로 이사한다고 말했을 텐데."

그날 가연은 낯선 집 구석진 곳에 들어가 한참을 울었다. 엄마가 딸의 방이라고 정해주긴 했지만, 방이라고 말할 수도 없는 부엌 옆 창고 같은 장소였다. 오빠들은 언제나 엄마가 계절마다 사주는 새 옷을 입었고, 가연은 스스로 세탁을 해가면서 매일 같은 옷을 입었다. 집안의 궂은일 또한 가연의 몫이었다.

가연은 언제나 오빠들에게 쏟아지는 관심이 부러웠다. 그들은 공부도 잘했지만 타고난 미남이었다. 때문에 두 남자는 어머니의 사랑뿐만 아니라 주변 사람들의 찬사와 관심을 달고 살았다. 가연은 두 형제를 닮기 위하여 머리를 짧게 잘랐고 바지만 골라 입었다. 그리고 남자들이 즐기는 거친 놀이에 끼어들었다. 시간이 지나면서 가슴이 점점 자라나고 골반이 벌어지고 있었지만, 한동안 가연은 남자아이처럼 구는 것을 멈추지 않았다.

학창시절 가연은 예쁜 여자아이들을 골라 친구를 삼기도 했다. 그런 가연에게 고등학교 때 만난 재인은 가장 매력적인 모습의 친구였다. 가연에게 재인은 단지 공부를 잘하고 모범적인 학생 이상의 느낌으로 다가왔다. 가연은 재인의 내면에도 자신이 느끼는 서늘한 고독함과 외로움이 스며 있다는 것을 감지할 수 있었다. 가연이 존재를 알 수 없는 아버지와 가족들에게 소외당한 외로움을 가졌다면, 재인은 세상 모두를 향한 울타리를 가졌다고나 할까⋯. 이는 겉모습으로는 절대 어울릴 것 같지 않은 두 사람을 가깝게 만들어주는 이유이기도 했다. 물론 그 절절한 고독과 소외를 표현하는 방법은 두 사람이 사뭇 달랐다

가연은 학교에서 언제나 제멋대로였고, 때로는 거칠고 반항적으로 행동했다. 반면에 재인은 조용하고 성실했다. 성적도 가연보다 월등했고, 무엇보다도 모든 태도와 행동이 항상 여성스럽고 우아했다. 그렇게 모든 면에서 달랐던 두 사람은 한동안 단짝처럼 지냈다. 함께 밥을 먹고 함께 공부를 하고 미래의 꿈을 이야기했다.

재인은 늘 의사가 될 것이라고 말했다. 가연은 왜 꼭 의사가 되어야 하냐고 물었다. 재인은 자신도 왜 그런지는 알 수 없다고 했다. 미래를 생각하는 나이가 되면서부터 거부할 수 없는 어떤 느낌이 그것을 정했다고 말했다. 참 단순하고 담담한 대답이었다. 가연은 재인이 '좋은 일이 하고 싶어서, 혹은 아픈 사람을 돕고 싶어서'라는 상투적인 대답을 하지 않아서 다행이라고 생각했다. 왠지 그런 대답이었다면, 막연한 거부감에 재인을 멀리했을 것 같았다.

재인은 의사가 되어 있는 자신의 모습이 이미 의식 속에 뿌리 깊게 자리 잡았다고도 말했다. 가연도 재인이 의사가 될 것임을 의심하지 않았다. 재인은 무디고 무감각한 사람들과 달리 자신의 인생을 송두리째 알고 있는 영혼과 교감할 수 있는 몇 안 되는 민감한 생명체라고 확신했기

때문이었다. 그러면서 가연은 자신도 재인 같은 섬세함과 예민함을 가져 보면 어떨까 하는 생각을 했었다. 하지만 자신은 매번 다른 유혹에 빠져 들었다.

가연은 술과 담배를 일찌감치 접했다. 학업에 대한 관심도 없었고 안 정적인 직업에 대한 기대도 없었다. 여러 사람들에게 인정받는 직업을 갖고 부유한 삶을 산다는 것은 상상만 해도 구토증을 유발하는 일이었 다. 오빠들에 대한 부정적인 반항이 이유일 수도 있었다.

재인은 분명 자신의 남자 형제들과 겉모습은 닮은꼴을 하고 있었다. 아름답고 성실하고 모범적이고, 이제 곧 사회적으로도 인정받는 직업을 갖게 될 것이 분명하기 때문이었다. 하지만 가연은 재인의 완벽함 속에 엄청난 위험이 잠재되어 있다는 것을 알고 있었다. 공부를 하다 말고 창 밖을 바라보고 있는 재인의 옆모습을 볼 때, 가슴이 섬뜩했던 적이 한두 번이 아니었다. 그 순간 재인은 머나먼 우주에서 온 외계인처럼 보였다. 멍한 눈빛 저 속에는 끝도 모를 황량한 사막의 세찬 바람처럼 무엇인가 끊임없이 요동치고 있었다. 재인은 비밀을 가진 듯 보였고, 때문에 매력 적이었다. 가연이 대놓고 위험한 인물이라면, 그녀는 숨은 위험 인물이 었던 것이다.

두 사람은 늦은 밤까지 학교에 남아 있곤 했다. 가연은 집에 들어가 기 싫었기 때문이고, 재인은 늦게까지 공부를 하기 위함이었다. 재인이 공부를 하다가 쉬는 시간을 가질 때면, 가연과 함께 학교 운동장을 산 책하곤 했다. 어느 달빛이 밝았던 밤 재인은 교정 한 구석에서 그녀답지 않게 이상한 말을 한 적이 있었다. 미묘한 분노가 담겨 있는 일그러진 얼굴을 하고 가연에게 했던 그 한 마디⋯. 가연은 그 말과 행동을 잊지 못했다.

"널 좋아해⋯."

그리고 스치듯 자신의 입술에 빠르게 지나쳤던 재인의 도톰한 입술.

"그런데 우린 같은 여자로구나."

순간 재인은 짧은 한숨을 쉬었다. 당시 그런 행동은 친한 친구 사이에 흔하게 일어날 수 있는 일이라고 생각할 수도 있었다. 하지만 그날 재인의 말에는 왠지 허락되지 않은 것에 대한 분노와 안타까움이 깊게 담겨 있는 듯했다. 가연은 재인이 자신의 남자다움에 대해 반응을 보이는 것일지도 모른다고 생각했다. 여학교에서 흔히 일어나는 장난과도 같은 소소한 동성애적인 사건들.

하지만 가연은 자신이 남자처럼 구는 이유를 알고 있었다. 그건 그저 위장일 뿐이었다. 예쁜 여자아이들과 어울리는 선머슴 같은 역할은 단지 위장일 뿐, 자신의 정체성에 동성애적인 부분은 조금도 없었다. 물론 재인에게도 그런 부분은 없으리라 확신했다. 그렇다면 그 말의 의미는 무엇인가. 그저 부당하게 금기가 된 무엇인가에 대해 다른 사람들보다 예민하게 반응하는 성향 때문일까? 참 모를 일이었다.

가연은 왠지 쑥스럽고 불편한 재인의 말과 행동에 그 어떤 반응도 하지 못했다. 그리고 다음 날 항상 함께 밥을 먹던 점심시간에 다른 볼 일이 있다고 말하고 학교를 일찍 나섰다.

가연은 학교에서 하지 말라는 모든 행동들을 다 한 번씩 경험하고, 더 이상 그런 것들에 흥미를 잃기 시작할 무렵 마침내 대학생이 되었다.

가연은 집으로부터 가능하면 멀리 떠나기 위해 소도시에 있는 기숙 대학교에 들어갔다. 물론 재인은 서울에 있는 의과 대학에 들어갔다. 그리고 어색했던 그 밤 이후 서먹해진 두 사람 사이는 학교가 서로 멀리 떨어져 있다는 이유, 그리고 재인이 엄청난 공부의 양 때문에 한층 바빠졌다는 이유 때문에 더욱 소원해졌다.

가연은 일찌감치 술과 담배를 알았지만 대학생이 될 때까지 남자 경험은 없었다. 사내아이처럼 구는 여학생에게 다가오는 남자가 있을 리도 만무했다. 하지만 대학이라는 커다란 이성 집단에서는 거친 소년 같은 이미지의 가연에게도 호감을 표현하는 남자가 있었다. 가연은 남자들에게 왠지 모를 반항심과 두려움을 가지고 있었다. 하지만 연애가 시작되자 그것들은 잠시 모습을 감추었고, 가연에게도 사랑이라고 이름 지워진 감정이 생겨나기 시작했다. 가연은 처음 사귄 남학생을 위하여 머리를 기르기로 결심했고, 옅은 화장도 시작했다. 심지어는 바지를 벗어던지고 여성미가 넘치는 블라우스와 치마를 입기도 했다. 하지만 젊은이의 연애 감정만큼 쉽게 변색되는 것이 또 있을까?

남자친구는 가연이 생각하기에 의미 없는 여러 가지 일들을 하느라 늘 산만했고, 또 다른 놀이를 찾아 헤매느라 가연을 버려두기 일쑤였다. 얼마 지나지 않아 가연을 안고 가연에게 집중하는 시간은 점점 줄어들었고, 그로 인한 다툼이 생겨나기 시작했다. 가연은 남자가 곁에 없을 때 애타게 남자를 기다렸고, 기다린 만큼의 대가를 보상받기 원했다. 남자를 그리워하면서 동시에 남자를 증오했다. 그러면서 술과 담배에 의존하는 시간은 더욱 늘어갔다.

결국 한동안 모습을 감추었던 관계에 대한 두려움은 정체를 드러냈고, 가연은 그것을 이겨내기 위하여 공격성을 나타내기 시작했다. 가연은 수시로 남자를 다그치고 비난했다. 그러다 남자가 냉정해지면 매달려 용서를 빌기도 했다. 발악하는 날과 흐느끼며 애걸하는 날이 주기적으로 반복되었다. 남자는 결국 다른 여자의 품으로 떠나버렸다. 가연은 또다시 버림받았다고 생각했다. 언제나 그랬듯 다시 혼자가 되어버린 것이다. 사랑받을 수 없는 존재의 괴로움이 가연을 방황하게 만들었다. 가연은 하루 빨리 자신을 버린 남자를 잊기 위해 다른 남자의 품을 찾았다. 그 후 수많은 남자들과 관계를 맺고 이내 헤어지기를 셀 수 없이 반복했다.

대학을 졸업하던 해 가연은 결혼했다. 졸업하게 되면 취직을 해야 하거나 집으로 돌아가야 하는데, 두 가지 모두 가연에게는 참을 수 없는 선택이었다. 결혼만이 사회와 가정 그 모든 것으로부터 탈출이라는 생각에 가연은 서둘러 한 남자와의 안정된 관계를 선택했다.

남편은 만났던 여러 남자 중에서 가장 밋밋한 사람이었다. 그는 지방에 있는 작은 제조 회사를 다니며 월급을 받았고, 일정한 액수를 저축했고, 매일 8시간 수면을 취했다. 한 달에 한 번 이발을 했고, 가연을 만나기 전까지 주말에는 꼭 손톱, 발톱을 깎고 자위를 했다. 물론 자위보나는 여사와 하는 것이 더 낫겠다는 것이 가연과의 결혼을 선택한 유일한 이유였다.

결혼 생활을 시작한 지 얼마 지나지 않아 가연은 이내 결혼이 또 다른 속박임을 느꼈다. 남편은 가연에게 약간의 용돈을 주었고, 일정한 식단의 아침 그리고 저녁 식사를 만들어놓을 것을 요구했다. 다른 요구들도 단순했다. 함부로 물건을 사지 말 것과 애완동물을 집에 들이지 말 것, 그리고 잠자리는 일정한 날에 절대 거부하지 말고 행할 것 등이었다.

잠자리에서 남편은 차갑고 무례하고 일방적이었다. 가연은 관계가 끝나면 몸에 남은 수치와 분노로 한동안 잠을 이루지 못했다. 혼자 술로 지새는 밤이 잦아지자, 만성이 된 두통과 소화 장애가 가연을 괴롭혔다. 가연은 어느 순간 남편과의 모든 관계에 참을 수 없는 역겨움을 느끼고, 어느 날 미련 없이 집을 나와 서울로 올라와버렸다. 결혼 후 2년 뒤 일이었다.

이혼 무렵 가연의 짧았던 머리는 길고 무거운 생머리로 허리께까지 늘어져 있었다. 가연은 20대 중반에 이미 이혼녀라는 타이틀을 갖게 되었다. 이혼녀라는 입장은 자유면서 동시에 하나의 문신처럼 지울 수 없는 굴레 같았다. 게다가 가연은 경제적으로 어려움을 겪었다. 전남편은 가연이 술을 너무 많이 마셨기 때문에 이혼할 수밖에 없었다고 주장했고, 단 한 푼의 위자료도 주지 않았다. 가연은 일자리를 찾았지만 안정된 자리는 찾을 수 없었다.

가연은 방황했다. 화장은 짙어졌고 술자리에서 여러 남자들과 만났다. 남자들이 주는 약간의 용돈으로 겨우 식료품을 사기도 했다. 어디론가 피하고 싶고 어디론가 떠나가고 싶었지만, 차표를 살 여유조차 없었다. 가족과의 교류가 끊어진 지도 한참 되었다. 어차피 계획적으로 살려고 의도했던 삶은 아니었지만, 가연의 생활은 말 그대로 엉망이었다. 그녀는 서울에서 싸구려 임대 아파트에서 살았고, 작은 회사에서 전화 받는 일이나 경리 일 등을 전전했다.

그런 삶을 살던 중 가연은 실로 오랜만에 재인을 만났다. 그리고 그 후 재인의 남편이라고 말하는 어떤 남자를 만날 수 있었다. 그리고 그 남자와의 하룻밤은 가연에게 특별한 경험이었다.

깊은 잠에 빠진 남자는 첫 잠자리를 치른 청년처럼 보였다. 아내를 찾고 있다고는 했지만, 그 또한 가연처럼 자신의 삶 속에서 길을 잃어버린 것 같았다. 가연은 잠든 남자의 날카로운 턱선 위에 아무렇게나 자라난 수염을 어루만져보았다. 손끝에 느껴지는 감촉이 따뜻하고 부드러웠다. 얼굴을 들이대고 자신의 두 볼에 규칙적이고 고른 남자의 숨결을 느끼기도 했다. 숨결을 통해 흘러나오는 기운이 왠지 맑고 깨끗할 것 같았다. 가연은 그날 밤 결국 뜬눈으로 지샜다. 그 남자는 다음날 아침 한 통의 전화를 받은 후에 생전 처음 보는 사람을 대하듯 가연에게 예의 바른 인사를 하고 떠나버렸다. 다른 어떤 남자보다 더욱 잔인한 뒷모습을 남기고 가버렸다.

그날 이후 가연은 하루 종일 재인을 생각하기도 하고, 민석을 생각하기도 하고, 재인의 남자를 생각하기도 했다. 다른 남자들과의 만남도 중단해버렸다. 밤마다 민석의 몸이 닿았던 침구에 조용히 혼자 들어가는 느낌이 무척 좋았다. 그리고 어느 날 까맣게 잠들어 있는 의식의 한 구석 어떤 이름이 떠올랐다. 재인이 말했던 그녀의 연인과 그의 회사.

"근데 너 같은 여자를 사로잡은 그 사람은 뭐하는 사람이야?"

"응 기업을 상대로 경영 컨설팅을 하는 회사를 한다고 했어."

"회사 이름이 뭔데?"

"이클립스."

"회사 이름 치고는 좀 이상하다. 그런데 재인, 네가 이런 일로 나를 만나자고 할 줄은 정말 몰랐다."

"나도 몰랐어."

이 짧은 대화는 가연의 희미한 기억 속에서 겨우겨우 건져 올린 값진 부분이었다.

가연은 가까운 인터넷 카페를 찾아가 '이클립스'라는 회사를 검색해 보았다. 비교적 큰 회사인 것 같았다. 가연에게는 기업 컨설팅이란 일은 생소하기 그지없는 분야였기 때문에 회사를 소개하는 내용은 이해하기 어려웠다. 오직 대표이사라고 되어 있는 사람이 재인이 말한 남자가 분명 맞는지가 중요했다. 회사 소개란에는 대표이사의 사진이 한 장 있었다. 사진 속 그는 고집스러워 보이는 눈썹과 두툼한 이목구비를 드러내고 권위 있는 자세로 앉아 있었다. 그는 곱슬머리를 잘 빗어 넘긴, 누가 보아도 자신감 넘치는 성공한 중년의 미남형 남자였다. 가연은 그 남자가 재인이 말한 남자임을 확신했다. 여자의 미묘한 느낌은 언제나 틀림이 없었다. 그는 부드럽고 여유로운 미소를 짓고 있었지만, 어떤 선입견 때문인지 가연은 그 옅은 미소를 신뢰할 수 없었다.

가연은 자신이 이 일에 끼어든 이상, 또 여기까지 알게 된 이상 가만히 있을 수 없다고 생각했다. 가연이 자신의 삶에 흥미를 느끼지 못한 지는 한참 되었다. 때문에 타인의 삶에 그렇게도 빨리 몰입할 수 있었을까? 가연은 지긋지긋한 결혼 생활을 하고 있는 여자가 최고 인기를 누리는 연예인의 뒤틀린 사생활 기사를 접했을 때처럼 흥분하고 들뜬 상태가 되었다.

먼저 그녀는 민석에게 전화를 걸었다. 그 남자를 알아낸 일은 전화를 걸 만한 충분한 이유가 될 수 있었다. 가연은 이런 식으로라도 민석의 관심을 받고 싶었는지 몰랐다. 하지만 그의 반응은 의외였다. 아내의 남자를 알아냈는데도 놀라는 눈치도 없고, 흥분하지도 않고, 담담하게 다시 연락을 주겠다는 말만을 남겼다. 그리고 그 후 이주일이 넘도록 연락은 오지 않았다. 가연은 몸이 달았다.

매일 재인과 민석, 그리고 그 중년의 남자가 번갈아 가연의 머릿속에 거미줄을 쳐나가듯 얽혀갔다. 가연은 결국 스스로 이 일에 적극적으로 개입해야겠다고 결심했다. 민석이 만나지 않겠다면 자신이라도 나서야 했다. 결국 가연은 어느 햇살 좋은 오후 '이클립스'를 향해 길을 나섰다. 얼굴에 두꺼운 파우더를 바르고 눈에는 짙은 속눈썹을 붙였다. 입술에는 값싼 펄이 든 립글로스를 바르고, 검은 부츠를 찾아 신었다.

회사는 가장 번화한 시내 중심가 높은 건물에 위치해 있었다. 모르는 사람이 보아도 이런 멋진 건물에 있는 회사 대표라면 분명 대단한 지위에 있는 사람임을 짐작할 수 있을 것 같았다. 가연은 용기를 내어 큰 건물 내부로 성큼성큼 들어갔다. 가연은 어떤 상황에서도 자신의 긴 머리와 검은 부츠가 어느 정도는 통하리라 생각해왔다. 하지만 천장이 높고 고급스러운 로비에 들어서자 저절로 온몸이 움츠러들고 발걸음이 머뭇거려졌다. 데스크에 서 있는 키 큰 남자들을 보자 자신이 원하는 사람을 만나는 일 또한 순조롭지 않으리란 생각이 들었다. 그래도 이대로 물러설 수는 없었다.

가연은 긴 머리를 쓸어 어깨 뒤로 넘기고 목을 바로 세우고 데스크를 지나, 엘리베이터를 향해 과장된 걸음을 옮겼다. 예상대로 경비원 중 가장 키가 크고 검은 안경을 쓴 남자가 예의 바른 태도로도 가연 앞을 가로막았다.

"무슨 일 때문이시죠?"

"이 회사의 대표님을 만나고 싶은데요."

"따로 약속을 하셨나요?"

"으음…, 무슨 약속을 따로 할 만큼 공식적인 일은 아니고요. 좀 개인적인 일인데요."

왠지 섣불리 거짓말을 하지 않는 것이 나을 것 같았다.

"그럼 먼저 누구시라고 전해드릴까요?"

"뭐…, 제 명함 따위는 없고요. 혹시 김재인이라는 의사 소개로 왔다고 전해주시면 될 것 같은데요."

보안 직원은 검은 안경 너머로 잠시 반짝이는 눈빛을 보였다. 가연의 풍만한 가슴께를 본 것 같기도 했다.

"그런데 지금 바로 대표님께 연락은 어렵습니다. 어차피 미리 약속하지 않으셨다면, 오늘 만나뵙긴 어려울 것 같고요. 약속을 잡고 다시 방문하셔야 할 것 같습니다."

가연은 잠시 생각한 후 고개를 빳빳하게 쳐들고 대답을 했다.

"알았어요, 나중에 신원조회를 하고 절차를 거쳐 만나야 한다고 하면 그럴게요. 단 지금 그 어떤 방식으로도 좋으니 김재인의 소개라는 말만 전해주세요. 그것만 전달되면 어떤 행패도 부리지 않고 약속 날까지 기다렸다 다시 오거나, 아니면 그것도 안 된다면 포기할게요. 단 김재인의 소개라는 말이 뒤늦게 전달되었다는 사실을 대표님이 알게 됐을 때 받게 될 그쪽의 불이익은 감당하셔야 합니다."

보안 직원은 당당한 가연의 태도에 조금 전보다는 적극적인 행동을 취하기 시작했다.

"그럼 말씀을 전달하는 동안 이쪽으로 오셔서 잠시 기다리세요."

가연은 엘리베이터 옆에 있는 작은 방으로 안내되었다. 직원은 다리를 한껏 꼬고 앉아 있는 가연에게 레몬을 띄운 얼음물을 내주었다. 물에서 나는 진한 레몬 향기 때문인지 가연은 잠시 현기증을 느꼈다.

'막상 그를 만나면 무슨 말을 먼저 꺼내야 하지? 그는 도대체 어떤 사람일까?'

문득 가연의 머릿속엔 사회적으로는 치밀하고 빈틈없는 수완을 지녔지만 인간적으로는 왜곡된 냉혈한의 이미지가 떠올랐다. 그리고 사진에서 본 남자의 잘생긴 얼굴과 몇 편의 영화에서 본 연쇄 살인범들의 얼굴이 오버랩되었다. 미남형 얼굴에 강박적인 성향을 가지고 여성을 경멸하는 연쇄 살인범, 성적인 수치심을 투사하여 여인을 벌하는 일그러진 남성성을 가진 자. 가연은 사진에서 보았던 남자의 여유 있는 미소 속에 치명적인 독기가 있을 수도 있다는 생각을 하며 혼자 괜한 몸서리를 쳤다.

'내가 왜 이런 상상을 하고 있지? 이상한 영화를 너무 많이 본 탓이야.'

가연이 혼자서 엉뚱한 공상을 하고 있을 때, 문이 열리고 말쑥한 감색 양복을 입은 중년 남자가 들어왔다. 그 옆에는 아까 자신을 안내한 보안 직원도 함께 서 있었다. 감색 양복은 보안 직원보다 더욱 신사적이고 부드러운 태도로 가연에게 말을 건넸다.

"너무 죄송합니다. 말씀은 전했으나 대표님은 지금은 회의 중이라서 손님을 만나뵐 수가 없다고 하시고요. 여기에 주소와 연락처를 남겨주시면 오늘 저녁 9시에 댁으로 차를 보내 다른 장소에서 만나면 어떻겠냐고 하십니다."

"알았어요. 그럼 주소와 전화번호를 적어놓고 갈게요. 그럼 저녁에 뵙는 것으로 하겠습니다."

가연은 그 의견에 순순히 동의하며 생각했다.

'휴우…, 일단 내가 제대로 사람을 찾은 것이 맞구나. 하긴 저 정도 나이면 아내가 있는 남자일 것이고, 사회적으로 성공한 사람이라면 당연히 내연 관계에 있던 여인 문제를 회사에서 처리하지는 않겠지.'

가연은 잠시 흥분되었던 마음을 가라앉히고, 보다 여유롭고 너그러운 기분으로 연락처를 남기고 자리를 떠났다.

해가 저무는 저녁시간은 아이들이 있는 집에서 나는 밥 끓는 냄새처럼 어김없이 찾아왔다. 하지만 가연의 집에는 왠지 모를 긴장된 기운만이 맴돌고 있었다. 당당하게 회사에서 나왔지만 약속 시간이 다가올수록 점점 불안해지는 마음을 달랠 수가 없었다. 최근에는 그 어떤 남자를 만나도 냉정을 잃지 않았었는데…. 하지만 사진 속의 남자는 알 수 없는 큰 힘을 가진 자 같았다. 재인도 그렇게 말했었다.

가연은 짙은 화장을 고치고 다시 고치며 자신의 아파트 베란다에 나갔다 오기를 수차례 반복했다. 자신의 아파트 도로로 검은색 세단이 들어올 때마다 가슴께가 벌렁거렸다. 정확하게 9시 5분 전 가연은 자신의 심장처럼 부들부들 떨고 있는 휴대폰을 잡았다. 목소리도 함께 떨고 있었다.

"여보세요."

"네. 여보세요."

"아, 네. 아까 저희 회사에 오셨던 오가연 씨 맞으시죠? 아까는 그냥 돌아가시게 해서 정말 죄송합니다."

상대방의 목소리에는 예의 바름과 당당함이 적당하게 버무려져 있었다.

"아니에요. 괜찮습니다."

"전 이성수라고 합니다. 거의 가연 씨 집까지 왔습니다. 지금 집 앞으로 내려오시면 되고요. 제 차는 갈색 지프입니다."

"네. 바로 내려가겠습니다."

가연은 금속 장식이 있는 가죽부츠의 지퍼를 올리며 비틀거렸다. 그리고 서둘러 어둠이 깔린 복도를 지나 엘리베이터를 타며 내부 거울에 샅샅이 자신을 비추어보았다. 덧칠한 화장 때문인지 립스틱의 붉은 색깔 때문인지, 얼굴빛은 공포에 질린 사람처럼 지나치게 새하얗게 보였다. 그는 여자를 돈으로 환산했던 사람이다. 가연은 재인의 이야기 중에 '얼마면 너를 가질 수 있을까?'라는 그 사람의 말을 또렷하게 기억했다. 왠지 그는 가연 자신 또한 상품적인 가치로 따질 것 같았다.

가연은 거울 속에서 스스로 헐값으로 비추어질까 봐 불안해하고 있는 자신을 발견했다. 가연은 옷깃을 매만지던 손을 거두어 얼굴을 한 번

쓰윽 쓸어내리고 머리를 도리질 치며 엘리베이터에서 내렸다. 차는 매우 평범한 갈색 지프였다. 예상했던 검고 길게 빛나는 세단은 아니었다. 차 앞에 서 있는 남자 또한 날이 선 검은 양복을 입고 있지 않았다. 분명 사진에서 본 사내가 맞았으나 분위기는 사뭇 달랐다. 그는 검은 카디건 위에 와인색 목도리를 걸치고 베이지색 면바지를 입고 있었다. 가로등에 비춰진 얼굴에서 밝고 부드러운 기운이 흘렀다. 가연을 알아보자 그는 상냥하게도 활짝 밝은 웃음을 띠어 보였다.

'오 세상에 이런…'

가연이 상상했던, 잘생겼지만 거만하고 자신에 대한 경계 때문에 한 껏 긴장한 사내일 거라는 예상은 보기 좋게 빗나갔다. 물론 연쇄 살인범 의 반듯한 냉랭함도 그에게선 찾아볼 수 없었다.

"안녕하세요. 처음 뵙겠습니다. 전 이성수라고 합니다. 제가 낮에 너무 바빠서 실례를 무릅쓰고 좀 늦은 시간에 약속을 했네요."

목소리도 적당히 굵고 부드러웠다.

"안녕하세요. 전 오가연이에요. …김재인 친구고요. 음, 그런데 김재인 이라고 아시죠?"

가연은 사내의 얼굴을 자세히 살폈다. 김재인이라는 이름을 듣고 움 직이는 얼굴 근육들의 움직임을 놓치지 않으려고 가늘게 눈에 힘을 주 었다. 그는 의외로 태연했다. 얼굴에 여전히 미소를 머금은 상태로 너무 도 자연스럽게 대답했다.

"네, 잘 알고 있습니다."

가연의 예감은 정확했다. 가연은 재인의 남자를 제대로 찾아낸 스스로를 기특하게 생각했다.

"불쑥 이렇게 뵙자고 해서 놀라셨죠? 전 실은 재인이 때문에 오늘 저…, 그 회사로 갑자기 음…, 가게 된 겁니다."

가연은 말을 계속 더듬었다.

"네, 그러셨군요. 하여간 재인 씨에 대한 용건인 것 같은데 어디서 이야기를 나누는 것이 좋을까요? 괜찮다면 제 차를 타고 좀 이동할까요? 제가 아는 조용한 식당이 있는데 간단한 스낵을 이용할 수 있습니다. 오늘 저는 바빠서 저녁을 못 먹었어요. 가연 씨는 식사하셨어요?"

그는 마치 오래 사귄 여자 친구를 다루듯 부드럽게 가연을 배려했다. 그러고 보니 가연은 그 회사에 다녀온 후 밥은커녕 물도 한 모금 먹지 못한 상태였다.

"좋아요. 저도 함께 식사를 하죠."

그는 신사들이 숙녀에게 그러듯 가연이 차를 탈 수 있도록 차문을 열어주었다.

차 안은 깔끔하고 고급 향수 냄새가 은은하게 배어 있었다. 이성수는 능숙한 손놀림으로 천천히 차를 몰기 시작했다. 가연은 어떤 말도 꺼낼 수가 없었다. 왠지 분위기가 그랬다. 민석에게 섬세하지만 불안정한 이미지로 비롯된 알 수 없는 매력이 있다면, 이 사람에게는 활기차고 정력적인 매력이 있었다. 말투와 외모 모두 그랬다.

분명 재인에 대한 이야기라고 말했는데도 가연을 대하는 말과 태도에 조금의 거리낌도 없었다. 오히려 어깨와 얼굴이 굳은 것은 가연이었다. 무슨 말부터 꺼내야 할지 몰라 망설이는 가연의 마음을 꿰뚫고 있는지 그가 먼저 자상한 말투로 말을 건넸다.

"초면에 무슨 일인지 모르겠지만, 무엇이든 편하게 이야기하셨으면 합니다."

"네."

그는 가연에게 음악을 들어도 되겠냐고 묻더니, 피아노곡을 선택하고 볼륨을 맞추었다. 모든 태도가 자연스럽다 못해 소탈하고 친근했다. 그의 옆모습은 강인하게 우뚝 솟은 콧날과 부드럽게 원형을 만들어주는 턱선 덕분에 더욱 귀태가 나보였다. 머리도 샤워를 하고 나서 가볍게 타월로 털어 말린 듯 흐트러진 웨이브가 자연스러웠다. 그는 가연이 만나온 많은 남자들과 격이 달랐다.

민석보다 더욱 남성적인 매력이 넘치고, 감히 유혹할 수 있는 대상으로 볼 수 없는 품격도 흘렀다. 민석이 가연의 모성을 자극한 남자였다면, 그는 아버지와 같은 위엄과 권위를 가진 남자였다. 그래서 재인이가 그의 뜻을 거부하지 못한 것일까?

가연은 어느 정도 재인을 이해할 수 있을 것 같았다.

가연이 운전을 하고 있는 중년 남자 옆에서 여러 가지 상념에 젖어 있는 동안, 차는 여러 골목을 돌아 평범한 2층짜리 건물 앞에 멈추었다. 키가 작은 한 남자가 어디선가 튀어나와 차키를 건네받았다. 가연은 말 없이 앞서는 그를 따라 건물 안으로 들어갔다.

건물 1층은 일반적인 카페의 모습이었다. 창을 통해 보이는 내부에는 서너 팀의 무리들이 테이블을 차지하고 먹고 마시고 떠들고 있었다. 가연은 당연히 그가 카페 문을 열고 그 무리들 틈으로 들어갈 것으로 생각하고 있었다. 하지만 남자는 카페로 들어가는 입구를 지나쳐 또 다른 통로로 방향을 틀더니 이어 나타난 계단을 올라갔다. 2층에 오르자 기분이 서늘할 정도로 조용한 복도가 보였다. 남자는 서슴없이 앞을 보고 걸었고, 가연은 말없이 옆을 따랐다. 복도의 코너를 두 번 정도 더 돌자 통로 끝에 누가 보아도 알 수 있는 '키스'라는 그림이 프린트된 긴 벽이 보였다.

가연도 그 그림을 광고나 잡지 등에서 흔하게 보았지만, 자세히 눈앞에서는 보는 것은 처음이었다. 그림 속 거구의 남자는 여자를 누르듯 감싸 안아 입을 맞추고 있었고, 화려한 배경 속 여자는 사랑에 도취된 듯 몽롱한 표정을 짓고 있었다. 남자는 언뜻 커다란 바위처럼 보였고, 여자는 그 바위 속에 갇혀 있는 것 같았다. 그림을 향해 걸음을 옮기며 가연은 속으로 생각했다.

'사랑하는 연인 사이에 포옹임에도 불구하고 각자의 자세가 불편하기 그지없어 보이는 이유는 무엇일까? 과연 발그레한 볼에 눈을 꼭 감은 저 여인은 남자의 팔에 안겨 진정 행복을 느끼기에 저런 표정을 짓고 있는 것일까?'

가연이 그림 속 여인의 야릇한 표정에서 숨겨진 고통을 읽어내려 하고 있을 때, 갑자기 두 남녀 사이가 길게 갈라졌다. 그 벽 어딘가에서 이성수의 신체 일부를 인식하는 장치가 작동되고 있는 것 같았다. 그가 다가간 순간 벽은 크게 열린 문이 되어버렸다. 멈칫하는 가연에게 그는 한 톤 높은 목소리로 말했다.

"아! 이곳은 몇몇 단골들에게 편안한 아지트를 제공해주는 곳이에요.

겁내지 말고 들어가요."

가연은 그를 따라 그 이상한 문 안으로 들어갔다. 문 안쪽의 복도는 바깥쪽의 복도보다 훨씬 따듯하고 밝았다. 가연은 앞으로 몇 걸음 걸으며 뒤를 돌아보았다. 예상했던 대로 방금 전 자동으로 열렸던 벽은 이미 소리 없이 닫혀 있었다. 밝은 대리석 바닥과 어떤 장식도 무늬도 없는 하얀 벽으로 둘러싸인 복도는 전체적으로 깔끔한 느낌을 주었다. 두 사람은 하얀 복도 양쪽에 있는 몇 개의 문을 지나쳤다. 그는 복도 끝을 한 번 더 돌아 첫 번째 방문을 열었다.

"이 방이 좋겠네요. …들어오세요."

흰색 벽으로 둘러싸인 방에는 역시 하얀색의 가죽 소파와 연두색 색유리가 깔린 낮은 테이블이 있었다. 연두색 유리 테이블은 마치 4월의 잔디밭을 떼어다 놓은 듯 산뜻하여 방 전체 분위기를 싱그럽게 만들어 주고 있었다. 단순한 디자인의 가구였지만 무척 세련되고 고급스러운 느낌이었다.

"편하게 앉으세요. 으음 우리 무얼 먹을까요?"

그러고 보니 그가 서 있는 유리로 만들어진 한 쪽 벽면은 냉장고였다. 가연은 처음 보는 여러 가지 음료와 식기가 들어 있는 벽장식 냉장고를 신기한 듯 바라보았다. 그리고 잠시 후 자신의 선택을 여유롭게 기다리고 있는 남자를 인식하고 성급하게 대답했다.

"음, 그냥 시원한 물을 먹고 싶어요."

가연은 그를 만난 뒤부터 어떤 힘에 압도되어버렸기 때문에 자신의 의지대로 무엇인가를 선택할 자신이 없었다.

"알았어요. 자, 이건 가연 씨가 원하는 얼음물이고요. 이건 제가 지금 먹고 싶은 페퍼민트 음료인데 알코올이 아주 조금 들어 있어요. 가연 씨도 한 번 마셔보세요. 조금은 어색한 지금의 느낌을 시원스럽게 만들어 줄 수 있을 겁니다."

그는 세 개의 잔을 채워 테이블 위에 올려놓았다. 가연은 물을 조금 마신 후 잔을 바꾸어 그가 따라준 연두색 음료를 한 모금 마셔보았다. 전에 맛보았던 미도리 샤워라는 칵테일 맛 같기도 했지만, 그것보다 훨씬 더 강한 페퍼민트 향이 입 안뿐만 아니라 머릿속까지 휑 뚫리게 만들었다.

"어때요, 상쾌하죠? 하루의 피로함이 저 멀리 도망갈 정도로…."

이성수는 적당한 크기로 입을 벌리고 튼튼하고 가지런한 치아를 내보이며 웃음 지었다. 그는 카디건을 벗어 의자 끝에 걸치고 냉장고를 다시 열어 이번에는 뽀얀 도자기로 된 식기를 꺼냈다.

"가볍게 먹을 수 있는 샌드위치예요. 늦은 시간이니까 가볍게 요기만 하죠. 우리."

그는 역시 다정다감한 태도로 가연 앞에 식기를 내놓고 뚜껑을 열어 보였다. 그릇만큼이나 뽀얀 빵 안에 누군가 방금 만들어놓은 듯 신선한 재료가 끼워진 조각 샌드위치가 들어 있었다. 그는 먼저 빵조각을 들어 한 입 베어 물며 자연스럽게 가연의 맞은편에 앉았다. 성공한 가장이 퇴근 후 자신의 집 소파에 큰 개를 끼고 앉아 휴식을 취하고 있는 듯 편안한 자세였다. 반면 가연은 의자의 끝에 걸터앉아 얼음물과 이상한 음료를 번갈아 초조하게 마시는 모습이었다.

"가연 씨도 음료만 마시지 말고 샌드위치도 드세요."

모든 것이 낯설게 느껴지는 가연에게 그는 모든 것이 여유로운 친절한 안내자였다.

"그런데 재인이에게 무슨 일이 있나요?"

대화의 주제 또한 그가 먼저 이끌었다. 가연은 그의 질문과 페퍼민트의 자극에 정신이 바짝 들었다.

'그렇지. 지금 난 이 분위기에 어리둥절할 상황이 아니야. 내가 여기 온 것은 재인이 문제를 해결하기 위함이야.'

가연은 음료를 테이블에 내려놓고 어깨를 한 번 으쓱한 후 강한 눈빛을 가장했다.

"네, 조금은 문제가 있는데…, 그전에 먼저 재인이와 어떻게 알고 지내셨어요?"

"그건 좀 사적인 질문이군요. 그 부분을 꼭 말해야 하나요?"

그는 여전히 입을 우물거리며 여유를 잃지 않고 말을 이어갔다.

"네, 말해주셔야 해요. 재인은 중요한 제 친구이고, 이곳까지 당신을 따라온 이유는 모두 재인이 때문이에요."

가연은 '중요한 친구'라는 말과 '재인이 때문'이라는 말을 강조하며 불편함을 느꼈다. 중요한 친구라고 하기엔 최근에 재인과 거의 교류가 없었다. 이곳에 온 것도 재인에 대한 관심이나 걱정보다는 호기심 때문이라고 해야 맞았다. 그리고 '재인이 때문'이라는 말에는 상대에 대한 특별한 기대감을 감추고 싶어 하는 마음이 담겨 있다는 것을 스스로는 알고 있었다. 페퍼민트 음료에 아주 조금 들어 있다는 알코올은 어느새 가연의 심장박동수를 조금씩 올리고 있었다.

"이미 가연 씨는 알고 있는 것 같은데요…, 으음."

그는 말끝을 흐리다가 단호한 어조로 말을 이었다.

"재인이와 잠시 만났던 것은 사실이지만, 지금은 아닙니다. 서로 좋아했던 것은 맞지만, 우리 두 사람 모두 문제를 크게 만들고 싶어 하지 않았죠. 각자 결혼도 했고 가정이 있기 때문에 오래 기간 만나면서 관계를 발전시킬 수는 없었어요."

"그런데 재인이는 남편 곁을 떠났어요."

가연은 순간 자신의 심박동만큼이나 빠르고 강하게 말을 뱉었다. 그리고 그의 얼굴을 자세히 관찰했다. 재인이 남편 곁을 떠났다고 말하는 대목에서도 그의 표정은 크게 변하지 않았다.

"전 몰랐어요."

목소리는 좀 전보다 무거워졌지만 태도는 여전히 여유로웠다. 그리고 그런 이성수의 태연한 반응이 이상하게도 가연에게 위안이 되었다.

'그는 재인을 특별하게 생각하고 있지 않았구나.'

하지만 가연은 일단 치밀어오르는 화를 참아내고 있는 듯 목멘 음성으로 말을 이어나갔다. 왠지 그에게 이 기회에 또 한 번 자신이 재인의 진정한 친구임을 확인시켜야 할 것 같았다.

"몰랐다고 말한다고 해서 그쪽 책임이 전혀 없다고 말씀하시는 것은 아니겠죠?"

"으음…, 그런 뜻은 아닙니다. 그저 나도 몰랐던 사실이었기 때문에 놀란 겁니다. 그런데 재인이는 지금 어떻게 지내고 있나요?"

그는 재인이와 정말 끝난 것 같았다. 만약 그가 재인의 행방을 알고 있다면 이렇게 자연스러운 말투로 질문할 수는 없었다.

"아무도 재인이가 어디에 있는지 몰라요."

"그럼 재인이 남편과 헤어졌다는 이야기가 아니고 실종되었다는 이야기인가요?"

남자의 목소리 톤이 갑자기 크게 높아졌다.

"네."

"아아…, 왜 그랬을까?"

그제야 여유로운 대표의 얼굴이 찌푸려지고 안타까움이 담긴 한탄이 흘러나왔다. 가연의 심장박동은 점점 그 속도가 빨라지고, 얼굴 쪽으로 쏠리는 뜨거운 피가 혀의 움직임을 조금씩 마비시키는 것 같았다.

"그런데 가연 씨는 저를 어떻게 알고 찾아오셨죠?"

"어느 날 재인이가 저를 찾아와서 이성수 씨 이야기를 했어요. 그때 재인이는 제가 아는 김재인의 모습이 아니었어요."

"가연 씨가 아는 재인은 어떤 모습인데요?"

문득 질문을 받은 가연은 당황스러웠다.

"으음, 그냥 재인이는 이성적인 친구에요. 언제나 올바른 행동을 했죠."

"재인의 생활에서 나와 관련된 부분이 올바르지 못하다는 뜻인가요?"

"네, 그렇다고 말할 수 있지요."

"가연 씨는 사람들이 자신만의 잣대를 가지고 세상을 너무 억압적으로 만들어버린다고 생각하지 않나요? 스스로 그 안에 갇혀 있다는 생각을 못 한 채 말이에요."

자신을 방어하고 있는 말 치고는 조용하고 담담한 말투였다.

"하여간 그 친구가 변한 것은 이성수씨 탓이라고 생각해요."

가연은 둔해진 혀를 겨우겨우 놀렸다.

"그렇게 생각한다면 그 말이 맞을지도 모르죠."

남자는 다시 씁쓸한 표정을 지으며 고개를 끄덕였다.

"재인이의 남편은 이번 일로 무척 괴로워하고 있어요."

"그가 나에 대해서 알고 있나요?"

"어느 정도는요."

이성수는 갑자기 벌떡 일어서더니 벽장식 냉장고로 다가갔다. 그리고 이번에는 우유 빛깔의 또 다른 음료를 두 잔 따라왔다.

"우리 지금은 약간 진정할 필요가 있겠네요. 이걸 좀 마셔볼래요? 우유와 설탕과 향료를 섞은 건데, 어느 정도 심신의 진정 효과가 있을 거예요. 실은 난 지금 무척 놀라고 당황한 상태예요."

그는 먼저 하얀 음료를 한 모금 마시고 난 후 숨을 한 번 크게 내쉬며 가연에게 호소하듯 한 마디를 보냈다.

"그런데 가연 씨…, 나에게 너무 비난하는 투로 말하지는 말아요."

그는 어느새 가연의 손을 잡아 하얀 빛깔 음료가 든 잔을 쥐게 했다. 그리고 자신의 두 손바닥으로 잔을 잡은 가연의 손 둘레를 감싸 안고 잠시 말을 멈추었다. 가연의 손바닥 안쪽은 차가운 느낌의 글라스가 닿고, 손등은 남자의 따뜻한 체온으로 둘러싸였다. 가연을 바라보는 그의 눈빛이 조금 전보다 훨씬 그윽해진 것 같았다. 왠지 가연은 이제부터 그의 입에서 나오는 이야기라면 어떤 내용이든 모두 신뢰할 수 있을 것 같았다. 잠시 후 그는 여전히 부드럽지만 단호한 음성으로 이야기를 이어 나갔다.

"결국 그녀의 남편을 비롯해서 우리 모두 다 재인을 찾기를, 그래서 우리 곁에 돌아오길 바라고 있다는 본질을 기억합시다. 가연 씨도 친구를 찾기 위하여 절 찾아온 것이 맞잖아요?"

가연은 자기도 모르게 고개를 끄덕였다. 그러면서 그의 당당하지만 너그러운 리드에 여전히 휩쓸리고 있다는 기분을 느꼈다. 가연은 어느 순간부터 그의 단단해 보이는 가슴 안쪽으로 자신을 받아준다면, 하루 종일 긴장되었던 모든 근육이 한 순간에 풀어져 진정한 휴식을 취할 수 있을 것 같다는 생각까지 하고 있었다.

"가연 씨, 자 이걸 좀 마셔봐요."

남자는 자신의 손바닥으로 감싸고 있던 가연의 손을 풀어주며 보일 듯 말 듯한 미소를 지어 보였다. 달콤한 향이 배인 고소한 우유는 정말 맛이 있었다. 긴장된 혀를 부드럽게 감싸면서 목 안쪽을 타고 흘러들어가는 느낌이 기가 막혔다. 음료가 몸에 스미자 신기하게도 모든 근육이 한 순간에 나긋나긋해지는 것 같았다. 애당초 재인의 행방에는 큰 관심이 없었던 본색을 들킬까 봐 불안한 마음도 사라져버렸다. 이곳에 오고 나서부터, 아니 앞에 앉은 남자를 만나고부터 아슬아슬한 호기심과 긴장 속에 미묘한 쾌락을 즐기고 있음도 더욱 분명해졌다.

남자는 하얀 음료를 마시는 가연을 아무 말 없이 열심히 바라보고 있었다. 가연을 뚫어져라 바라보는 갈색 눈동자는 하얀 벽에 반사된 조명 때문인지 불타오르듯 반짝거렸다. 이성수의 눈동자는 크지 않기 때문에 응시하는 검은 동자 아랫부분은 하얀 눈동자로 채워져 있었다. 그로 인해 그의 눈은 맹수의 그것처럼 매섭고 날카로웠고, 그의 집중은 무엇이라 형용할 수 없는 힘을 가진 것처럼 보였다. 가연은 그의 시선이 자신 앞에 놓인 어떤 경계를 서슴없이 허물어가고 있다고 느꼈다.

말없이 흐르는 시간이 꽤 지난 것 같았다. 이성수의 강한 눈빛 그늘 아래 놓여 있던 가연은 기억도 나지 않는 어린 시절에 그랬던 것처럼 갑자기 울음이 터져나올 듯한 느낌을 받았다. 정말 이유는 알 수 없으나 저절로 눈물이 흘러나왔다. 가연은 옆에 놓은 냅킨을 향해 손을 뻗으려 했다. 순간 그는 가연이 어떤 행동을 할지 이미 알고 있던 사람처럼 가연의 손에서 재빠르게 음료 잔을 채가듯 빼앗고, 먼저 손을 뻗어 냅킨을 집어 건네주었다.

"자…, 어린애처럼 굴지 말고 이제 그만 마셔요."

깜짝 놀랄 만큼 날카로운 목소리였다. 가연은 정신이 번쩍 들었다. 허물어진 경계에 다시 무거운 철문이 쿵하고 내려져버린 느낌이었다. 하마터면 아무 이유 없이 처음 만난 사람 앞에서 울음을 터뜨릴 뻔했다는 생각에 가연은 더욱 어쩔 줄을 몰랐다. 그는 어느새 가연을 바라보던 강한 시선을 깨끗이 거두고 자리에서 일어났다.

"내가 데려다줄게요. 우리가 더 이상 여기에서 이야기를 한다 해도 바로 좋은 해결책을 내긴 어려워요 그리고 무엇보다 가연 씨는 지금 무척 피곤해 보여요. 나 또한 생각을 정리할 시간이 필요하고요."

그는 분명 냉정해졌지만 여전히 여유를 지닌 음성으로 말했다. 거부할 수 없는 명령이었다. 가연은 그를 따라 하얀 소파에서 일어났다. 그는 벌컥 문을 열고 복도로 나갔다.

방을 나서자 공기가 바뀌고, 그가 순식간에 돌변한 태도로 자신을 대하자 가연에겐 다시 공격할 수 있는 명목이 생겨나는 것 같았다. 복도를 나란히 걸으며 가연은 마지막으로 한 마디를 던졌다.

"이성수 씨는 이제 부인이 있는 안락한 집으로 가시겠군요."

그는 '키스' 그림이 달린 자동문이 열리기 전 몸을 돌려 가연에게 다가왔다. 그리고 가연의 어깨에 가볍게 손을 얹고 담담하게 말했다.

"그래요…, 내겐 아내도 있고 아이들도 있지요. 일단 가연 씨 마음은 이해하지만 난 집으로 돌아가야 합니다. 조만간에 한 번 더 만납시다."

"알았어요."

가연의 마지막 공격은 어깨에 닿은 그의 손길 한 번에 커다란 스펀지에 박힌 총알처럼 파괴력을 잃어버렸다. 이내 '키스' 그림이 달린 문은 활짝 열렸다. 그리고 가연은 그 문 밖으로 뱉어지듯 나올 수밖에 없었다.

가연은 며칠 동안 일을 하지 않았다. 하루 종일 긴 머리를 동여 묶고 화장도 하지 않고 외출도 하지 않았다. 다른 남자들의 연락도 받지 않았다. 민석에게도 그 남자에게도 연락을 할 수는 없었다. 그저 가연은 무엇에 홀린 듯 정신없이 시간을 보냈다. 이성수와 보냈던 짧은 시간이 고장 난 TV 화면에서처럼 불안정하게 재현되고 반복되었다.

이주일쯤 지났을까? 어쨌든 흘러가는 시간은 이성수에 대한 강렬한 이미지를 조금씩 엷게 만들었다. 그러자 다시금 명목이 불분명한 도전의식이 되살아났다.

"그래도 이대로 그냥 있을 수는 없어. 재인이가 사라졌다는데 그는 아무런 책임도 느끼지 않고 평소처럼 아내와 함께 부귀영화를 누리고 생활하고 있잖아. 나도 민석 씨도 이렇게 애가 타는데…"

가연은 깊은 의식과 관계없는 말을 중얼거리며 자리를 털고 일어났다. 그리고 다시 한 번 용기를 내어 그의 회사에 전화를 걸었다. 이번에는 가연의 이름을 들은 직원이 별반 따지는 것 없이 순순하게 이성수를 연결해주었다.

"여보세요."

중저음의 부드러운 목소리가 들려왔다.

"네, 가연 씨. 안 그래도 제가 먼저 연락드리려고 했는데."

많은 남자들에게 들어본 그 흔한 대답. '안 그래도 내가 연락하려고 했는데'라는 말. 가연은 이상하게 속이 뒤틀렸다.

"재인이에겐 여전히 연락이 없나요?"

"네."

"나도 가연 씨와 만난 뒤에 재인이에 대하여 곰곰이 생각해보았으나 감이 잡히질 않았어요. 뭘 어떻게 해야 할지 몰라 연락을 못 드렸던 것도 사실입니다."

"그래도…"

"알아요, 가연 씨가 하는 말이 무슨 의미인지…. 내게 여전히 책임을 묻고 싶겠지요. 그리고 여러 가지로 내게 궁금한 것도 많이 남아 있을 테고요."

"네, 맞아요."

"한 번 더 만날까요, 그럼? 실은 그날은 저도 너무 놀라고 경황이 없었어요."

"그래요, 그럼."

두 번째 만남도 같은 방식이었다. 밤 아홉시에 가연을 데리러 왔고, 같은 차를 타고 이동했다. 그는 그날과 같은 면바지를 입고 있었고, 카디건과 목도리의 색깔은 달랐지만 비슷한 종류로 보였다. 안색은 다름없이 밝고 빛났으며, 표정 또한 처음처럼 부드럽고 온화했다. 가연은 그의 모든 것에서 왠지 근접하기 어려운 품위가 있다고 느꼈다. 하지만 가능하면 그런 느낌이 밖으로 드러나지 않도록 무척 조심하고 있었다.

그는 간단한 안부만을 묻고 전처럼 차를 운전했다. 장소는 지난번과 달랐다. 이번에는 도심에서 벗어난 외곽, 주택가로 보이는 장소 어느 집 앞에 차를 멈추었다.

"역시 편하게 생각해요. 제가 사업을 하다 보니 만나는 사람들이 많기 때문에 사적인 모임을 할 수 있는 편한 공간을 몇 군데 알고 있어요. 게다가 이곳은 술을 마실 수도 있답니다. 자, 들어와요."

겉보기에는 고급 주택처럼 보였으나 실내는 완전히 다른 분위기였다. 은은한 조명에 중간 로비를 중심으로 둥근 형태로 나열된 몇몇 방들이 보였다. 로비 가운데 위치한 테이블에는 한 여성이 앉아 있었는데, 그를 보자 차분한 태도로 일어나 우아한 걸음으로 두 사람에게 다가왔다. 나이는 좀 들어 보였지만 굉장한 미모를 가진 여인이었다. 그녀와 몇 마디를 나눈 후 그는 가연의 손을 부드럽게 잡아끌어 그 중 한 방으로 데리고 들어갔다.

"와인을 가져올 거예요."

"네, 와인을 잘 아시나 봐요."

"저는 잘 몰라요. 그냥 여기 오너인 아까 그 여성이 추천한 것을 마시는데, 올 때마다 매번 기가 막힌 와인을 맛보게 된답니다."

"그래요? 기대해보죠."

이제 가연은 그의 친절과 배려에 어느 정도 익숙해진 것 같았다. 재인의 이야기 따위는 안중에도 없어지고, 그저 고급스러운 그의 태도와 접대에 빠져들고 있었다. 은은한 조명에 비친 그의 얼굴은 더욱 아름다워 보였다. 벌어진 어깨와 가슴을 잇는 단단한 근육도 남성적인 매력을 더했다.

가연은 어쩌면 그와 밤을 보낼 수 있을지 모른다는 기대까지 하고 있었다. 민석은 자신이 유혹해서 차지할 수 있었지만, 지금 사정은 정 반대였다. 그가 유혹한다면 거부할 수 있는 힘이 가연에게는 없었다. 재인을 이유로 그에게 접근했지만, 가인 스스로 이미 그에게 복종하리라는 것을 알고 있었다. 잠시 후 눈앞에 놓인 잔에 붉은 자줏빛 액체가 부어졌다. 가연은 그 액체로 자신의 어떤 부분을 마비시켜버리고 싶은 충동을 자제할 수 없었다. 도저히 또렷한 의식으로는 그와 이런 분위기에 있을 수 없었다. 그는 와인잔을 들어 살살 돌리며 말을 꺼냈다.

"대체로 무슨 이야기든 술을 곁들이면 부드러워져요."

이 말은 가연 자신이 전에 민석에게 했던 말과 같았다. 이번엔 자신이 주체가 아닌 대상이 되어버렸지만.

"이 와인은 처음에는 부드럽고 연한 맛을 띠지만, 의외로 끝 맛은 강하대요. 같이 마셔봐요."

그는 우아한 손짓으로 돌리던 잔을 내밀었다. 가연은 그 잔에 자신의 잔을 맞대었다. 달리는 기차에 올라탄 것 같았다. 이제는 기차에서 내릴 수 없었다. 다만 기차가 안전하게 자신을 미지의 장소로 안내해주길 기다리는 수밖에는 달리 도리가 없었다. 두 사람 사이에 투명한 잔이 채워지고 비워지기를 수차례 반복했다. 가연은 한동안 앞에 앉은 남자의 붉어진 얼굴을 바라보며 최면에 걸린 것처럼 자신의 잔을 비워냈다.

"가연 씨!"

그가 어느 순간 한층 더 느릿해진 목소리로 가연을 불렀다.

"네."

"아직도 재인이 이야기를 듣고 싶어요?"

"네. 전 실은 제 감정을 잘 모르겠는데요…. 재인이의 남편은 아내를 찾고 싶어 해요."

가연은 이제 많이 솔직해졌다.

"재인을 어떻게 찾아야 하는지 나도 그 방법을 알 수가 없어요. 그저 난 잠시 재인에게 끌렸고, 뭐라 표현해야 하나…, 으음, 일반적으로 표현하자면 여자로서 사랑하게 되었고, 사랑했던 만큼 시간이 허락될 때마다 함께 있었어요. 물론 우리에게 긴 시간이 허락되진 않았지만."

가연의 잔은 어느새 다시 비워졌다. 그는 다시 잔을 채워주며 가연을 뚫어지게 바라보았다. 담담하지만 맑고 날카로운 두 눈빛은 가연에게 그의 모든 말을 전적으로 믿으라고 말하고 있었다.

"가연 씨가 재인이를 이렇게 적극적으로 찾은 이유는 뭔가요? 그 친구가 그렇게 당신에게 중요한가요? 아니면 그녀의 남편 때문인가요?"

그의 질문은 눈빛만큼이나 날카로웠다. 가연에겐 그나마 술기운이 주는 용기가 있었다.

"사람이 사라졌고, 그렇다면 찾아야 하는 것 아닌가요?"

"어떻게 찾을 건가요? 경찰에 알렸나요?"

"경찰은 찾지 못해요."

혀는 둔했지만 말은 단호했다.

"왜요?"

"그들은 재인이를 이해할 수도 재인이의 마음을 알 수도 없으니까요."

"남편도요?"

"남편은 그동안 자신이 아내에 대하여 전혀 모르고 있었다는 사실을 깨닫고 많이 당황하고 있어요."

"나는요?"

"당신은 무엇인가 알고 있어요. 여자들은 알아요. 스스로는 알지 못할지언정 상대방이 무엇인가 알고 있다는 사실을 감지할 수는 있어요."

"그런가요?"

남자는 한동안 고개를 가볍게 숙인 채 말을 잇지 못했다. 가연은 고개 숙인 그의 정수리에 있는 하얀 머리카락 몇 개를 바라보고 있었다. 다시 한 번 엔지 모를 끅한 삼성이 커지려고 할 때 그가 번쩍 고개를 들었다. 깜짝 놀랄만큼 돌발적인 행동이었다.

"내가 그 누구보다 재인이를 잘 알고 있고, 그런 부분이 재인이를 찾는 데 도움이 된다…, 그런 말이죠?"

가연은 자신이 고개를 끄덕이고 있다고 생각했다. 세상이 고장 난 모니터의 화면처럼 위 아래로 흔들거렸다.

"그렇다면 내가 도와줄 수 있는 방법은 하나밖에 없어요. 재인이에게 한 것과 똑같은 방식으로 당신을 대해줄게요."

돌발적인 행동만큼이나 돌발적인 언어였다. 그의 눈빛이 순간적으로 붉게 타들어가는 듯 번뜩였다.

"네?"

너무 놀라 다시 한 번 살며시 나타났던 여린 감정은 급격하게 사그라졌다.

"솔직히 나도 재인이의 심정을 알 길이 없답니다. 내가 재인에게 어떤 영향을 주었는지 알고 싶다면, 당신이 직접 같은 체험을 해보도록 해요. 그렇다면 재인을 이해하게 되고, 재인의 행방에 대한 힌트를 찾는데 도움이 되지 않겠어요?"

"의외의 제안이라서 당황스럽군요."

가연의 심장이 세게 방망이질 쳤다. 고개를 흔들지 않아도 세상은 더욱 비틀리고 있었다.

"너무 당황해하지 말아요. 이미 당신은 재인이와 내가 함께했던 시간들의 일부를 따라하고 있어요. 재인이와 난 전에 이곳에 왔었고, 함께 마시고 먹었고, 그리고 사랑을 나누기도 했어요."

가연의 심장의 피가 두 배로 많아진 듯 온몸의 혈관이 모두 부풀어올랐다.

"원하지 않는다면 지금이라도 그만두는 것이 좋아요. 당신도 당신만이 추구하는 지나치게 개인적인 삶이 있을 테니까요. 더 이상 친구의 일에 휘말리지 않는 것이 좋을 수 있어요."

"그렇게 말씀하시는 그쪽은요. 이런 방법이 도움이 된다고 생각하세요?"

"나도 잘 모르겠지만…, 흠, 나로서는 이 방법 외에는 더 이상 도울 길이 없어요."

붉은 얼굴의 이성수가 한층 더 가연에게 다가왔다.

"그렇다고 저한테 관심이나 애정이 없는데도 억지로…?"

가연에게 남은 최소한의 이성이 잠시 모습을 드러냈다. 하지만 질문의 말미가 채 끝나기도 전에 그가 가연의 말을 가로막았다.

"아니, 그렇지 않아요. 내겐 당신이 절실하게 필요해요, 지금 이 순간."

이성수는 잠시 틈을 두고 더 크고 또렷한 목소리로 같은 말을 반복했다.

"너를 절실하게 원한다고."

가연은 둔기에 맞은 사람처럼 잠시 멍해졌다. 잠시 후 가연은 힘겹게 입술을 떼어 질문을 던졌다. 목소리는 심하게 떨렸다.

"이 말, 혹시 재인에게도 했던 말인가요?"

"그럴지도…"

가연은 혼란스러움에 고개를 떨어뜨렸다. 더 이상 그를 마주 보고 자신의 행동을 판단하고 결정하는 일이 너무나도 힘들었다. 퍼져나가는 술기운이 떨어뜨린 고개에 무게를 더하고 있을 때, 결이 단단한 그의 몸이 다가왔다. 남은 한 조각의 이성이 그의 손이 닿은 자신의 화려한 옷과 구두에 머물렀다. 모두 싸구려였다. 가능하면 빨리 그의 손길과 비교되는 이것들을 벗어던지고 싶었다. 자신의 초라함과 비굴함에 대한 분노와 그를 원하고 동경하는 마음이 한꺼번에 몰려왔다. 하지만 혈액의 절반 이상을 차지한 와인은 그 모든 복잡한 감정과 육체의 연결 고리를 무력화시켰다.

어느새 옆자리를 차지한 그가 가연의 머리를 들어 자신의 어깨에 올려놓고, 한 팔로는 그녀의 몸을 감싸안았다. 가연은 이제는 손끝 하나도 들어올릴 힘이 없었다. 그는 그녀의 모든 것을 지배하고 있었다. 재인의 말대로 그는 권력자임이 분명했다. 그가 가연의 옷을 모두 벗기고 모든 행동을 다 마칠 때까지 가연은 넋을 잃고 있었다. 가연은 놀이자의 손에 의하여 제멋대로 흔들거리며 휘어지는 얄팍한 종이 인형처럼 다루어졌다.

남자의 번뜩이는 눈빛과 여자의 몸을 다루는 손길은 뜨거우면서 동시에 냉담했다. 쾌감이 밀물처럼 밀려왔다. 하지만 한편으로는 무섭고 두려워 몸을 떨었다.

여자는 남자의 눈동자 저 깊은 속에서 아버지를 보았다. 기억 속에서는 단 한 번도 본적이 없는 사람이었다. 하지만 여자는 알 수 있었다. 벌거벗은 아기인 그녀를 품안에 안고 세찬 바람이 부는 거친 세상으로부터 감싸주었던 사람, 피부를 맞대어 체온을 전달해주고 안전하게 잠을 재워주던 따뜻한 사람. 하지만 그 사람은 어느 순간 절대 채울 수 없는 욕망의 샘을 찾아 떠나가버렸다. 바람은 다시 차갑게 불어오고, 세상은 처절하게 혼자 남은 여자를 후려쳤다. 여자는 두려움에 젖어 세상을 향해 울타리를 치고 또 쳤다. 여자에게 그리움은 고통이었고, 고통은 언제부터인가 일상이 되어버렸다.

그런데 지금 한 남자가 그녀를 안고 있었다. 그 남자의 권력은 여자의 오래된 울타리를 허물고, 강하고 거침없이 여자를 차지했다. 이 남자가 그동안 그렇게나 애타게 그리워했던 존재일까? 가슴이 답답하고 모든 것이 혼란스러웠다. 몸이 달아오르고 숨이 가빠왔다. 여자는 다시는 남자를 놓치고 싶지 않다고 생각했다. 여자는 자기도 모르게 남자의 등을 있는 힘껏 움켜쥐었다. 순간 누구의 입에서인지 신음소리가 터져나왔다. 그리고 잠시 후 남자가 엄청나게 커다란 포말을 남기고 밀려나는 거대한 썰물처럼 여자로부터 빠져나갔다. 여자는 다시 혼자 남겨졌다. 세포 하나하나에 남자의 힘이 남아 떠돌아다니는 것 같았다.

이튿날 아침 자신의 집에서 깨어난 가연은 창밖을 가득 매운 환한 햇빛을 느꼈다. 평소와 같은 햇살이었지만 왠지 그 느낌은 너무 달랐다. 이전의 그것이 아닌 것처럼 한층 더 밝고 고요하고 선명했다. 한 꺼풀의 막을 드러낸 듯 생생한 아침의 모습에 가연은 몸서리 치며 자리에서 일어났다. 냉장고 안에 있는 굳은 음식들을 보자 참을 수 없는 허기짐이 생겨났다. 가연은 오래된 음식들임에도 아랑곳하지 않고 허겁지겁 먹어 치우기 시작했다.

허기짐이 가신 후 가연은 낯선 햇살이 스며든 침실에 다시 누웠다. 그리고 어젯밤에 누군가의 욕망이 되었던 자신의 몸을 쓰다듬어보았다. 그동안 모든 근육에 존재하던 단단한 저항이 홀연히 사라지고, 매끄럽고 연한 피부만이 느껴졌다. 가연은 스스로의 몸을 천천히 만지면서 햇살만큼이나 또렷해진 즐거움을 만끽했다. 기억 속에 되살아나는 그의 몸짓이 가연의 홍분을 더해주었다.

가연은 전날 분명 절정을 느끼지 못했다. 술에 취했고, 감정은 복잡했다. 하지만 혼자서는 확실하게 그리고 여러 번의 절정을 느낄 수 있었다. 가연은 몸이 지쳐 저절로 깊은 잠에 빠질 때까지 혼자만의 행위에 빠져 있었다.

마지막 절정 직전 가연은 이상하게도 수많은 남자들에게 둘러싸여 순수한 욕망의 대상이 된 재인을 상상했다. 쾌감은 극에 달했다. 가연은 눈부신 햇살에 아랑곳하지 않고 다시금 깊은 잠에 빠져들었다. 한나절까지 꿈도 없는 잠에 빠져 있을 때 가연의 깊고 달콤한 잠을 깨운 것은 한 통의 전화였다.

'발신자 표시 제한'

왠지 '올 것이 왔다'라는 강렬한 느낌이 깊은 잠으로 물렁해진 두개골 가운데로 날카로운 전류처럼 지나갔다. 깜짝 놀라 깨어난 가연의 의식에 잠깐 동안 혼란이 왔다

'아직 꿈을 꾸고 있는 것은 아닌지…'

가연은 반쯤 뜬 눈으로 주변을 둘러보고 자신의 방이 맞는지 확인한 후 조심스럽게 통화 버튼을 눌렀다.

"여보세요?"

예상했던 대로 대답은 없었다. 가연은 한참 동안 아무런 말을 하지 못했다. 자신의 입에서 한 마디만 더 나오면 전화는 바로 끊어질 것 같았다. 침묵의 시간은 소리의 시간보다 길었다. 가연의 참을성에 한계가

왔다.

"재인이…, 니?"

역시 말이 채 끝나기도 전에 전화기에서 뚜우, 하는 전자음이 들렸다. 가연은 민석이 그랬듯이 끊어진 전화기를 타고 넘어오는 기운에서 재인을 느꼈다. 비록 느낌이었지만 의심할 여지가 없었다. 키가 더욱 커진 재인이 길게 쭉 뻗은 손가락으로 폰의 버튼을 길게 누르는 모습이 떠올랐다. 높은 심판대의 여신처럼 우아하고 냉정하고 단호한 모습이었다. 가연은 끊어진 전화기를 침대 가운데로 던져버리고 머리를 흔들었다.

'무슨 이야기를 하고자 하는 것일까?'

도무지 알 수 없는 재인이었다.

'아니, 아니… 재인의 전화라고 누가 그랬는가…'

잠시 후 가연은 아무렇게나 웃옷을 걸치고 나가 가까운 은행에서 남아 있는 현금을 인출하고 충분한 양의 식료품을 샀다. 그리고 전화로 자신의 상사에게 더 이상 일을 할 수 없다고 알렸다. 어차피 임시직이기 때문에 아쉬울 것도 없었다. 가연은 이성수와의 하룻밤 이후 일상을 중단하고 주변을 정리하면서 재인도 이런 느낌이었을까 생각해보았다. 일주일간 가연은 혼자 집안에서 은둔자처럼 생활했다. 그와의 약속은 일주일에 딱 한 번, 목요일 하루였다. 그날 밤 이성수는 가연을 차에서 내려주며 말했다

"일주일에 한 번 넌 이제 재인이 되는 거야. 다음 주 목요일 널 데리러 올게."

대역

목요일은 일주일 중 가장 애매모호한 위치를 가진 날이다. 월요일이 시작의 의미라면, 화요일과 수요일은 시작된 일이 무르익는 활기가 가득 찬 날이다. 금요일은 이미 주말에 가까워진 느낌 때문에 모든 것이 느슨하고 여유로워지고, 토요일과 일요일은 말 그대로 휴일이다.

목요일은 그 어떤 색깔도 없는 날이다. 일에서 오는 활기도 주말에 대한 기대도 없는 그런 날, 가연에게는 잠시 다른 세상이 열렸다. 과거에 가난하고 고독했던 세상이 아니라, 풍요롭고 밝은 새로운 세상이 기다리고 있었다. 비록 타인의 삶이었지만, 어차피 자신과 자신의 삶에 그 어떤 애착도 없던 터였다.

첫 목요일, 그는 아침 일찍 가연을 불러냈다. 전과 같이 가연의 낡은 아파트 앞에서 만난 두 사람은 같은 차를 타고 시내를 벗어나 교외를 향해 달렸다. 그는 언제나 즐겨 입던 베이지색 면바지에 푸른색 셔츠를 입고 있었다. 가연은 재인이 되기 위하여 오랜만에 짙은 화장을 벗었다. 검고 긴 머리도 어깨까지 자르고, 부드러운 갈색으로 염색을 하고, 가벼운 웨이브를 넣었다. 옷도 가지고 있는 것 중 가장 얌전하고 단정한 것으로 골라 입었다. 자신의 옷장에는 검은색이나 원색의 옷만 있는 줄 알았는데, 구석구석 뒤져보니 의외로 파스텔 톤 블라우스와 스커트 서너 벌은 찾을 수 있었다. 가연은 또한 오랜만에 검은 부츠를 벗어던지고 은빛이 감도는 낮은 굽의 신발을 신었다. 이렇게 차리고 보니 누가 보아도 재인과 닮아 보였다.

전에 가연은 얌전하고 모범적인 스타일을 좋아하지 않았다. 하지만 막상 이런 차림을 하고 보니 꽤나 청순하고 단아한 여자처럼 보였고, 행동 또한 그에 걸맞게 조신해지는 것 같았다. 차를 모는 남자의 얼굴에도 희미하게나마 흡족한 미소가 머금어지는듯 했다. 운전을 하는 간간이 이성수는 가연의 손을 끌어 당겨 손가락 사이로 자신의 손가락을 끼워 넣는 다정한 행동을 했다. 손가락을 걸어 잠그는 단단한 느낌에서, 애정과 구속의 경계에서 줄타기하는 많은 사랑들의 모순이 느껴지는 것 같았다. 차 안에서는 뉴에이지 풍의 피아노 연주곡이 흘렀다.

'재인이라면 이 정도 흔한 음률은 누구의 연주인지 알았을 테고, 그와 음악에 대한 대화를 나누었을 텐데…'

가연은 매순간 자신이 재인을 의식하고 있음을 알아챘다. 겉모습뿐만 아니라 뼛속까지도 재인이 되어 그의 사랑을 받고 싶었다. 그는 달리는 내내 별로 말이 없었다.

한 시간쯤 달렸을까. 차창밖으로 한없이 펼쳐진 눈부신 해변이 보이기 시작했다. 이제 막 한겨울을 지나 조금씩 부드러워지고 있는 공기 속에 펼쳐진 아름다운 풍경이었다. 해안가를 따라 이십여 분쯤을 더 달리자 작은 선착장이 나타났다. 선착장에는 도심의 강가에서 볼 수 있는 작은 유람선만 한 크기의 배가 정박해 있었다.

미리 약속되어 있었는지 그 배는 두 사람이 탄 차가 안으로 들어올 수 있도록 배미 쪽을 열어놓고 있었다. 그리고 어디서 나타났는지 모를 몇 사람이 다가와 차가 배로 들어가는 것을 안내해주었다. 그 사람들은 이성수에게 아는 척을 하거나 예의를 갖추지는 않았지만, 언제나 했던 일인 듯 태연스럽게 일을 진행했다. 두 사람을 태운 차는 배 안으로 미끄러지듯 들어갔다.

창밖에는 햇살을 받은 잔물결들이 수만 개의 다이아몬드를 펼쳐놓은 듯 영롱한 빛을 내고 있었다. 그리고 그 파란 바다 위로 하얀 갈매기 몇 마리가 우아하게 유영하듯 날고 있었다. 가연은 너무 아름다운 광경에 순간적으로 자신도 모르게 호흡의 리듬을 잠시 멈추었다.

"숨 막히게 아름답다는 말이 있지?"

무심한 듯 보였던 그가 가연의 숨결 변화에 의외로 민감하게 반응했다.

"네?"

"모든 순간은 너무 빠르게 지나가지. 지나가는 바람처럼, 내쉬어지는 숨결처럼. 하지만 너무 아름다운 것을 보거나 느끼게 되면 잠시 바람도 숨결도 그 흐름을 양보하는 정지의 순간이 되어버리는 것 같아. 남자는 아름답고 우아한 여자를 볼 때면 잠시 모든 것을 멈추게 되지, 아마도…, 후후."

그는 마치 재인을 떠올리는 듯 흐뭇한 표정을 지으며 웃었다.

"그런가요?"

배의 열린 문이 천천히 닫히고 차를 태운 배가 천천히 물결을 가르며

전진을 시작했다.

"어디로 가는 거죠?"

"작은 섬이야."

"섬이요?"

"그런 불안한 표정 짓지 않아도 돼. 우린 지금 그냥 데이트를 하러 가는 거니까. 가는 데 약 한 시간 정도 걸릴 거야. 가서 식사도 하고 산책도 하자, 우리. 차에서 내려 바깥 공기 좀 쐴까?"

먼저 차에서 내린 이성수가 가연 쪽 차문을 열어주었다. 아직은 쌀쌀한 공기가 가연의 볼을 스쳤다.

'재인도 이 멋진 배를 타고, 이 시원한 공기를 쐬었구나.'

가연은 오늘 하루가 꿈만 같았다. 물론 그는 가연을 대하는 것이 아니라 재인을 대하고 있는 것이지만, 세상 그 어떤 여자도 이런 상황을 싫어하지는 않을 것 같았다. 배는 햇살이 가득한 바다 물결에 삼각형의 파문을 그리며 앞으로 나아갔다. 그는 난간에 기대어 있는 가연에게 어느 틈에 가져왔는지 한 잔의 따뜻한 차를 들려주었다.

"바람이 아직은 쌀쌀하지. 더운 차를 마시면서 서 있지 않으면 금방 몸이 서늘해질 거야."

"고마워요."

"고맙긴."

가연의 귀엔 '고맙긴, 가연 네게 준 것도 아닌데⋯.'라고 말을 잇는 목소리가 들리는 것 같았다. 반짝이는 물결을 가르고 부드럽게 항해하는 배 안에서의 한 시간은 금방 지나가 버렸다.

가연은 다시 차를 탔고, 차는 배에서 내려 한 이십 분 정도를 더 달렸다.

섬이라고는 하지만 차는 이내 해변을 벗어나 사방이 나무로 둘러싸인 좁은 도로를 달렸기 때문에 섬처럼 느껴지지 않았다. 주변 나무들은 아직 싱그러운 꽃과 잎을 달지 못했지만, 보통의 시골길보다는 정돈된 모습으로 심어져 있었다. 그가 차를 세운 곳에는 길가 나무들이 양쪽으로 커튼처럼 젖혀지면서 드러난 큰 마당이었다. 사방이 한층 더 키 큰 침엽수로 둘러싸인 마당 가운데에는 붉은 벽돌로 지은 이층집이 있었다. 이성수는 눈짓으로 그곳이 목적지임을 가연에게 표시했다.

가연은 잠시 머뭇거렸다. 배에서 내릴 때 배문 가에 있던 몇 사람을 본 이후 섬에 와서는 단 한 명의 사람도 볼 수가 없었다. 그런 가연의 마음을 마치 읽은 듯 그는 말했다.

"이곳은 내 별장과도 같은 곳이야. 너도 이해하겠지만 재인과 나는 공개적으로 데이트를 즐길 수 있는 상황은 아니었어. 때문에 이곳에는 언제나 우리밖에 없었지. 배를 조종하는 사람들도 모두 내 사람들이야. 난 적어도 내 사생활만큼은 철저하게 지키고 싶어 하는 사람이거든. 해가 지기 전에 집에 데려다 줄 테니 걱정 말고 이곳을 즐기도록 해.

집안에는 먹을 것 마실 것 다 충분하게 있고, 집 뒤로 가면 숲길, 꽃길, 해변길 모두 산책할 수 있어. 재인은 일을 했기 때문에 이곳에서 하루 동안 휴식을 즐기는 것을 매우 좋아했어. 집안에서 종일 잠을 자기도 했고, 나를 두고 혼자 산책을 즐기기도 했지. 너도 마음 편히 쉬도록 해."

그는 또 한 번 가연 쪽 차문을 열어주며 한층 부드럽게 말을 건넸다.

"일단 들어가서 무얼 좀 먹자. 배고프지 않니?"

"그러고 보니 배가 고프네요."

태연하고 자연스러운 그의 태도에 가연 역시 편안한 태도를 가장할수밖에 없었다. 배가 고프기는커녕 속이 매우 불편했지만, 가연은 차에서 내려 그를 따라 집안으로 들어갔다.

현관에 들어서자 베이지색 나무목으로 바닥을 깐 긴 복도가 나타났다. 복도 끝에는 시선을 사로잡는 원색의 기하학적 그림이 보였다. 세련된 그림으로 장식된 코너를 돌자 거실이 드러났다. 거실은 큰 창을 통해들어오는 햇빛으로 눈이 부시게 밝았고, 창밖으로는 넓은 베란다에 고르게 깔린 새파란 잔디가 보였다. 거실에 있는 가구는 창 쪽을 향해 놓여 있는 넓은 장의자와 한 면에 놓인 오디오 세트가 전부였다. 흰색 가죽으로 만들어진 장의자 밑에는 짙은 초콜릿색 털로 된 카펫이 깔려 있었다. 결이 곱고 포근한 느낌. 가연은 당장이라도 손을 내밀어 그 따듯한 결을 만져보고 싶은 충동을 느꼈다. 하지만 행동은 하지 않았다.

긴 의자는 앉아 있기보다는 누워 있기 좋은 모양이었다. 언뜻 정신과의사들이 환자를 누이고, 그의 굳게 닫혀 있던 내면을 드러낼 수 있도록 하는 의자처럼 보였다. 물론 눈이 시리게 깔끔한 흰색 가죽과 은빛으로 반짝이는 금속으로 만들어진 다리의 디자인은 병원 진료실 의자라고 하기에는 너무 모던하고 고급스러운 모습이었지만.

'저 길고 멋진 의자에 재인이 눕고 그 곁에 그가 있었을까? 그는 초콜릿색 카펫에 앉아 그녀의 내면을 어루만지고 치유했을까? 아니면 달콤

한 사랑을 나누었을까?'

가연은 매 순간 재인과 곁에 있는 남자의 모습을 상상하지 않을 수 없었다. 거실 한편에는 유리문으로 연결된 주방이 있었다. 원목으로 만든 식탁 위에는 이미 준비된 식기들이 깔끔하게 놓여 있었다. 이성수는 거실 한편에 놓여 있는 오디오에 CD를 꽂은 후 리모컨을 이리저리 살피며 말했다.

"재인이가 좋아하던 노래를 들어줄게."

사람의 키 높이 반 정도 되는 짙은 초록색 스피커에서 강한 비트감이 느껴지는 팝 음악이 흘러 나왔다. 왠지 조용한 클래식 음악이 나올 것으로 예상했는데, 의외로 대중적인 리듬이었다.

"음악이 신나는 군요."

"응, 으으음…. 기분이 좋아지는 음악이야."

그는 그 리듬을 따라 흥얼거렸다. 그리고 역시 끝내 가연에게 어떤 음악을 좋아하냐고 묻지 않았다. 재인의 취향이 곧 가연의 취향이어야만 했다.

그는 이층으로 가연을 데리고 갔다. 거기에는 방들이 있었는데, 문이 모두 유리로 되어 있어 탁 트인 공간처럼 보였다. 이성수는 먼저 침대가 있는 방의 문을 열었다.

투명한 미닫이문이 매끄럽게 열렸다. 방의 한 쪽 커다란 창으로부터는 오늘 하루 이성수가 독차지하기로 한 것 같은 햇살이 환하게 들어오고 있었다. 바닥은 연두색과 푸른색 모직으로 번갈아 짜인 고운 결의 카펫이 깔려 있었고, 그 위엔 넓은 침대가 있었다. 침대 위엔 두 사람이 도착하기 직전 누군가가 새로 깔아놓은 듯 깔끔한 면으로 된 하얀 시트가 빳빳하게 깔려 있었다. 가연은 또 한 번 재인과 이성수 두 사람이 이 아름다운 침실 속에 있는 모습을 상상하지 않을 수 없었다.

이층에는 두 개의 방이 더 있었다. 한 방에는 흰색 그랜드 피아노가 있었고, 남은 한 방에는 체리목으로 만들어진 책상과 수백 권의 책이 꽂힌 책장이 있었다.

"누가 피아노를 치나보죠?"

"재인이."

그는 시종일관 담담하게 단답식 대답을 즐겼다.

"그랬나요? 재인이가 피아노를 잘 치는 줄은 몰랐는데."

"잘 치는 것은 아닌데 그냥 갖고 싶어 하는 것 같아서."

"사주셨어요?"

"응."

"재인이 갖고 싶다는 것은 모두 사주셨나 보죠?"

"아니, 재인이 내게 뭘 요구한 적은 한 번도 없었어. 하지만 재인에게 피아노는 그냥 좀 상징적인 물건인 것 같았어."

"무슨 상징이요?"

"어릴 때 갖고 싶었는데 갖지 못했던 것에 대한 뭐, 왜…, 누구에게나 그런 것이 있잖아."

가연은 재인의 집안이 풍족하지 않았다는 사실을 기억했다. 이성수가 재인의 어린 시절의 결핍을 알고 있는 것을 보면, 분명 아래층 긴 의자에서 그녀를 치유했음이 분명했다. 그렇다면 자신도 그를 통하여 치유받을 수 있을까? 가연에게 고독과 외로움은 어린 시절부터 따라 다니던 고통이었다. 오랜 시간 숨기고 있어 둔해진 감각이었지만 단 한 번도 극복해본 적 없는 부분이었다.

가연은 자신도 모르게 선이 아름다운 하얀 피아노로부터 시선을 돌려 남자의 넓고 단단한 어깨를 쳐다보았다. 여전히 그립지만 닿을 수 없는 타인의 어깨였다. 한 번도 본 적 없는 아버지의 어깨일 수도 있었다.

가연은 어느 순간 전체적인 집안의 분위기가 재인과 꽤 닮아 있음에 놀랐다. 밝고 깔끔한 분위기와 심플하고 세련된 가구들, 그리고 부드러운 질감의 소재들과 조화로운 컬러로 꾸며진 집의 모습은 화려하게 멋을 부리진 않았지만 언제나 단정하고 우아했던 재인을 닮아 있었다.

그는 가연에게 집을 모두 안내한 후 아래층으로 내려갔다.

"배가 고프다고 했지? 그러고 보니 어느새 점심 먹을 때가 되었네. 미안하게도 이 집에는 우리 둘밖에 없다 보니 아무도 도와주는 사람이 없어."

"제가 할까요?"

"같이 하자. 대부분은 여기에 다 준비되어 있으니까. 으음, 날 도와서 식탁만 좀 차리면 돼."

냉장고 안에는 전에 갔던 카페에서처럼 누군가 방금 정돈해놓은 것 같은 정갈한 음식이 들어 있었다. 푸짐한 샐러드가 있고, 바로 구울 수 있게 손질된 소고기 안심과 각종 버섯들이 있었다. 그가 주방 한 쪽 창과 연결된 그릴이 있는 공간에서 고기를 굽는 동안, 가연은 두 사람을 위한 식탁을 준비했다. 대부분 이미 조리된 음식이었기 때문에 준비는 어렵지 않았다. 가연에겐 기묘한 식사이기도 했고, 상상조차 해본 적 없는 환상적인 데이트이기도 했다. 모든 여성들이 가진 판타지가 자신의 눈앞에 펼쳐지고 있는 것 같았다.

이슬을 머금은 신선한 야채의 녹색과 잘 익은 토마토의 붉은색 조화 덕분에 식탁은 잘 가꾸어진 작은 정원 같았다. 선이 아름다운 잔에 담긴 와인에서는 꽃향기가 났고, 그가 직접 굽고 있는 재료에서는 식욕을 자극하는 깊은 향이 났다. 그의 몸에서 나온 남성 호르몬을 향신료로 넣은 것일까? 가연은 코를 실룩거리며 엉뚱한 상상을 했다. 그러면서 조금 전까지 긴장감으로 뻣뻣했던 위장이 어느새 참을 수 없는 식욕으로 꿈틀거리고 있음을 느꼈다.

가연은 그와 마주 앉아 그가 직접 구워 내온 버섯을 먼저 맛보았다. 버섯의 그윽한 향이 혀끝으로부터 위장까지 번져 들어가자 양쪽 눈이 저절로 감겼다. 그가 건넨 와인으로 입안을 헹구어내고 이번에는 푸른 야채를 베어 물었다. 어느 봄날 내린 빗물이 뿌리를 통해 잎에 전달되고, 그 달콤한 물이 싱싱한 잎사귀 사이사이 배어들었다 입안에서 툭하고 터져나오는 느낌…

"으음…"

감탄사가 저절로 흘러나왔다. 자신의 입에서 나온 소리에 스스로 놀란 가연은 순간 그의 반응을 살폈다. 이성수는 가연이 먹는 모습에는 전혀 관심이 없는 듯했다. 무덤덤한 표정으로 천천히 음식물을 입에 넣고 있었다. 고기를 썰 때는 반듯하게 적당한 크기로 썰었고, 잠시 눈을 감고 육즙을 우려내는 듯 입을 우물거리기도 했다.

가연은 상대방의 담담함에 스스로도 정색을 했다. 더는 감탄사가 나오지 않도록 조심하면서 나머지 음식들을 먹기 시작했다. 가연은 기막히게 맛있는 음식에 감동하면서도 한편으로 이성수의 무심한 태도에 서운함을 느꼈다. 어느 정도 허기짐이 채워진 후 가연은 문득 생각난 듯 그에게 질문을 던졌다.

"재인이가 그랬어요."

"뭐라고?"

대답하느라 입안에 있던 잘 분쇄된 한 덩어리의 음식이 그의 건장한 목줄을 타고 넘어가는 것이 보였다.

"재인에게 얼마면 널 가질 수 있냐고 물었다면서요? 진짜 그런 질문을 했었나요?"

"으음, 내가 그랬었나? 그러고 보니 그런 말을 했던 것 같기도 하고…."

여전히 덤덤한 그의 반응에 가연은 용기를 내어 말을 이어갔다.

"전 그 말을 듣고 당신이 매우 저속한 남자라고 생각했어요. 그리고 재인이가 그렇고 그런 남자에게 호감을 느끼는 것이 무척 이상하다고 생각했고요."

"그랬군."

그는 여전히 아무렇지 않은 표정으로 정사각형으로 썬 또 하나의 고기조각을 입안에 넣으려 하고 있었다.

"왜 그런 말을 했어요? 돈이 많은 것을 자랑하고 싶었나요?"

가연은 또 한 번 용기를 내어 그의 벌어진 입을 똑바로 바라보며 질문을 던졌다. 그는 가연의 당돌한 표정에 벌렸던 입을 다물고 물을 한 모금 마셨다.

"그 말에 거부감을 가졌던 모양이구나."

그는 두툼한 입술 주변을 냅킨으로 살짝 닦아내며 가연에게 부드러운 미소를 지어 보였다. 마치 어린 아이의 철없는 오해를 풀어주려는 어른의 표정과도 같았다. 가연은 그제야 겨우 그의 관심을 끌어낸 것 같아 기분이 나아졌다.

"그런 말에 거부감을 느끼는 것은 당연한 반응 아닌가요?"

"왜 내가 그런 말을 했을까."

그는 지난 일을 회상하는 듯 두 손을 모아 이마에 대고 눈을 감고 말을 했다.

"재인이를 처음 보았을 때 직관적으로 느꼈어. 그녀가 보기 드물게 매우 여성스러운 여자라는 사실을. 누구도 절대적인 남성성, 여성성만을 가진 사람은 없다고 하지. 사람은 외형으로는 남자와 여자로 나뉘지만, 내면에는 두 개의 성, 남성과 여성성을 함께 가지고 있다는 말이야. 하지만 때로는 그 치우침에 정도가 매우 큰 사람이 있어. 재인이처럼."

그는 감았던 눈을 활짝 뜨면서 재인이란 이름을 강조했다.

"그게 무슨 말이죠?"

질문을 하는 가연은 이미 말 잘 듣는 학생이 되어 있었다.

"재인이는 내가 본 사람 중에 가장 여성적이었어. 재인이처럼 여성성이 매우 강한 사람은 남성들을 심하게 자극하고 흥분시키지. 육체적으로뿐만 아니라 영혼적인 면으로도. 실은 대부분의 남자들은 살면서 자신을 낳아준 어머니와 자신의 아이를 낳아준 아내, 그리고 성적 대상으로서의 여자, 이 세 그룹의 여성 개념을 통합하기 어려워하지."

그는 여성학을 강의하는 사람 같았다.

"재인은 그 모든 여성성을 통합할 정도?"

"으음, 어느 정도는. 난 처음으로 그럴 수 있는 가능성에 가장 근접한 여성을 발견했다고 생각했어. 일단 그녀는 꽤 괜찮은 외모를 가졌어."

"아주 미녀는 아닌데…."

가연은 자기도 모르게 툭 끼어들었다.

"후후, 그랬던가?"

이성수가 가연의 질투가 재미있다는 듯 웃음을 지었다.

"그래, 재인이는 아주 예쁘지는 않았지만 반듯하고 부드러운 여자였어. 하얀 피부와 가냘픈 몸매가 인상적이었지. 그러면서 현명하고 정숙한 아내이기도 했고, 한편으로는 의사로서 사람들의 고통을 덜어주고 치유해주는 어머니 같은 역할을 하기도 했어. 아까도 말했지만, 아주 감동적이거나 아름다운 것을 보면 시간이 잠시 멈춘 듯 느껴지지. 그녀를 처음 보았을 때 나는 잠시 동안 시공간의 제약을 빠져나온 것 같은 착각을 했어.

실은 전부터도 나는 과거, 현재, 미래 등의 시간 개념을 믿지 않았어. 내가 인식하는 시간의 체계가 그럴지언정 절대적인 또 다른 체계가 있다고 믿고 있었지. 사람으로 태어난 이상 시간에 따라 인생을 진행해갈 수밖에 없는 지독한 환경에서 지내야만 했지만, 분명 영원한 또 다른 무엇인가가 있다고 생각했단 말이야. 그녀를 만난 그 충격적인 순간, 난 그 순간을 영원처럼 가두고 싶었어."

이성수는 다시 한 번 회상에 젖은 듯 눈을 감았고, 잠시 후 눈을 크게 뜨며 말을 이었다.

"내가 가진 것을 다 주고라도 말이야."

말을 잇는 이성수의 목소리가 한층 또렷해졌다.

"그래서 돈 이야기를 했나요?"

"그래, 세상의 가치 중 가장 계산하기 쉽고, 가장 대중적이고, 가장 빠르게 순환하는 것, 그리고 나를 자유롭게 해주었던 것, 그것을 무심결에 말해버렸지."

"재인이가 좀 놀랐겠네요."

"의외로 깔깔깔 웃으면서 재미있어 했어. 그녀는 나의 그 어떤 말이나 행동도 절대 비난하지 않았어. 그 점이 많은 남성들이 꿈꾸는 여자의 역할이라고도 할 수 있지. 둘이 함께 있을 때엔 그녀는 언제나 내 편인 것 같았어. 비록 내가 세상이 말하는 바르지 못한 행동을 한다 할지라도."

그는 재인이가 언제나 자신을 인정했다는 사실을 거듭 강조했다.

"그래서 당신이 가진 돈으로 재인의 무엇을 샀나요?"

이성수는 차가운 얼음물을 들이키며 식사를 마무리할 것 같은 몸짓을 보였다.

"후후, 그 이야기는 그만하자. 네가 돈이란 것을 부정적으로 생각하고 있는 것 같아서."

그는 의자에서 일어서며 손가락 끝으로 자신의 주변을 가리키며 한마디를 덧붙였다.

"다만 지금 우리가 누리고 있는 이 시간적인 여유와 물질적인 즐거움이 어디로부터 왔는지는 기억해."

그렇게 말하는 그의 모습이 마치 돈의 신처럼 보였다. 만약 그런 신이 있다면 말이다. 가연은 자신이 고급스러운 환경과 멋진 식사를 즐기고 있다는 것을 부인할 수는 없었다.

"그렇군요. 정말 맛있는 식사였어요."

한편으로 가연은 재인의 여성성이 자기에게도 있는지 궁금했다. 과연 자신에게 그 모든 역할을 통합할 수 있는 능력이 있는지 의아했던 것이다. 하지만 이성수에게 직접 그 질문을 할 용기는 나지 않았다. 어느새 그만의 햇살이 서서히 남쪽으로 난 창을 통해 더욱 깊숙이 들어왔다. 오후가 되면서 집안의 밝기는 한층 더 밝아지고, 고요함은 더욱 깊어졌다. 유일한 생명체인 두 사람은 말없이 식탁을 정리했다. 그리고 햇빛을 골고루 받으며 천천히 자라나는 식물처럼 창가에 앉아 조용히 차를 마셨다.

이성수는 차를 마신 후 긴 의자에서 낮잠을 자기 시작했다. 가연은 약간 당황스러웠지만, 한편으로는 어려운 시험이 미루어진 듯 한숨을 돌렸다. 실은 식사를 마친 후부터 가연은 이성수의 이어지는 행동 하나하나에 온몸의 근육이 저릴 정도로 긴장하고 있었다.

혼자 남겨진 가연은 뭘 해야 할지 어리둥절해졌다. 재인처럼 산책을 할까도 생각했지만, 아직은 홀로 집 밖으로 나갈 용기가 나지 않았다. 가연은 어쩔 수 없이 이층으로 올라가 책장이 있는 방으로 들어갔다. 전에 한 번씩 제목을 들어본 수많은 책들이 이 집안에 있는 유일한 앤티크 장식물처럼 한 쪽 벽면을 가득 채우고 있었다.

'왜 유명한 작가들은 모든 말을 알기 쉽게 전달하지 못할까? 삶이 원래 다면적이고 복잡하기 때문일까? 언어라는 도구의 한계 때문인가? 그들이 살아가면서 깨달은 삶의 의미와 진리를 왜 이렇게 어려운 말들로 은유하고 있는 것일까?'

가연은 고전에 대해서는 항상 이런 막연한 거부감과 안타까움만 가지고 있었을 뿐, 읽어보고자 시도해본 적조차 없었다. 하지만 지금 이성수가 자는 동안 집안에서 혼자 할 수 있는 일은 책 읽는 일밖에 없어 보였다. 가연은 그 중 가장 얇은 한 권의 책을 책상에 놓고 의자를 당겨 앉았다.

'열정'

제목이 마음에 들었다. 책장을 넘기자 그 속에서 잘 발효된 치즈향이 올라왔다. 가연은 어느새 가볍게 취한 듯 글에 몰입하고 있었다. 내용은 민석처럼 아내를 잃어버린 한 남자의 이야기였다. 배경은 헝가리라는 낯선 나라였다.

부유한 귀족 집안에서 자란 주인공은 사관학교 시절 서로 다른 배경에서 자란 생도 한 명을 알게 된다. 두 사람은 얼마 지나지 않아 서로에게 가장 중요한 사람이 되고, 깊은 우정을 나누며 성장한다. 장군이 된 주인공과 둘도 없는 친구, 그리고 사랑스러운 주인공의 아내, 이 세 사람은 아름다운 전원에 있는 대저택에서 귀족들의 행복하고 나른한 일상을 즐기며 지낸다. 그러던 어느 날 장군은 짙은 녹음이 시야를 가리는 깊은 숲속에서 함께 사냥하던 친구가 그 누구도 모르게 자신을 겨냥하고 있음을 알아차리게 된다. 물론 장군을 향한 총구는 수초 후 내려졌지만, 장군은 친구의 그런 이상한 행동에 어떤 예감을 갖게 된다.

그런 일이 있은 바로 다음 날 친구는 아무런 말없이 열대로 떠나버리고, 그 소식에 놀란 장군은 시내에 있는 친구의 집을 찾아간다. 그곳에서 그는 황급히 달려온 아내와 마주치게 되고, 그 순간 아내와 친구 사이의 관계를 알게 된다. 그날 이후 장군은 아내가 죽는 날까지 아내를 보지 않는다. 남편에게도 애인에게도 버림받은 아내는 8년 동안 자신을 돌보지 않고 은둔하다 결국 죽고, 장군은 홀로 고독하게 늙어간다.

그러던 어느 날 노년의 장군은 편지 한 통을 받는다. 자신을 배신하고 떠나간 친구의 편지, 그리고 41년 만에 이루어진 그의 방문. 아내와 친구의 부정을 알게 된 순간에는 그저 놀라움과 당황함으로, 이후에는 처절한 분노와 복수심, 그로부터 아주 긴 시간이 흐르면서는 알 수 없는 기다림으로 변한 감정들. 그 감정들은 그 하룻밤의 재회를 통해 통합되고 정리되어 나간다. 친구와 마주 앉은 장군은 인생 저 깊은 곳에서부터 우러나와 긴 시간 발효된 농축액을 뱉어내듯 독백한다.

가연은 죽음을 앞둔 자의 호흡에 귀 기울이는 것처럼 안타깝고 애절한 심정으로 그 언어를 이해해보려 애썼다.

'잡힐 듯 잡을 수 없는 삶의 진리를 언어라는 한정된 도구에 담아내려 하고 있기 때문에 이렇게 버거운 느낌일까?'

작가가 분명 신이 인간에게 준 가장 깊은 감정을 표현하고 있다고 짐작했지만, 가연은 명쾌하게 알아차릴 수 없어 답답해하며 마지막 한 장을 넘겼다. 가연은 책을 덮고도 멍하게 자리에 앉아 있었다. 상상 속 주인공의 얼굴이 민석의 얼굴과 오버랩되었다. 주인공처럼 아내는 떠나갔고, 민석은 혼자 남았다.

가연과 만났을 때 민석은 혼란에 빠져 있었다. 가연이 분명 상대 남성을 알려주었음에도 불구하고 모습을 드러내지 않았다. 두려움일까? 아니면 비겁함일까? 하지만 아무리 피하려 해도 민석은 그의 남은 삶을 끝내 지울 수 없는 낙인과도 같은 재인이란 존재 아닌 존재와 함께 살아나가야 한다. 그는 이 책 속의 주인공처럼 상실의 상태로부터 인생을 알아나가야 하는 것이다.

어느 새 밝은 햇살이 아주 조금씩 집안을 빠져나가 책장을 넘기는 손끝에 차가운 기운이 느껴지기 시작했다. 아직은 봄기운 사이사이 패잔병같이 남은 냉기가 그 틈새를 넘보는 계절이었다. 책을 한 권 다 읽은 것으로 보아 그가 잠든 지 두어 시간은 지난 것 같았다.

가연은 순간 이성수의 몸도 차가워지지 않았을까 걱정이 되었다. 웃옷이라도 덮어주어야 하는 것이 아닌가라는 생각에 가연은 아래층으로 내려갔다. 아니나 다를까 온전히 이성수 소유일 것 같았던 햇살은 거실한 컨으로 비껴나갔고, 그늘 속에 차갑게 굳어진 그의 몸이 놓여 있었다. 그는 가슴 위로 두 손을 포개고 놀라울 정도로 반듯하게 누워 있었다. 두툼하고 단단한 몸이었다.

가연은 잠든 민석의 모습을 떠올렸다. 두 남자는 잠을 자는 모습조차 달랐다. 여윈 민석은 어지러운 자세로 힘들게 숨을 몰아쉬고, 가끔 헛소리와 신음소리를 내뱉기도 했다. 반면 이성수가 잠든 모습은 자신의 생을 잘 마무리하고 간 영혼이 반듯하게 벗어놓은 육체처럼 보였다. 가연은 그의 카디건을 넓게 펴서 굳건한 몸 위에 올려놓았다. 몸에 무언가가 닿자 그는 움찔거림이나 머뭇거림 없이 단번에 두 눈을 번쩍 떴다. 네 개의 눈동자가 그 순간 한 치의 어긋남도 없이 마주쳤다. 짧은 순간 그의 눈동자 깊은 곳에서 섬광 같은 빛이 반짝였다. 영혼이 육체로 깃드는 스위치가 켜지면서 아주 잠시 접촉의 빛을 발하는 것 같았다. 가연도 잠시 숨을 멈추었다. 그때 그의 가슴께에 포개졌던 두 손에 전달된 생명의 기운은 바로 가연의 몸을 끌어 당겼다.

잠에서 덜 깨어나 가연의 모습이 재인으로 보인 것일까? 그래서 하루 내내 무심했던 행동에서 갑자기 사랑의 행동이 가능해진 것일까? 가연은 저항하지 않았다. 하지만 갑작스러운 포옹에 또 한 번 혼란스러워졌다. 눈을 꼭 감고 그저 익숙한 남자의 손길이라고, 그렇고 그런 애무라고 받아들였다. 멋진 장의자를 빼고는 모두 경험해본 것들일 뿐이라고 애써 생각했다. 하지만 아무래도 그의 손길을 견딜 수가 없었다.

그는 나…, '가연'을 능욕하고 있었다. 재인을 사랑했던 곳에서. 소리를 내고 싶었으나 어떻게 들릴지 몰라 입 밖으로 드러낼 수가 없었다. 술이 필요할 지도 몰랐다. 술기운 덕분에 이성이 사라지고 종이 인형이 되어버린 그날처럼 된다면 무엇이든 참을 수 있을지 몰랐다. 가연은 당황했고 어쩔 줄 몰라 몸을 부들부들 떨었다. 수치인지 공포인지 모를 감정이 두 다리 사이에 전달되었다. 허벅지 안쪽 근육이 엄청난 힘으로 조여들었다. 남자의 욕망과 가연의 근육이 힘겨루기를 하기 시작했다. 장의자는 더 이상 치유의 의자가 아니었다. 두 사람은 밀고 당기고 엉켰다.

더 이상 참지 못할 지경에 이르자 가연은 자신도 모르게 작은 소리를 냈다.

"한 번만 절 때려주세요."

말이 떨어지기가 무섭게 그는 잠시 전 따듯한 심장 부분에 경건하게 포개졌던 손으로 가연의 얼굴을 후려쳤다. 그리고 곧 가연의 허리를 무섭게 조이듯 끌어안았다. 이제는 참을 수 없는 것이 아니라, 참을 필요가 없었다. 강한 충격과 엄청난 통증이 몰려왔지만, 가연의 몸은 어느 순간 자유로워졌다. 근육은 이완되어 그의 지시대로 움직였고, 세포들은 그의 명령에 따라 분비물을 내뿜었다. 이젠 더 이상 방어해야 할 가연은 사라져버렸다.

37년 전 가연이라는 존재는 이 세상에 존재하지 않음으로 존재했었다. 그리고 어차피 미래라는 시간 중 어느 한 시점을 기준으로 가연은 또 다시 가연이라는 이름으로 존재하지 않음으로 존재할 것이다. 살아가면서 그 어떤 진리도 확실하다고 할 수 없었지만, 이 사실만큼은 자명한 일이다. 세상에 어떤 의식을 가지고 던져졌지만, 그 의식은 현재 생애 전후의 비밀을 알지 못한다. 하지만 그 미지의 세계가 분명 있는 한, 그것을 아는 자 또한 분명 있을 것이다.

언어는 죽은 자의 소통 도구가 될 수 없기 때문일까? 아니면 그 미지의 세계가 언어로 구성되지 않아서일까? 많은 사람들이 그것을 언어로 전달해보려 했지만 정확하게 전달해줄 수가 없었다. 때로 의식 수준이 높은 사람들은 존재에 대한 해답을 예측하고, 예감하고, 은유로 혹은 행동으로 보여주고자 했다. 하지만 대부분의 전달자들은 이 진실을 자신의 수준에 맞추어 왜곡해서 오히려 진실 아닌 진실들이 난무하게 만들어버렸다. 권력자들은 그 거짓 진실들을 이용하여 어떤 세력을 만들기도 했다. 그리고 나약한 다수의 사람들은 죽음에 대한 두려움을 완화하기 위하여 그 세력들에 의존했다.

하지만 가연은 한 번도 그런 본질적인 질문을 자신에게 진지하게 던져본 적이 없었다. 교회에 가본 적도, 성경을 읽거나 다른 종교적인 책들을 접해본 적도 없었다. 언제나 자신만을 믿는다고 생각했다. 눈으로 보이는 세상만이 전부라고 여겼다.

단 10분만 심장이 멎어도 죽음을 맞이하는 나약한 존재임에도 불구하고 경박한 자신감으로 스스로를 무장했다. 자신이 왜 짙게 화장을 하고 강렬하고 화려한 옷을 입고 남자들을 유혹하려 하는지 알지 못했다. 무기력함과 불면증에 시달리며 그 누구와도 오랜 관계를 유지하지 못하면서 언제나 남자들의 이기심만을 탓하곤 했다. 아니, 실은 모든 세상을 탓했다.

때로는 누군가 자신의 모든 것을 감싸 안아주고 숨은 두려움을 어루만져줄 수 있으리라 기대하기도 했지만, 현실은 매번 큰 실망만을 안겨주었다. 그리고 어느 순간부터는 가장 기본적인 이런 욕구마저도 무의식 속으로 사라져버렸다.

가끔은 나이가 들어 욕망의 대상으로서 가치를 잃었을 때 얼마나 비참한 삶을 살아나가야 하는지에 대한 두려움이 생겼다. 그럴 때는 남편의 보호와 안정된 기반 속에서 우아하게 늙어갈 재인 같은 여자들을 이유 없이 미워했다. 그리고는 결국 죽음으로서 공평해지는 종국의 결말로 위안받으려고 했다. 거울을 보면서 "늙어 추해지기 전에 자살해버릴 거야."라고 중얼거리는 위험한 입버릇도 생겨났다. 가연은 이렇게 자신만의 방식으로 본질적인 두려움을 방어하고 있었다. 그런 가연에게 섹스는 매번 짧고 강렬한 위로가 되었다.

오래된 부부들 사이의 따분하기 그지없는 형식적인 결합을 비웃을 때도 있었다. 자신이 처한 불안정한 상황 덕분에 보다 자극적인 관계의 기회가 많아져 다행이라고 생각하기도 했다. 그녀는 어떤 제약도 없이 많은 남자들의 하룻밤 상대가 될 수 있었으니까.

그러던 어느 날 가장 흥미로운 사건이 발생했다. 자신이 절대로 될 수 없다고 생각했던 사람의 역할을 대신하고 색다른 욕망의 대상이 되는 것을 제안받았다. 친구의 역할은 분명 증오하면서도 동경했던 것임에 분명했다. 과거, 엄마의 사랑을 받았던 오빠들에게 느꼈던 질투의 감정이 영향을 주고 있는지도 몰랐다. 가연은 매우 흥분했고, 기대와 혼란 속에 그 기묘한 제안을 받아들였다. 하지만 가연에게 주어진 것은 폭력이었다. 더욱 놀라운 것은 그것이 자기도 모르게 원하는 것이라는 점이었다.

폭력에는 온전하게 상대방에 투영된 자신 말고는 더 이상의 자신은 없었다. 그것은 잠시간의 종말이고 바로 자아의 죽음이었다. 육체적으로는 분명 고통스러웠지만, 그 뒤에 따르는 느낌은 최고의 안락함이라고 할 수 있을 만큼 만족스러웠다. 자아를 방어하는 일이 언제나 피로한 일이기 때문이었을까? 이성수는 가연의 주인처럼 행세했다. 상대에 대한 배려도, 최소한의 예의도 없었다. 그는 그녀를 거칠게 다루고 탐했다. 그의 고고한 사회적 위치나 전에 보여주던 신사적인 태도는 이성수의 또 다른 면을 부각하는 데 완벽한 대조와 대비가 되었다.

가연은 상대를 파괴하며 차지하는 남자의 모습에서 타인을 온전히 소유하려는 끝도 없는 지배 욕망을 느꼈다. 그리고 자신이 언제나 그것을 사랑이라고 여겼다는 것도 알았다. 절정을 느낄 때 가연은 그가 신이라고 생각했다. 그 순간 그의 손에 의해 피로했던 자신의 삶이 거두어지길 바라고 있었던 것이다. 가연은 해 질 때까지 순한 아기처럼 그 이상한 섬에 머물렀다.

가연은 집으로 돌아가는 길에 아무 일도 없었다는 듯 무덤덤한 표정으로 운전하는 그를 보았다. 강박적이고 억압적인 사회에 잘 적응된 중년의 남자, 그래서 돈과 명예와 권력을 마음대로 다루는 남자. 하지만 그는 겉보기와는 전혀 다른 모습도 지니고 있었다. 가연은 그 은밀한 비밀을 아는 대상인 동시에 그의 왜곡된 욕망 그 자체였다. 가연은 재인의 말을 떠올렸다.

"벗어날 수가 없어."

이해할 수 있었다. 가연 또한 스스로의 의지로는 그에게서 벗어날 수 없음을 감지하고 있었다.

가연은 민석에게 긴 이야기를 하는 도중 더욱 안색이 창백해졌다. 그 일을 떠올리는 것조차 힘겹게 느껴지는 것 같았다. 민석은 그 하루에 대한 이야기만으로도 가연의 몰골이 왜 이지경이 되었는지 짐작할 수 있었다. 그런 관계는 분명 더욱 더 강화되었을 것이다.

파괴는 더욱 큰 파괴를 요구했을 테니까. 그것은 일종의 중독이며, 중독은 언제나 내성을 갖게 된다. 같은 양의 자극으로는 최초의 쾌감을 다시 만들어낼 수 없다. 민석은 더 이야기를 나누기보다 가연을 쉬게 해주어야 한다고 생각했다. 가연까지 끌어들인 정신병자 같은 이성수의 이야기는 가히 충격적이었다. 그리고 그런 자와 관계를 맺은 아내에 대한 느낌은 더욱 혼란스러웠다. 하지만 지금으로서는 눈앞의 여인을 챙기는 것이 급선무였다. 민석은 가연을 일으켰다.

"우리 집으로 가요."

가연은 순순히 민석의 의견을 따랐다. 집에 도착하자마자 민석은 자신의 침실에 가연을 눕게 했다. 민석은 가연의 멍든 양 손을 이불 속에 넣어주며 딱 한 마디 질문을 던졌다.

"여긴 왜 다쳤어요?"

"그날은 여러 명이었어요. 그와 같은 남자들이 너무 많았죠."

"알았어요. 그냥 푹 자요."

방문

　민석은 송사장에게 전화를 걸어 수차례의 간곡한 부탁 끝에 어렵게 만남을 약속했다. 송사장은 좀처럼 누군가를 만나려 하지 않았다. 아내가 사라졌을 때 유일하게 그 사실을 알리고 도움을 요청했던 사람이 송사장이었다. 그는 민석의 부탁을 듣고 조심스럽게 조사를 시작해주었고, 얼마 지나지 않아 놀랄 만한 사실과 그것을 밑받침해줄 수 있는 자료를 민석에게 보여주었다. 하지만 그 모든 과정 동안 민석은 단 한 번도 그를 직접 만날 수 없었다. 그는 언제나 기계들을 통한 소통만으로 민석과 교류했던 것이다.

　하지만 이번만큼은 민석은 그를 직접 만나야만 한다고 생각했다. 이성수 사장이 관여된 은밀한 단체에 대한 조사 또한 먼저 송사장에게 알리고 의논해야 했다. 은밀한 단체? 지금으로서는 가연에게 해를 미친 사람들이 어떤 성격을 가졌는지 짐작할 수 없었다. 어쩌면 단체라기보다는 서로 비슷한 성향을 가진 몇몇 친구들일 수도 있었다. 아무튼 이번 일은 유선을 통해 송사장에게 설명하기에는 그 내용이 미묘하고 복잡했다.

　민석은 서울에서 한 시간 남짓 떨어진 작은 도시에 있는 오피스텔에서 송사장을 만났다. 송사장이 살고 있는 10평 남짓한 오피스텔은 대낮임에도 불구하고 어스름한 어둠이 깔려 있었다. 분명 어디선가 인색한 햇살이 들어오고 있었지만, 먼지로 짙게 더렵혀진 필터를 통한 것 같은 탁하고 약소한 빛이었다.

문을 열자마자 풍기는 냄새 또한 지독했다. 벽과 바닥에서 은밀하게 자라나는 곰팡이의 체취인지, 집안 어느 구석 발효되고 있는 음식물의 악취인지 알 수 없는 쾌쾌하고 시큼한 공기가 그를 맞이했다.

오피스텔 내부는 정사각형에 가까운 원룸이었다. 눈높이에 작은 창이 하나 있었지만, 바로 앞 건물에 가로막혀 언뜻 그저 때가 잔뜩 낀 회색 벽처럼 보였다. 민석은 이곳이 건물 간의 거리 따위는 고려하지 않고 만들어진 오래된 도시임을 짐작했다. 은밀한 일을 하는 40대 남자가 혼자 살기에 잘 어울리는 장소라는 생각도 했다. 내부로 들어가자 화장실로 생각되는 작은 문을 제외한 모든 벽에 종이와 책들이 산더미처럼 쌓여 있었다. 그리고 가구라고는 거친 결의 나무 책상과 컴퓨터 한 대, 책상과 같은 재질로 된 걸상과 패브릭 의자 하나가 전부였다. 도대체 옷은 어디에다 보관하고 잠은 어디에서 자는지….

민석이 알기로 송사장은 결혼을 한 적이 없고, 특정한 직업 없이 혼자 살고 있는 상태였다. 송사장은 빛바랜 남색의 구겨진 셔츠와 후줄근한 면바지를 입고 맨발로 민석을 맞이했다. 과거 이름만 대면 누구나 알 만한 대기업가의 아들이라고 보기는 어려운 구차한 차림이었다. 그래도 민석은 언제나 송사장을 신뢰했다.

송사장과 알고 지낸 지는 어느새 15년이 넘었다. 결혼 전 민석 부친의 회사는 송사장 부친의 회사와 한동안 거래 관계에 있었다. 그때만 해도 송사장은 수려한 외모를 가진 기업가의 젊은 2세였고, 사법시험에 통과하고 탄탄한 미래를 향해 달릴 준비가 된 유망주였다. 당시 민석은 아버지 회사와 관련된 업무로 인해 그와 몇 차례 만남을 가졌다.

그는 빛깔이 희고 탄탄한 햇무 같은 피부를 가진 활달한 청년이었다. 얼굴에 코를 들이대면 금방 검은 흙에서 뽑아낸 신선한 채소향이 배어 나올 것같이 건강하고 싱싱한 남자였다. 민석은 그와 처음 악수를 나누던 순간을 기억했다. 남자의 손이지만 부드럽고 고왔다. 곧은 마디가 민석의 손을 가볍게 감싸자, 그 사이로 적당하게 따듯한 체온이 느껴졌다. 상대방의 기분을 좋게 만들어주는 접촉이었다.

송사장은 총명한 두뇌를 가진 사람으로 알려져 있었다. 그는 국내 최고의 법과 대학교를 졸업했고, 사법시험도 조기에 우수한 성적으로 패스했다. 누가 보아도 그의 시작은 완벽해 보였다. 아버지의 대를 이어 기업가로 성공할 자질이 차고 넘치리란 사실을 아무도 의심하지 않았다. 오직 단 한 무리의 사람들만이 그를 경계했다. 그의 어머니와 남동생…. 하지만 외부에는 그 이상한 분위기가 감도는 집안에 대해서 아는 사람이 아무도 없었다.

민석은 15년이 지난 지금 불결의 온상과도 같은 장소에서 송사장을 마주하고 보니, 특정한 시간이 한 사람을 얼마나 심하게 변화시키는지에 대해 새삼 절실하게 느낄 수 있었다. 그는 가히 충격적인 모습이었다. 햇무 같던 피부는 온데간데없었다. 그의 미간 사이 깊은 주름과 코로 연결되는 피부 위엔 누군가 큰 대바늘로 고문한 것 같은 수백 개의 땀구멍이 보였다. 그리고 그 구멍 사이로 배어나온 기름기는 이 도시 뒷골목에서 흘러나오는 폐수처럼 끈적이고 짙어 보였다. 이번에도 둘은 악수를 나누었다. 거친 손등에 굵은 손가락 마디, 그리고 아무렇게나 길어진 손톱과 그 밑의 검은 물질….

민석은 송사장이 내민 손을 맞잡긴 했지만, 악수를 마치자마자 손을 씻고 싶은 강한 충동을 느꼈다. 혼자 사는 남자가 이런 장소에서 손으로 할 수 있는 여러 가지 일들이 머릿속에 한꺼번에 떠올랐다. 피부 부스럼에서 나온 수상한 혈액이 묻어 있을 수도 있고, 쓸데없이 만들어져 허무하게 버려지는 정액이 묻어 있을 수도 있었다. 또는 여러 가족이 모여 먹는 축복의 식사가 아닌, 생존을 위해 해결하는 끼니 도중에 신경질적으로 묻은 오래된 음식물이 잔존해 있을 수도 있었다. 민석은 과연 눈앞에 있는 이 사람이 과거에 자신이 알던 송사장인지 의심했다.

유일하게 목소리가 같고 눈동자가 같았다. 민석은 송사장의 까맣고 반짝이는 눈동자를 신뢰했다. 비록 지금은 칠면조의 목처럼 처진 눈꺼풀 속에 보일듯 말듯 빛나고 있지만, 긴 세월 동안 변하지 않은 유일한 부분이었다. 민석은 거우 손을 씻고 싶다는 욕구를 가라앉히고, 송사장이 내준 동그란 모양의 등받이 없는 패브릭 의자에 앉았다. 송사장이 좀 더 키가 큰 나무 걸상에 앉고 민석이 작은 의자에 앉자, 눈높이 차이가 크게 났다. 아무려면, 민석은 상관없다고 생각했다.

"정말 오랜만이네요."

송사장이 먼저 말을 꺼냈다.

"그러게요. 각자 삶을 바쁘게 살다 보니 연락을 주고받을 여유가 없었네요. 그래도 아쉬울 때 생각나는 사람이 송사장이더라고요. 이런 일로 송사장을 찾게 되다니."

"실은 제가 언제부터인가 사람들을 잘 만나지 않았어요. 꼭 만나서 말을 해야 한다고 하기에 이곳까지 오시라고 했지만…, 많이 놀라셨죠?"

송사장이 겸연쩍은 미소를 지었다.

"아뇨. 아니, 아니, 그게 아니라…."

송사장의 변화된 모습 때문일까? 아니면 송사장이 앉은 의자가 더 높기 때문일까? 민석은 어떤 무거움에 짓눌려 말을 풀어내지 못하고 있었다.

"미안해요."

송사장이 다시 말을 이었다.

"뭐가 미안해요?"

"재인 씨를 아직 찾지 못해서요."

"그게 어디 송사장 잘못입니까?"

"한동안 연락이 없어서 전 민석 씨가 그냥 포기한 줄 알았어요."

그러고 보니 가연의 연락처를 알려준 통화 이후 민석은 송사장에게 연락을 하지 않았다.

"포기라뇨?"

민석의 표정에 언짢음이 나타났다.

"미안해요. 달리 표현할 말이 없어서."

"하여간 매번 정확한 정보 주어서 감사드릴 뿐입니다. 그리고 이번엔 말이에요…."

민석의 머리가 또다시 무언가로 눌렸다. 어릴 때 어머니가 쓰던 무거운 스팀다리미가 떠올랐다. 푸욱, 푸욱 소리 내며 옷감을 짓누르는 쇳덩어리. 모든 의식이 담긴 두뇌의 신경층들이 치치직 소리를 내며 눌리고 또 눌렸다.

"이번엔 뭐가 필요하시죠?"

"그게 좀…."

"편하게 말씀하세요."

"실은 송사장이 찾아내지 못한 재인의 남자가 한 명 더 있어요. 철저하게 사생활을 보호하는 사람이라 찾기 어려웠을 거예요."

민석은 송사장이 이성수를 먼저 찾아내지 못한 점을 탓하고 싶지는 않았다. 송사장이 찾아낸 가연 덕분에 이성수를 발견했다고 생각하면 결국 그의 공로라고 말할 수도 있으니까. 오히려 민석은 이제부터 송사장에게 의뢰할 일이 실종된 한 여자를 뒷조사하는 일보다 좀 더 위험할 수 있어 미안한 마음이 들었다.

"그런데 그 남자가 좀 이상한 부류인 것 같습니다."

"어떤 이상한…?"

"왜 전부터도 상류층 몇몇 부류들은 지나친 쾌락을 추구하다 보니, 음성적으로 단체를 만들어 은밀한 행위를 즐겼다고 하죠. 으음…."

민석은 더듬거리며 말을 이었다.

"그 유명했던 사드 백작이란 사람처럼 말이에요."

무심코 민석의 의식 속에 준비되어 있지 않은 낯선 이름이 튀어나왔다. 이성수의 이상한 행동에 대한 직접적인 설명이 어려워 나온 비유일 수 있었다. '사드'라는 말에 송사장의 온몸에 작은 소름들이 일제히 고개를 내밀었다. 얼굴에 있는 넓은 모공들도 순간 전류의 흐름에 꽉 조여들고, 언제나 축축하게 늘어져 있던 바지 안쪽도 분명 어떤 반응을 보이고 있었다. 과연 민석이 사드라는 이름의 의미를 정확하게 알고나 하는 이야기인지…. 왜 하필 이 순간에 사드라는 엉뚱한 인물을 등장시키는 건지. 송사장의 두뇌는 그의 망가진 외모나 구차한 환경과 다르게 빠르고 민첩했다. 그리고 송사장은 그 누구보다 그 두뇌를 잘 다룰 줄 알았다.

"더 이상 말하지 않아도 무슨 말인지 알았어요."

송사장은 민석으로부터 더 이상 사드 같은 어설픈 비유나 자극적인 설명 등을 듣고 싶지 않았다. 송사장은 자신에게 일어난 순간적인 육체 반응을 잘 길들여진 두뇌의 힘을 빌려 빠르게 안정시켰다. 다시 열린 모공에선 땀과 기름이 배어나왔고, 바지 안쪽 또한 익숙한 음습함과 끈적임이 되살아났다. 앞에 앉은 민석은 송사장의 그런 빠른 변화들을 전혀 인식하지 못했다.

"그 사람에 대해서는 어디까지 알고 있어요?"

"이클립스 대표 이사 이성수"

"그가 그런 행동들을 했다는 증거가 있어요?"

"증인은 있어요."

민석은 죽어 수면 위에 떠오른 물고기의 그것 같은 가연의 탁한 눈동자와 푸르게 멍든 팔을 떠올렸다.

"하지만 이런 일은 너무 개인적 성향에 관한 문제라서."

송사장이 입가에 묻은 하얀 물질을 손으로 쓰윽 훑어내며 말했다. 민석은 다시 한 번 그와 악수를 나눈 것을 후회하며 말을 이었다.

"이성수 그 사람 한 사람만이 아니에요."

"그렇다면…"

"제가 알고 있는 증인의 말에 의하면, 여러 명의 남자들이 그녀를 학대한 적이 있다고 했어요."

"그 증인이란 사람은 대체 누굽니까?"

"왜 전에 재인의 친구라고 제게 알려주신 오가연, 바로 그 사람입니다."

"어떻게 그런 일이…"

송사장의 처진 눈꺼풀이 잠시 동안 크게 벌어졌다.

"어쩌다 보니 그렇게 되었어요."

송사장은 잠시 말을 멈추고 무엇인가 골똘하게 생각하는 표정을 지었다. 덕분에 잠시 들렸던 그의 눈꺼풀은 다시 눈동자를 덮어버렸다.

"재인 씨의 실종이 이성수라는 사람과 아주 깊게 관련되었다고 생각하세요?"

송사장이 본래의 무덤덤한 표정을 되찾고 다시 질문을 던졌다.

"실은 잘 모르겠어요. 하지만 재인은 그 사람과 한동안 깊은 관계였어요."

민석은 상처받은 가연의 모습에 크게 분노했고 이성수의 처벌을 원해서 이 자리까지 왔지만, 이번 일이 재인을 찾는 데 정말 중요한 부분인지 확신할 수 없었다. 그저 할 수 있는 일이 이것뿐이라는 느낌만 들었다.

이런 불확실함은 재인의 실종 이후 그녀를 조사하는 과정 내내 들던 하나의 예감이었다. 어쩌면 재인의 실종은 그 무엇과도 핵심적인 연관이 없을 수 있었다.

"제가 뭘 도와드릴까요?"

"송사장님 생각을 듣고 싶어요. 전 이성수가 가연에게 한 짓에 분노했어요. 한편으로 재인이 이런 사람과 과거에 어떤 관계를 맺었다는 사실에 매우 놀랐고요."

"이성수가 재인 씨에게도 그랬을까요?"

같은 집에서 함께 생활했지만 민석은 재인을 자세히 관찰해본 적이 없었다. 벗은 몸을 자세히 본 적도 없고, 팔과 다리의 안쪽을 들추어보거나 한 적은 더욱 없었다. 언제나 아내는 깨끗하고 바른 모습일 것이라고 생각하고 있었다.

"잘 모르겠어요. 하지만 그랬다고 가정해볼 수 있고, 그렇다면…."

송사장은 민석의 말을 끊고 머리를 좌우로 흔들며 말을 이었다.

"민석 씨, 우리 둘 다 섣부른 가정은 그만 하는 것이 좋겠네요. 괜히 앞서 나가는 것은 자연스러운 생각과 판단의 흐름을 흐리게 할 수도 있으니까요."

"잘 알겠습니다."

민석은 자신의 불편한 가정을 송사장이 차단해주어서 다행이라고 생각했다. 차마 상상하고 싶지 않은 것들이었기에.

"직접 이렇게 찾아오신 것을 보면 제가 많이 신경 써야 할 부분 같군요. 우선 어떻게 된 상황인지 다시 한 번 자세하게 이야기해주세요."

그러고 보니 민석이 이 후미진 오피스텔에 얼마나 어렵게 찾아왔는지, 재인이 없어졌을 때조차 전화 통화만으로 송사장과 소통했는데. 얼굴을 마주한 이유는 모든 상황을 자세하게 설명하기 위함이었다. 민석은 긴장을 풀고 그동안 있었던 일들을 말하기 시작했다. 지난 겨울 가연과의 만남, 가연이 떠올린 재인의 남자, 가연이 자기에게 알리지 않고 이성수를 찾아간 일, 그리고 이성수가 가연에게 한 기묘한 제안, 재인 역할을 했던 가연이 이성수와 어떤 무리들에 의하여 성적인 학대와 폭력을 당했던 일들을 차례대로 설명했다. 물론 가연과 자신과의 어지러웠던 하룻밤 이야기는 하지 않았다.

송사장은 두어 번 기름 진 머리를 긁적이고 끈적이는 바지춤을 만지작거리며 민석의 이야기를 들었다. 이야기를 듣는 내내 그는 담담한 표정을 짓고 있었다. 하지만 길들여진 정신은 크게 흔들리고 있었다. 그래도 송사장은 끝까지 냉정하고 합리적인 입장이 되려고 애썼다.

"이성수라는 사람을 처벌하고 싶어요?"

"지금으로서는 당연히 그래야만 한다고 생각합니다."

"그럼 제가 법적 처벌이 가능할 수 있는 증거를 드리면 되나요?"

"그런 셈이죠."

"증거가 드러나고, 그것을 통해 이번 일이 법적으로 해결된다면, 재인의 실종 또한 외부에 노출될 겁니다."

민석은 처음부터 아내의 실종이 세상에 알려지는 것을 원하지 않았다. 재인이 사라졌을 때 민석은 그 누구에게도 연락하지 않았다. 아내의 병원은 이미 후배에게 넘긴 상태였기 때문에 재인이 출근하지 않는 것을 이상하게 여길 사람은 없었다.

재인의 어머니는 이년 전에 이유 없이 갑작스럽게 사망했다. 연락이 되지 않아 집에 가보니 이미 곧은 자세로 침대에서 잠자듯 죽어 있었다. 사인은 심장 마비였다. 의사들은 잠을 자다가 죽은 것이 분명하다고 했다. 장례 절차는 순조로웠다. 재인이 나온 학교 소속 종합병원에서 순차적으로 이루어졌다. 참석자는 대부분 민석의 친구였고, 당시 외국에서 생활하고 있던 재인의 하나뿐인 언니는 수일간 혼자 귀국하여 재인 부부와 함께 절차를 진행했다.

자매지만 참으로 다른 이미지였다. 언니는 키가 작고 통통한 몸매를 가진 야무진 인상의 중년 여성이었다. 크고 돌출된 시원스러운 눈매와 두툼한 콧날, 그리고 얇은 입술을 가지고 있었다. 언니가 결혼한 이후 줄곧 외국에서 생활한 탓인지, 이상하게 두 사람 사이에서는 자매간의 친밀함이 느껴지지 않았다. 민석은 재인에게 언니가 있다는 사실을 알고 있었지만, 실제 마주하기는 결혼 후 8년 만인 장모의 장례식 때가 처음이었다.

장례 절차 후 언니는 남편과 아이들에게 빨리 돌아가야 한다는 이유로 황급히 출국했다. 재인은 장례식 내내 냉정한 모습을 잃지 않았다. 결혼 생활을 하는 동안 민석은 재인과 장모 사이에 상당히 거리가 있다는 사실에 놀랐다. 서로 자주 만나지도 않았지만, 가끔 식사라도 함께 하게 될 때면 재인과 장모는 매우 형식적인 이야기만 나누었다. 재인은 혼자 사는 어머니에게 어느 정도 지속적인 경제적 지원을 하고 있었지만, 둘 사이에 깊은 애정이나 정서적인 의존은 없는 것 같았다. 어쩌면 그 점이 민석에겐 편한 점일 수도 있었다.

재인의 아버지는 실종자였다. 아내가 불편해하는 것 같아 민석은 자세한 내용을 물어보지 않았다. 그저 아버지는 재인이 어릴 때 여행을 간다고 집을 나간 뒤 돌아오지 않았고, 그 후 수년이 지나고 실종자로 처리되었다고만 알고 있었다. 어쩌면 재인에게 자신의 아버지의 기질이 흐르고 있는지도 몰랐다. 아무튼 재인이가 사라진 것 대해 신경을 곤두세울 재인의 가족은 민석 외에 없었다.

사정은 민석의 가족도 마찬가지였다. 민석의 아버지는 재인과 결혼하던 이듬해 메니에르로 쓰러지면서 생긴 뇌진탕의 합병증으로 세상을 떠났고, 어머니는 오래된 치매 증상 때문에 2년 전부터 요양원에서 생활하고 있었다.

재인에겐 친한 친구도, 함께 어울리는 모임도 없었다. 때문에 그동안 재인의 부재를 숨기는 데는 아무런 문제가 없었다. 한 사람이 세상에 차지하는 비중은 생각보다 그리 크지 않다. 그녀가 고용했던 사람들은 모두 각각 새로운 사람 밑에서 일을 했고, 재인의 언니나 먼 친척들은 그녀가 어떻게 살고 있는지 조금도 궁금해하지 않았다. 들꽃 한 송이가 밤사이 내린 빗물에 떠내려가는 일을 그 누구도 알지 못하는 것처럼 이 세상에서 한 사람의 사라짐 또한 큰 문제가 아니었다. 민석 또한 재인이 사라지고 나서 한 계절이 지난 후부터는 희진과 함께 하는 안정된 생활 속에서 일상의 불편을 더 이상 느끼지 못했다.

잘 치대 만들어진 탄력 있는 반죽에 큰 대못을 찌르면 잠시 동안 큰 구멍이 생기지만, 시간이 지나면서 스르르 구멍이 메워져 찌른 자국마저 감쪽같이 사라져버리듯, 한 사람의 공백은 이내 복잡한 세상의 물결

속에 차올라버린다. 치열하게 살아온 인생의 주인공 입장에서 보면 섭섭한 일이겠지만, 개인이란 본래 그런 것이다, 사라진 한 사람의 자리를 오래도록 보존하기에는 세상은 복잡하고 또 복잡했다.

물론 민석은 아내를 잃고 절망하고 슬퍼했다. 영원할지도 모를 큰 상실에 어쩔 줄 몰랐었다. 처음에는 상실의 구멍이 너무 크고 깊어 절대로 메워지지 않을 것 같았다. 아침에 눈을 뜨면 고통의 무게가 그를 짓눌렀고, 그 무게는 결코 가벼워지지 않을 것만 같았다. 하지만 지금 민석은 재인의 공백이 점점 메워지고 있음을 느끼고 있다. 아침에 눈을 뜨고 샤워를 하며 고통의 무게가 덜어져 있음에 스스로도 깜짝 놀랐다.

자신마저 이를 모두 메운다면 재인이란 인물은 이 세상에서 그 의미를 모두 잃어버릴 것이다. 어쩌면 이성수를 공개적으로 처벌하게 된다면, 그 과정에서 자연스럽게 재인은 실종처리가 되어버리고, 일정 기간 후 그녀의 아버지처럼 법적으로도 세상에서 사라져버릴 것이다.

'어떻게 하는 것이 좋을까…'

그렇다고 언제까지 재인이 이 세상에 없다는 사실을 숨길 수 있을까? 어쩌면 이 기회에 재인의 실종을 공식화해야 할 것 같았다. 비록 이 결정으로 그녀가 영원히 세상에서 제명된다 하더라도.

"재인의 실종이 알려져도 상관없습니다."

민석은 한참 생각하고 송사장에게 단호하게 대답했다. 송사장은 다시 한 번 손으로 코끝에서 나오는 분비물을 훔쳐내고, 두꺼운 혀로 입가에 묻은 침을 훑어 내렸다.

"제가 아는 민석 씨는 이런 일에 맞지 않아요."

어눌한 행동과 어울리지 않는 날카로운 말투였다.

"무슨 말이죠?"

"내면에 대립이 없는 사람은 누군가의 잘못을 알리려 하지 않지요."

"으음…, 다시 말해 이성수를 처벌하고자 하는 마음은 진심이 아닐 수 있다는 말이에요. 민석 씨 마음을 흔든 것은 가연 씨에 대한 단순한 동정심일 수 있어요."

송사장은 민석을 민석 자신보다 더 잘 알고 있는 것 같았다.

"그래도 이대로 가만히 있을 수는 없어요."

민석의 목소리 톤이 약 반 단계 정도 높아졌다.

"송사장님 말대로 이 의뢰의 목적은 처벌이 아닐 수도 있어요. 아까 송사장님이 재인을 찾는 일을 포기한 줄 알았다고 말했죠? 그래요. 난 언제부터인가 아내가 없이도 잘살고 있더군요. 실은 전 애인도 있어요. 이런 제 자신의 변화가 때로는 참을 수 없을 정도로 싫고 두려워요. 가연이 그런 모습으로 찾아오지 않았다면, 전 의도적으로 아내를 잊고 편안하게 살았을 것입니다. 아내의 부정 또한 절실하게 잊어버리고 싶었던 부분이니까요. 하지만 상황이 그렇게 내버려두지를 않네요."

"가연 씨에게 동정심 이외의 또 다른 어떤 감정이 개입되었나요?"

'이런, 비록 하룻밤을 보냈지만 그런 것은 아닌데…'

민석은 속으로 움찔했다.

"아니요. 그런 것은 아니에요. 난 그저 이번 사건을 계기로 잊고 있던 제 아내 재인을 좀 더 이해해보고 싶고 다시 한 번 적극적으로 찾고 싶을 뿐이에요."

민석은 약간 흥분한 상태가 되었다. 송사장은 건조한 말투로 민석이 들떠서 내뱉는 고해성사와도 같은 말을 되받았다.

"공식적으로 재인의 실종이 알려지고 경찰이 조사하고, 그것을 재인이 알게 되어 더 꼭꼭 숨는다면 어떡하죠?"

"그럴 수 있다고 생각하세요?"

"왠지 그런 예감이 들어서요."

송사장은 솔직한 자신의 느낌을 말했다.

"그래도 지금으로서 제가 할 수 있는 일은…"

민석은 괴로운 표정으로 고개를 떨어뜨렸다. 송사장의 지저분한 어깨에라도 기대어 울먹이고 싶은 심정이 들었다. 송사장은 민석의 반응을 보고 더 이상 감정적으로 휘말리고 싶지 않다고 생각했다. 이쯤해서 이야기를 마무리 짓고 싶었다.

"알았어요. 민석 씨의 간절한 부탁이니까 조사는 해볼게요. 하지만 아직은 재인의 부재를 공식화하지 말았으면 합니다. 이성수라는 자를 법적으로 처벌하고 말고는 내가 좀 더 조사하고 난 후, 그때 생각해도 늦지 않을 것 같고요. 아무튼 지금은 나머지 일들을 제게 다 맡기는 것이 좋겠습니다. 조만간에 곧 연락드릴 테니, 당분간 편안하게 가연 씨나 돌보세요."

송사장은 나무 의자에서 일어났다. 민석도 하는 수 없이 따라서 의자에서 일어났다. 깔끔한 느낌은 아니었지만 그렇다고 더 할 이야기가 남지는 않았다. 어쨌든 이성수라는 사람에 대해 알아보는 일은 송사장만이 가장 문제없이, 또 확실하게 해줄 수 있다는 믿음에는 변함이 없었다. 민석은 두툼한 봉투를 그의 책상 위에 두고 어두운 원룸에서 나왔다.

분명 해가 있는 날이었지만, 이 도시 전체가 송사장의 오피스텔 창문을 가린 바로 그 부연 장막으로 드리워진 것 같았다. 민석은 서둘러 차를 몰아 칙칙하고 암울한 도시를 빠져나왔다. 넓은 고속도로에 들어서자 유난히 어두운 배경에서 진행되는 답답한 꿈에서 깨어나는 기분이 들었다.

회복

　밤은 망각이고 위안이었다. 그곳은 거추장스럽기 그지없는 육체를 떠난 잠잠한 영혼의 세계였다. 가연은 민석의 풋풋한 침실에서 꿈조차 없는 깊은 잠에 빠져 있었다. 그녀에게 그 밤은 너무 깊어 욕망이라는 이름을 가진 패잔병의 미미한 저항조차 없이 흘러가고 있었다. 시간은 의식으로부터 완벽하게 거두어졌다

　의식으로부터 자유로워진 시간은 가연의 몸과 마음의 상처를 치유하는 손길이 되어 부지런히 제 역할을 하고 있었다. 피부의 멍은 그 누구도 눈치 채지 못할 정도로 서서히 옅어지고 근육의 붓기도 살며시 빠져나갔다. 바짝 움츠러든 세포 사이로 신선한 수분이 조금씩 배어들었고, 신경과 신경 사이에서는 신체의 균형을 맞추는 호르몬이 분비되었다. 더 이상 쓸 수 없는 머리카락은 모공으로부터 퇴출되고, 각질이 된 죽은 상피세포들은 이불깃에 묻어 나갔다. 밤사이 죽어 세상 밖으로 버려진 것들과 치유되어 그 모습이 새로워진 것들이 사방에서 교차되었다. 그리고 아침은 어김없이 찾아왔다.

　절망에 싸여 단 한 순간도 아침을 기다린 적이 없는 사람의 동창에도, 죽음을 기다리는 사형수가 있는 감옥 창살 사이로도 끈질기게 찾아

오는 그 아침이 가연의 침실에도 찾아온 것이다. 밝고 뜨거운 태양은 지구 반대편에 어둠의 한 자락을 남기고 서서히 여자가 잠든 방으로 다가왔다. 가연은 뒤척거렸다. 밤사이 시간이 만들어놓은 미세한 육체의 변화를 알아채지 못한 채 가연의 의식은 몸으로 들어갔다. 몸을 통해 살아난 가연의 의식은 맨 먼저 과거의 기억을 되살렸다.

최근에 자신에게 일어난 일들과 민석을 만나서 도움을 요청하고 그의 집에 오게 된 일들이 순서대로 떠올랐다. 시간은 육체뿐만 아니라 의식의 내용 또한 변화시켰다. 하지만 가연은 기억이라는 불완전하고 추상적인 흔적 또한 시간이 미세하게 왜곡시키고 변질시켰다는 것을 알아채지 못했다.

가연은 몸을 일으켜 동창의 커튼을 더욱 꼼꼼하게 닫기 시작했다. 커튼 틈 사이로 들어오는 여러 갈래의 가느다란 빛들을 최대한 차단하려고 애썼다. 영화관에서 쓰는 두꺼운 스웨이드 천이 있다면, 그것으로 창을 막고 대못이라도 치고 싶은 심정이었다. 가연의 몸은 아직 밤의 치유가 더 필요했다. 가연은 방으로 들어오는 빛을 막고 다시 자리에 누웠다.

민석의 집에는 사람의 기척이 전혀 없었다. 가연이 인위적으로 만든 밤은 그럴듯한 어둠과 적막을 가져다주었다. 가연은 다시 잠을 자기 시작했다. 이번에는 얕은 잠이었다. 수없이 많은 영상들이 얕은 물밑에서 어우러지듯 잠든 가연의 의식 속에 나타났다 사라졌다. 영상 속에는 과거와 현재와 미래가 모두 하나로 얽혀 나타났다. 꿈속에서 시간과 공간은 그 엄청난 절대성을 잃어버린 것이다.

가연은 어린 재인과 아주 넓은 놀이터에서 천진하게 뛰어놀았다. 환한 햇살 속에서 가연은 재인의 깔깔거리는 웃음소리를 들으며 그네를 탔다. 그네는 높이 치솟았고, 가연의 몸 또한 위로 한없이 떠올랐다. 재인의 웃음소리가 까마득하게 멀어지면서 가연은 하늘을 나는 황홀한 기분을 느꼈다.

얼마나 높이 올라갔을까? 가연의 의식은 멋진 비상을 오래도록 즐길 만큼 여유롭지 못했다. 추락의 두려움을 감지한 순간 붕 떠 있는 자신의 두 발을 잡아끄는 무지막지한 힘을 느꼈다. 가연은 아뜩하게 끝도 없는 나락으로 떨어졌다. 이번에는 얼마나 바닥으로 떨어졌을까? 가연은 다시 놀이터로 돌아와 있었다. 하지만 이리저리 둘러보아도 밝은 햇살 속에서 웃던 어린 재인은 온데간데없이 사라지고, 검은 연기와도 같은 어둠이 땅으로부터 스멀스멀 차올라오기 시작했다.

가연은 극도로 불안했다. 바닥으로부터 나오는 검은 그림자가 두 발목을 꼭 죄어오는 것 같았다. 달아나고 싶었지만 걸음이 떨어지지 않았다. 가연은 나오지 않는 목소리로 재인의 이름을 애타게 불렀다. 아니 민석의 이름을 부른 것 같기도 했다. 가연은 세차게 머리를 도리질 쳤다. 도리질에 따라 꿈속 장면이 바뀌었다.

주변은 여전히 어두웠고, 많은 남자들의 웅성거림이 들려왔다. 가연은 자신이 전혀 옷을 입고 있지 않음을 알아챘다. 남자들의 무리가 자신을 에워쌌지만, 몸을 가릴 옷을 찾을 수도, 그들을 피해 달아날 수도 없는 상태였다. 그들은 킬킬대면서 농담과 욕설로 발가벗은 가연을 조롱했다. 심지어 돌아가면서 가연의 몸을 툭툭 건드리기까지 했다. 가연은 수치심과 치욕감에 고통스러웠다. 하지만 한편으로는 아슬아슬한 그들의 손길에 야릇한 쾌감을 느꼈다. 차라리 그들이 가연을 범해준다면 이 참기 어려운 양가적인 느낌으로부터 해방될 텐데….

하지만 꿈은 제 맘대로 연출되지 않았다. 꿈은 다시 한 번 그 장면을 바꾸었다. 아마도 가연을 농락하던 남자 중 누군가가 가연을 죽이라고 명령한 것 같았다. 그가 이성수였을까? 그의 목소리를 들은 것 같기도 했다.

가연은 나무판 위에 서 있었다. 발바닥에 느껴지는 나무의 질감이 거칠고 차가웠다. 가연의 목에는 줄이 걸렸고, 눈앞에는 굳은 표정의 엄마와 두 오빠가 보였다. 그들 앞에는 이미 처형당한 시신들이 즐비해 있었다. 언뜻 시신들은 오래된 창고에 버려진 마네킹처럼 섬뜩하게 보였다. 가연은 유일하게 살아 있는 엄마와 오빠들에게 도움을 청하려 했지만, 그들이 뿜어내는 살벌하고 냉랭한 기운에 그만 자포자기의 심정이 되어 버렸다.

스스로 목에 걸린 줄을 풀어보려 안간힘을 써보았지만 두 손은 의지대로 움직여지지 않았고, 줄은 점점 더 엉키고 꼬이고 있었다. 죽음에 대한 공포가 최고조에 달했을 때 가연은 결국 엄마를 불렀다. 절규에 가까운 비명이었다. 그 순간 엄마와 두 오빠의 얼굴에 희미한 미소가 지어지는 것을 보았고, 동시에 발바닥 밑이 쑥 꺼지는 아찔함과 호흡이 턱 막히는 느낌을 느꼈다. 그리고 눈앞에서 세상이 사라져버렸다. 엄마도 두 오빠도 시신들도 깨끗하게 어둠속에 묻혀버렸다. 가연은 자신이 죽었음을 확신했다. 동시에 의외로 죽는 순간의 느낌이 아무렇지 않았음에 안도했다. 잠시 동안 어둠 속에서 말할 수 없이 깊은 평화가 느껴졌다. 죽음은 안식이고 치유였다.

누군가 잠든 가연의 모습을 보았다면… 식은땀에 흠뻑 젖어 가위에 눌린 듯 몸부림치고 소리 지르면서도 깨어나지 못하는 그녀를 보고 안타까워했을 텐데. 하지만 그녀는 혼자였다. 그 누구도 모르게 가연은 얕은 수면 의식 속에서 갖가지 어지러운 사건들을 연출하고, 심지어는 죽음까지 체험하고 있었던 것이다.

어느 사이 동창에 머물던 해는 운행 궤도에 따라 하늘 정가운데를 지나고 있었다. 정오의 기운은 커튼의 틈 사이뿐만 아니라 두꺼운 벽과 침구 사이를 뚫을 만큼 은근하고 강력했다. 가연의 끝이 없을 것 같던 수면도 결국 정오의 기운에는 굴복하지 않을 수 없었다. 가연은 하루와 반나절을 꼬박 자고 눈을 떴다. 다시 한 번 돌아온 의식이 두서없는 생각을 만들어냈다.

'왜 이런 어지러운 꿈들을 꾸었을까? 하긴 그동안 내겐 많은 일들이 있었지. 도무지 이해할 수 없는 일들… 그런데 왠지 꿈에서 느꼈던 죽음은 나쁘지 않았어. 실제 죽음도 그런 느낌일까? 만약 실제 죽음의 느낌이 그런 평화로움과 안락함이라면, 그것을 두려워할 필요는 없을 것 같아. 그런데 참, 이곳은 어디지? 맞아. 민석 씨의 집이지. 난 왜 이곳에 왔을까? 왜 나는 그 순간 그에게 도움을 청했을까? 그래, 난 그때 너무 고통스러웠어.'

가연은 조심스럽게 팔과 다리를 움직여 보았다. 생각보다 많이 아프지 않다. 가연은 천천히 몸을 일으키고 어두운 침실 문을 열었다. 사람의 기척이 없는 것으로 보아 민석은 회사에 간 것 같았다. 거실로 나가자 집안 가득한 햇살로 눈이 부셨다. 민석의 집, 아니, 재인의 집은 처음이었다. 친구였지만 그동안 단 한 번도 초대받은 적이 없었으니까. 가연은 금지된 구역에 몰래 들어온 사람처럼 조심스럽게 주변을 둘러보았다. 내부의 구조는 일반적인 아파트와 닮아 있었지만, 여주인의 손길이 멈추어서인지 다른 집들과는 분위기가 사뭇 달랐다. 추위가 느껴지진 않았지만 차갑고 조용한 공간이었다.

너무 오래 잠을 잔 탓일까, 아니면 햇살에 먼지들이 반사되어서일까. 가연은 가벼운 현기증과 더불어 시야가 흐려지는 것을 느꼈다. 마치 하얀 천에 오래 싸여 있던 가구가 누군가의 갑작스러운 방문 덕에 뽀얀 먼지를 일으키며 모습을 드러내놓은 듯, 실내의 모든 가구들도 희뿌옇게 보였다. 가연은 천천히 걸음을 옮겨 거실 중간에 놓인 긴 소파에 앉았다.

소파 앞에는 오디오 세트와 허리 높이의 선반이 있었다. 오디오 세트는 놀랍게도 외딴섬 이성수의 별장에서 본 것과 같은 제품이었다. 소파 옆 테이블에 놓인 리모컨을 누르자 역시 별장에서 들었던 같은 팝음악이 흘러 나왔다. 그리고 보니 집안의 가구들도 섬에 있는 별장의 그것들과 매우 흡사했다. 매우 간소하고 단순하지만 아름다운 느낌… 마치 재인 자신과도 같은….

다른 점이 있다면 선반 위에 민석과 재인 두 사람의 결혼식 사진이 놓여 있었다. 가연은 소파로부터 몸을 일으켜 선반으로 다가가 사진을 집어 올려보았다. 민석은 얼굴 전체에 환한 웃음을 가득 짓고 있었고, 갈색 머리를 빗어 넘기고 하얀 면사포를 쓴 재인은 그 곁에서 입술 끝에만 머무는 야릇한 미소를 짓고 있었다.

사진 속 재인과 눈이 마주치자 가연의 등줄기가 서늘해졌다. 어쩌면 이미 이 세상에 존재하지 않을지도 모르는 사람의 선명한 시선이 한 치의 어긋남도 없이 자신을 주시하고 있다고 생각하니 왠지 모를 공포가 엄습했다. 허락도 없이 그녀의 집을 탐색하는 가연을 탓하고 있는 것은 아닐까? 가연은 자신도 모르게 황급히 뒤를 돌아보았다. 빈 소파밖에 보이지 않았지만 가연은 재인이 자신의 뒤에 머물다 자신의 시선보다 조금 더 빠르게 숨어버렸다고 생각했다.

가연은 더 이상 참을 수가 없었다. 음악을 끄고 닥치는 대로 집을 뒤져 전화기를 찾기 시작했다. 민석에게 전화를 하고 싶었다. 하지만 낯선 집안 전화기는 쉽게 찾을 수 없었다. 자신의 가방 또한 어디 두었는지 생각이 나지 않았다. 그때 어디선가 거짓말처럼 전화벨 소리가 들리기 시작했다. 가연은 부연 햇살만 가득했던 빈집에 유일한 소음의 원천을 한참 만에 찾을 수 있었다. 가연은 끊어질세라 다급하게 안방 침대 옆 테이블에 놓여 있는 전화를 받았다. 가연의 목소리가 심하게 떨렸다.

"여보세요?"

"아, 가연 씨, 이제 일어났군요. 몸은 좀 괜찮아요?"

"아아, 민석 씨군요. 휴우."

눈물이 날 만큼 반가운 목소리였다. 안도의 한숨이 절로 나왔다. 혹시 언어를 잃어버린 재인에게 걸려온 전화면 어떻게 해야 하나 너무 두려웠다. 가연은 재인이 자신의 역할을 대신하고 자신의 영역에 너무 깊숙하게 침범한 친구를 벌하려 할지 모른다고 생각했다.

"지금 어디세요?"

가연의 목소리는 여전히 떨렸다.

"아, 전 사무실이고요. 오후에 일을 마치고 집에 가려고 합니다. 몸은 좀 어떠세요?"

"많이 좋아졌어요."

"다행이네요. 정말 걱정 많이 했어요."

전화기를 통해 들리는 말에서 어느 누구로부터도 느껴보지 못한 진심이 느껴졌다.

'아아…, 한 사람이 자신을 진심으로 걱정했다고 말한다. 나의 깊은 저곳 텅 빈 장소에 그의 걱정이 들어간다. 알 수 없는 충만함이 그곳을 메운다.'

가연은 잠시 할 말을 잃고 민석의 다정한 언어를 되새기고 있었다.

"뭐 필요한 것 없으세요? 퇴근할 때 사가지고 갈게요."

"괜찮아요. 하지만 이제 저는 집에 가야 할 것 같아요."

"아직은 안 돼요. 가연 씨는 저희 집에서 조금 더 푹 쉬어야 하고요. 어쨌든 이따 집에서 저와 만나야 해요. 아 참, 냉장고에 먹을 것이 있어요. 깨울 수가 없어 묻지도 않고 내 맘대로 사두었는데, 좋아하는 음식인지 모르겠네요. 편하게 꺼내 드세요."

"아, 네…. 너무 감사해요. 그럼 오실 때까지 기다릴게요."

가연의 목소리가 점점 안정되고 있었다.

"저녁 식사는 함께 합시다. 늦어도 여섯 시까지 퇴근하겠습니다."

"네, 그럴게요."

가연은 전화를 끊고 다시 거실로 나갔다. 전화 한 통화로 집안에 있는 모든 가구들이 사라진 사람의 가구에서 민석의 가구로 그 모습을 바꾼 듯 생기가 돌기 시작했다. 가연은 민석이 시킨 대로 거실 옆 부엌으로 들어가 냉장고를 열어보았다. 거기에는 봉지도 뜯지 않은 여러 가지 간편조리 식품들이 놓여 있었다. 가연은 우선 우유 한 잔과 굳은 초밥 한 줄을 꺼내 먹었다. 정돈된 이성수의 냉장고에서 꺼낸 신선한 음식과는 다른 느낌이었지만, 그런대로 음식이 주는 만족감은 좋았다.

허기까지 가시자 가연은 아까와 달리 집에서 안락함과 친근감까지 느낄 수 있었다. 그동안 있었던 이상한 일들이 마치 꿈만 같았다. 몸의 모든 근육에는 아련한 통증이 남아 있었지만, 전날보다는 한결 덜했고 머리도 맑고 가벼웠다. 가연은 안방으로 들어가 커튼을 젖히고 자신의 지친 몸으로 어지럽힌 부부의 침실을 정리했다. 그리고 욕실로 들어갔다. 민석의 티셔츠로 생각되는 헐렁한 옷을 벗자 욕실 거울을 통해 팔과 다리를 물들인 검푸른 멍들이 비추어보였다. 가연은 거울 속 자신의 모습을 애써 외면하고 빠르게 샤워를 하기 시작했다.

'모두 지난 일이다. 상처와 멍은 얼마 지나지 않아 사라지겠지. 저녁이 되면 민석이 집으로 돌아온다. 친절하고 좋은 사람이다. 그는 내게 진심으로 말했다. 나를 걱정했었다고. 그 한 마디를 듣는 순간 난 꿈속을 헤매다 돌연 정신이 든 것 같았다. 아…; 왠지 나도 그를 위해 무엇인가를 하고 싶다. 그런데 무얼 하지? 그래, 그와 함께 할 저녁을 준비하는 것이 좋겠다.'

몸을 깨끗하게 닦고 나자 기분은 더욱 가벼워졌다. 그리고 민석을 위한 식사를 생각해낸 스스로가 신기할 정도로 기특하게 여겨졌다. 가연은 매일 일을 마치고 집으로 돌아오는 가장을 맞이하는 평범한 주부가 된 것 같았다. 목욕을 마친 가연은 커피를 한 잔 끓여 천천히 음미하듯 마셨다. 그리고 시계를 보고 마치 남편 귀가 시간을 헤아리듯 손가락을 꼽아보았다.

'이제 두어 시간 후면 민석 씨가 오겠구나.'

가연은 아직 젖어 있는 머리를 올려 묶고, 냉장고 안에 있는 재료들을 꺼내 먹기 좋게 조리하기 시작했다. 어떤 책에서 본 적이 있었다. 여자는 누군가에게 먹이는 행위를 할 때가 행복하다고…. 말도 안 되는 이야기라 생각했다. 자신이 먹는 것도 아니고 타인에게 먹이는 행위를…. 하지만 요리 재료들을 만지는 가연의 입에서 작은 노랫소리가 흘러나왔다. 민석에게 조금이라도 더 따뜻하고 맛있는 음식을 먹이고 싶다는 욕망이 가연의 두 손을 부지런히 움직이게 했다. 가연은 자기도 모르게 모든 신경을 집중해서 무엇인가 썰고 다듬고 끓였다. 어쩌면 자신이 꿈꾸던 삶이 이런 것인지도 몰랐다. 한 사람을 기다리며 그의 음식을 만드는 일…. 따뜻한 마음을 가진 한 사람만을 위한 것….

재인이 버리고 간 소박한 일상을 가연은 영원히 갖고 싶었다. 그리고 이제는 그럴 수 있으리란 자신감이 생겨났다. 가연은 요리를 하다 말고 자신의 팔목을 들여다보았다. 욕실에서는 스쳐지나가듯 외면했지만, 이제는 멍 하나하나를 똑바로 바라볼 수 있었다. 지워지지 않을 얼룩이라고 생각했지만, 실은 며칠만 지나면 사라질 것이 분명했다. 왠지 지금이 순간 이후부터 이성수를 다시 보지 않을 수 있으리란 확신도 생겼다.

송사장

송사장은 민석을 만나고 난 후 저녁 무렵 오피스텔에서 나왔다. 가능하면 많은 양의 음식을 먹고 싶었다. 느끼하고 기름기가 많아 소화를 시키는 데 오랜 시간이 필요한 음식이면 더 좋을 것 같았다. 자신이 한 마리의 뱀이라면 커다란 물소 한 마리를 통째로 삼켜버린 후 육체의 모든 활동을 최소화하고, 조심스럽게 오래도록 그것을 녹여내고 싶은 기분이었다.

그는 20분 정도를 걸어 허름한 동네에 있는 작은 식당에 자리를 잡았다. 가끔 이런 동물적 포만감이 그리울 때 오는 식당이었다. 식당 여주인은 이미 큰 물소를 집어 삼킨 듯 엄청난 허리둘레를 가지고 있었다. 송사장은 가식 없는 이 식당의 분위기를 좋아했다. 잔 때가 가득 묻은 식기와 귀가 떨어진 물잔. 여주인의 두껍게 불어 있는 붉은 손, 그리고 기름기 많은 싸구려 음식, 이 모든 것이 진솔하고 친근했다.

식당 안에 있는 손님은 송사장과 젊은 여자 한 명이 전부였다. 여자는 이미 냄비 안에 있는 정체 모를 국물을 남김없이 마시고 있는 중이었다. 분명 못생기지도 않았고 나이가 많지도 않았지만 거칠게 흐트러진 머리, 치마 밑으로 드러난 상처투성이의 다리, 그리고 혼자서 이런 식당에서 허겁지겁 식사하는 모습으로 보아 여자가 처한 상황은 어느 정도 예측이 가능했다. 잠시 눈을 들어 송사장의 눈과 마주친 여자의 눈동자, 초점이 없이 길을 잃은 그 시선에 송사장은 순간 섬뜩함을 느꼈다.

다행히도 끝도 모르게 빛을 잃은 퀭한 눈동자는 바로 남은 국물을 향해 아래로 떨어졌다. 송사장의 등장이 그녀에게 어떤 자극도 되지 못한 것이 분명했다. 바로 옆에서 누군가가 잔인한 모습으로 죽어간다 해도, 지금 이 순간 그녀의 관심을 끌지 못할 것 같았다.

송사장은 그녀를 알고 있었다. 아니, 그녀와 같은 여자들을 많이 알고 있었다. 송사장 같은 남자들의 성욕을 풀어주고 한 끼의 식사를 해결하는 공생의 관계, 마치 생태 먹이사슬처럼 겉으로는 잔혹해 보일지도 모르지만, 그지없이 자연스러운 관계… 하지만 지금 송사장은 여자를 원하지 않았고, 그녀 또한 이미 허기짐을 채웠기 때문에 서로에게 전혀 필요하지 않은 타이밍이었다. 그들은 번식기가 따로 있는 야생 동물만큼이나 정확하게 서로에게 필요한 시점을 감지할 수 있었다. 송사장은 일부러 젊은 여자와 가장 먼 쪽에 있는 자리를 잡았다.

좁은 식당의 귀퉁이를 크게 차지한 여주인은 앉은 자리에서 일어나지도 않고 송사장 쪽을 힐끗 쳐다보았다. 그녀는 불면증에 시달리다 겨우 잠든 자신을 송사장이 깨우기라도 한 듯 짜증이 가득 섞인 나른한 표정을 짓고 있었다.

"오랜만에 오셨슈. 돼지고기 갑절로 넣은 찌개 맞죠?"

민석은 그녀의 그런 퉁명스러운 태도와 심드렁한 말투가 왠지 좋았다.

"네, 아주머니, 비계 많이 넣어 끓여주시고 밥도 두 공기 주세요."

여주인은 말투만큼이나 둔하고 무거운 허리를 주방을 향해 틀며 외마디 알아듣기 어려운 소리를 질렀다. 주방은 그릇이 들락날락하는 작은 구멍을 통해 연결되어 있었다.

구멍은 안에 있는 사람의 허리께만 볼 수 있을 만큼의 크기였다. 송사장은 그곳을 통해 한 손에는 담배를, 한 손에는 조만간에 자신에게 건네질 작은 냄비를 들고 있는 낯모를 남자의 움직임을 유심히 바라보았다. 얼굴을 볼 수 없어 더욱 흥미로운 대상이었다.

언제부터인가 송사장은 눈에 보이는 세상에는 흥미를 잃어버렸다. 오히려 눈에 보이지 않는 부분에 더 큰 관심을 두고 있었다. 언뜻 보이는 남자의 앞치마는 오래된 이 도시의 담벼락만큼이나 더럽고 거칠었지만, 그의 몸은 날렵하고 흔한 문신 하나는 있을 법한 팔뚝은 의외로 희고 가늘고 깨끗했다.

'어떤 존재일까? 어두운 도시의 뒷골목 작은 식당, 그것도 작은 구멍을 통해서만 소통할 수 있는 후미진 주방 공간에 있는 마른 몸의 남자는 과연 누구일까?'

물소를 삼킨 여주인이 그에게 인간적인 대접을 하거나 적절한 임금을 줄 리는 없다. 그렇다면 그는 돈을 벌기 위하여 저 공간에 숨어든 것은 아니다. 지방이 없고 빈약한 허리를 보아서는 식탐 때문에 음식 곁에 머문 것도 아니다.'

송사장은 식재료를 만지는 서툴지만 담담하고 바른 남자의 손동작을 관찰했다.

'그래, 이제 알겠어…. 그는 글을 쓰는 사람이다.'

비록 물에 젖어 물러지긴 했지만, 가늘고 긴 손마디는 선으로 이루어진 많은 활자들과 그것을 찍어내는 섬세한 자판과 잘 어울렸다. 신경질적으로 담배를 눌러 끄는 모습도 예민하게 글 쓰는 사람들의 동작과 일치했다. 그는 글을 쓰는 데 필요한 영감을 얻기 위하여 자신의 감각을 작은 창구멍 크기로 제한했음이 분명했다. 송사장은 제멋대로 상상을 하며 흐뭇해했다.

'무엇을 정확하게 알아내는 데 있어서 세상의 다양한 자극은 오히려 방해가 될 수 있지. 아주 작은 사건도 어떤 각도 내에서 세심하게 관찰하고 깊이 사유하면, 그 속에서 엄청난 것을 발견할 수 있단 말이야. 우리는 지금 작은 구멍을 통해 서로를 관찰하고 있어. 나는 그의 허리와 손동작을 보고, 그는 나의 발소리나 말소리를 듣거나 혹은 내가 먹고 남긴 음식물을 보고 서로에 대한 추리를 하겠지. 어쩌면 냄비를 내밀 때 서로 눈을 마주치게 될지도 몰라. 그렇다면 매우 흥미롭겠군.'

송사장은 음식이 나오기 전까지 작은 구멍을 통한 추리 게임에 몰입하고 있었다. 언제나 생각을 가지고 노는 일이 가장 즐거운 놀이였다.

잠시 후 김이 나는 냄비 하나가 구멍을 통해 모습을 드러냈다. 하지만 주방 안에 있는 남자는 허리를 굽혀 얼굴을 드러내는 동작을 하지 않았다. 일단 음식이 나오자 송사장은 더 이상 그를 관찰할 수 없었다. 배가 무척 고팠다. 냄비 속에는 벌건 고기와 하얀 비계 덩어리가 나름대로 조화를 이루며 둥둥 떠 있었다. 젊은 여성은 주머니에서 구겨진 지폐 몇 장을 여주인에게 바치듯 쥐어주고 황급하게 나갔고, 동시에 송사장은 국물을 천천히 떠먹었다.

첫 숟가락에서 오는 강렬한 쾌감이 온 내장을 훑어 내려갔다. 동물의 살과 피가 내는 고소한 맛이 주는 즐거움이었다. 송사장은 이런 종류의 쾌감은 지극히 원시적이고 말초적이라고 생각했다. 오히려 자신의 정신이 이런 더럽고 작은 식당의 구석구석을 세밀하게 관찰하고 분석하는 것에서 더욱 차원 높은 쾌감을 느낀다고 생각했다. 하지만 성가신 육체를 가진 이상 무언가를 먹지 않을 수 없었다.

송사장은 두 공기의 밥과 많은 양의 비계들, 그리고 기름진 국물을 의식을 치르듯 정성껏 먹어치웠다. 더 이상 입을 통해 무엇인가를 들여보내지 못할 정도로 배가 불러오자, 작은 구멍을 통해 보이는 날카로운 사내에 대한 추리를 하고 싶은 충동이 사라져버렸다. 황급히 나간 처녀의 뒤태가 잠시 떠올랐지만, 그 신호 또한 아직 미약했다.

송사장은 민석이 건넨 봉투에서 꺼낸 지폐로 음식 값을 지불하고 아무 말 없이 식당을 나왔다. 여주인에게 주방에서 일하는 사람이 누구인지 물어볼까 하고 잠시 머뭇거렸지만, 자신에게 채워진 에너지를 아끼고 싶은 마음에 쓸데없는 호기심은 억제하기로 했다. 송사장은 앞으로 실컷 즐길 정신의 미로 게임에 대한 기대감에 부풀었다.

그의 호기심을 크게 자극했던 여자. '재인' 그는 이미 그녀의 남자들을 어느 정도 알고 있었지만, 이성수는 더욱 흥미롭고 특별해 보였다. 송사장은 아주 천천히 걸어서 자신의 오피스텔로 들어왔다. 단 몇 줄의 선으로만 세상과 연결된 작은 방이었다. 다행히도 그 선들은 송사장의 자유의지로 연결할 수도 끊을 수도 있었고, 고맙게도 끊어버린다고 해서 문제가 되지 않았다. 줄과의 관계는 사람과의 관계처럼 상호적이지 않고 일방적일 수 있어 편했다.

송사장은 이를 닦지도, 얼굴을 씻지도 않고 나무의자에 앉았다. 송사장은 일주일에 딱 한 번 동네 목욕탕에 갔다. 민석이 화장실이라고 생각한 장소에는 마른 바닥에 침낭이 하나 있었고, 최소한의 작동만이 가능한 변기가 있었다. 과연 송사장이 어디서 자는지에 대한 민석의 의문은 화장실 문을 한 번이라도 열었더라면 바로 풀릴 일이었다. 화장실 바닥에 물기가 마르고 낡은 침낭이 뒹군 지는 오래였다. 세면대의 수도가 막힌 지도 한참 되었다.

아마 이 동네 주민의 수도 사용량을 조사한다면 송사장의 오피스텔이 최저일 것임이 분명했다. 식사는 간단하게 먹고 버릴 수 있는 패스트푸드로 때우는 일이 보통이었다. 가끔 포만감을 느끼고 싶을 때만 방금 전처럼 기계가 아닌 사람이 만든 음식을 푸짐하게 먹었다. 송사장은 아주 이따금씩 여자를 구하러 나갔다. 다행히도 이 동네는 음식이든 여자든 뭐든 충분했다. 송사장이 생리적으로 필요로 하는 최소한의 것들이 싼 값에 도처에 널려 있었다. 나름대로 좋은 동네였다.

송사장의 이런 생활은 결코 게으름의 산물은 아니었다. 실은 이런 생활에 익숙해지기까지는 은밀하고 혹독한 훈련 과정이 있었다. 송사장은 언제부터인가 육체를 돌보는 데 쓰는 에너지를 최소화하는 법을 익혀나갔다. 그는 그래야만 정신에 줄 양분이 더 많아진다고 생각했다. 아니, 그래야만 육체가 살아남을 수 있는 절박한 상황을 겪어서일지도 몰랐다.

그는 일찌감치 물질적인 풍요가 무엇인지 알았다. 또래 친구들을 만나 타인의 환경을 의식하게 되었을 때, 자신이 그들이 부러워하는 장난감과 근사한 옷, 신발 등을 가졌다는 것을 느꼈다. 아버지의 멋진 자동차와 살고 있는 큰 집 또한 결코 평범하지 않다는 사실도 알아챘다. 그렇다고 송사장의 환경에서 정신적인 애착 대상이나 인간적인 보호가 부족했던 것은 아니다. 아버지와는 가까이할 기회가 많지 않았지만, 자상한 어머니는 늘 곁에 있었다. 또한 검은 양복을 입은 키 큰 사내들이 복종하는 태도로 어린 자기 주변을 맴돌고 있었기 때문에, 다른 친구들에 비하여 스스로 힘이 센 존재라는 착각을 하기도 했다.

잠자리는 넓고 따뜻했고, 학교로 이동하는 차는 안락했다. 식욕은 없었고 소화불량에 복통을 느낄 때가 많았지만, 맛있는 음식과 음료는 언제나 넘쳐났다. 학교 공부는 수월했다. 암기와 수리 모두 쉬웠다. 그에게는 오히려 학교 운동장을 한 바퀴 뛰어서 도는 일이 더 힘겨웠다. 송사장의 어린 시절은 풍족했고 평화로웠다. 그날이 오기 전까지는.

늘 일정한 시간에 외출했던 어머니는 그날 끝내 집에 돌아오지 않았다. 어머니는 하나밖에 없는 아들의 등교를 챙긴 후, 집안 일을 지시하고 외출을 했다. 열성적인 기독교 신자는 아니었지만, 교회 합창단원 활동만큼은 빠지지 않았다.

어머니는 말이 많지 않고 감정의 동요가 없는 사람이었다. 일밖에 관심이 없는 남편에 대해, 혹은 집과 교회를 오가는 단조로운 자신의 일상에 대해 불만을 표시한 적이 단 한 번도 없었다. 아들에게는 언제나 따뜻하고 자상했고, 아랫사람들에게는 겸손했다. 대기업가의 안주인이었지만 집안에서도, 대외적으로도 있는 듯 없는 듯 조용한 존재였다.

　그런 이유 때문인지 어머니의 부재가 생활 속에 큰 변화를 일으키지는 않았다. 일하는 사람들은 여전히 아버지와 아들의 식사를 챙겨주었고 청소와 세탁 등의 집안일 또한 완벽하게 해주었다. 아버지는 원래 감정표현을 거의 하지 않는 사람이었기 때문에 아내의 죽음에 대해서도 담담하게 반응했다. 조촐한 장례 절차를 치르고 늘 그렇듯 새벽에 회사에 가고 늦은 밤 잠을 자기 위하여 집에 들어오는 생활을 반복했다. 송사장도 당시 이미 사춘기에 접어든 소년이었기 때문에 어머니의 품이 참을 수 없을 만큼 그립지는 않았다. 그저 가까운 사람의 죽음으로 인하여 그의 성장기가 가볍거나 소란스러울 수 없었을 뿐 다른 어려움은 없었다. 여전히 학교 성적은 우수했고, 아버지의 사업도 지속적으로 탄탄하게 번창하고 있었다.

　아주 어린 시절, 송사장은 언제나 규칙적으로 집에 드나드는 아버지가 사람의 가면을 쓴 로봇이라고 생각한 적이 있었다. 때문에 어느 휴일 아버지가 잠든 방에 들어가 남몰래 그의 이마 주변을 만져본 일이 있었다. 본래 로봇의 얼굴 위에 접착된 가면의 경계가 있을 것이라고 생각했기 때문이었다. 물론 그 모험적인 탐색에서 얻어낸 것은 아무것도 없었다. 어린 아들은 아버지가 빠짐없이 밤마다 집에 들어오는 것은 충전이 필요한 기계이기 때문이라는 생각도 했다. 물론 충전기 또한 찾을 수 없었지만.

　아버지는 하나밖에 없는 아들에게 혹은 아내에게 깊은 애정을 표현한 적도 화를 내거나 꾸지람을 한 적도 없었다. 가장의 엄격한 관리나

지도 없이도 아내는 노래로 만족하는 자신의 세계에서 불평 없이 안주인의 자리를 지켜주었고, 아들 또한 좋은 성적을 내는 모범생이었다. 그렇기 때문에 어쩌면 아버지는 집에서 매일 편안한 충전을 할 수 있었는지 몰랐다. 하지만 어머니가 죽고 수년이 지난 후 이제 막 사춘기를 지난 아들은 처음으로 아버지의 이상한 변화를 느꼈다. 밤늦게 화장실을 가려고 나오면 아버지 방에 불이 꺼져 있지 않은 날이 많아진 것이다. 다시 말해 아버지의 충전이 제대로 이루어지지 않고 있었던 것이다.

때론 방문에 귀를 기울여보기도 했지만, 문을 두드릴 용기를 내지는 못했다. 한 번은 아버지의 책상에서 이상한 알약을 발견한 적도 있었다. 나중에 알아본바 우울증 치료제였다. 하지만 그 부분에 대해 아들은 감히 아버지에게 속사정을 물어볼 수 없었다. 아버지는 아버지라기보다는 그저 범접하기 어려운 송 회장님이었으므로.

송사장은 예정대로 법과 대학에 입학했고, 아버지는 그의 입학식을 치른 날 평상시와 달리 자신의 방으로 아들을 불렀다. 그리고 바로 그날 송사장 운명의 선로에 작은 레버가 당겨지고, 그 궤도는 완전히 바뀌어버렸다.

"왜 그랬는지 모르겠지만…, 난 그동안 회사를 발전시키는 일에 내 인생 모두를 바쳤다."

처음으로 아들 앞에서 진지하게 말을 꺼내는 아버지의 얼굴이 근엄한 송 회장님의 모습이 아닌 힘없이 늙은 남자로 보였다. 송사장은 그 순간 어린 시절 아버지의 가면을 벗기려 했던 자신을 떠올렸다.

'어차피 저절로 벗겨질 가면이었거늘.'

송사장은 속으로 헛웃음을 삼켰다. 아버지는 노인네 특유의 축축한 말투로 말을 이었다.

"네 어머니가 죽고 난 후 난 방황했다."

죽은 어머니의 이야기를 꺼낸 아버지의 얼굴이 영원히 변하지 않을 것 같던 송 회장님의 강인한 이미지로부터 더욱 더 멀어졌다. 송사장은 아버지가 존재감이 미미하다고 생각했던 어머니에게 의존하고 있었음을 그제야 알았다.

"네가 이해할 수 있을지 모르겠지만, 나 같은 사람들에게는 많은 약점이 있다. 사회적인 성공은 이루었지만 삶 자체의 균형은 쉽게 깨질 수 있다는 말이지. 네 엄마는 그 균형의 축이었는데, 난 그걸 너무 일찍 잃었구나."

송사장은 어머니가 죽었을 당시 아버지가 크게 슬퍼하지 않았다는 것을 알고 있었다. 송사장의 얼굴에서 그 마음을 읽은 것처럼 아버지는 말을 이었다.

"그래, 네 어머니가 죽었을 때 솔직히 별 느낌이 없었다고 고백하마. 실은 내겐 다른 여자도 있었다. 네 엄마도 이 사실을 알고 있었고."

송사장은 아버지의 이런 고백에 적지 않게 당황했다. 마치 부모에게 이미 알고 있는 성지식을 듣게 되는 일처럼 불편하기 이를 데 없었다.

"네 어머니는 혼자서 이 모든 것을 담담하게 감당했다. 아무것도 모르는 척 묵묵히 대응했고 변함없이 가정에 충실했지. 너도 알다시피 하나밖에 없는 자식에게 정성을 쏟았고, 그저 취미라고는 그깟 노래…."

아버지는 말끝을 흐리며 한 손을 올려 눈가를 훔쳤다.

"바보같이 노래나 하면서 나한테 받은 상처를 위안받으려고 한 모양인데…, 아마도 역부족이었나 보다. 어느 날 그냥 아무 말도 없이 떠나가 버렸어."

아버지는 어머니의 죽음에 어느 정도 자기의 책임과 어머니 자신의 의지가 들어 있음을 암시하듯 말했다.

"내가 여전히 일만 하고 다른 여자와 잠자리를 했기 때문에 그랬을 거야."

송사장은 아버지가 이런 식으로 이야기할 수 있는 사람이라는 것을 믿을 수가 없었다. 숱이 많은 회색빛 눈썹, 그 밑 고집스러워 보이는 눈동자에서 물기를 본 일도 그날이 처음이었다. 하지만 역시 마음속에 드는 감정은 연민보다는 불편함이었다. 아버지의 독백과도 같은 말은 송사장의 반응과 관계없이 이어졌다.

"실은 이젠 너무 힘이 드는구나. 오늘 입학식을 보며 결심했다. 졸업과 동시에 네가 내 일을 맡아주었으면 한다. 물론 대학을 다니는 동안에는 내가 너를 세상에 알릴 것이고, 동시에 사회적으로 튼튼한 입지를 만들어줄 것이다. 넌 원래 총명한 아이다. 나와 네 엄마는 그 사실을 알고 있었기 때문에 그동안 네 일에는 크게 간섭하려 하지 않았다. 하지만 앞으로는 아버지를 좀 도와줘야겠다. 네가 사법시험에 합격하면 난 좀 쉬고 싶구나."

"네, 지금은 좀 혼란스럽지만 아버지가 무슨 말씀을 하시는지 이해할 수 있습니다. 걱정하지 마세요. 언제나 아버지의 뜻에 따를 테니까요."

송사장은 그 순간 그렇게밖에 말을 할 수 없었다. 자신의 대답에 안도

하는 아버지를 보고 빨리 자리를 박차고 일어나고 싶었던 것이다. 이건 아버지와 자신 사이에 너무나도 어울리지 않는 상황이라고 생각했다. 하지만 아버지의 얼굴은 자신의 대답과 관계없이 그 순간 더욱 뒤틀리고 왜곡되고 있었다. 할 말이 남아 있었던 것이었다. 역시 아버지는 이런 이야기만으로 아들에게 약한 모습을 보일 사람이 아니었다.

"그런데 실은 네게 정말 어려운 말을 하나 해야겠구나. 사실 난 곤경에 처했다. 어려운 소송을 해야 하거나 아니면 그 여자를 새 아내로 맞아들이거나…."

아버지는 고개를 푹하고 떨어뜨리고 말끝을 흐렸다. 송사장은 아버지의 이런 모습을 더 이상 볼 수가 없었다.

"네, 무슨 말씀인지 알겠습니다. 전 상관없어요. 아버지의 뜻대로 하세요."

송사장은 아버지가 소송하지 않을 것임을 알고 있었다. 그로부터 몇 달 후 나이를 가늠할 수 없는 한 여자와 열 살짜리 남자 아이가 집에 들어왔다. 아버지는 여전히 동요 없이 출근을 하고 퇴근을 했고, 송사장은 이제 막 시작한 바쁜 대학 생활을 핑계로 두 사람의 존재를 애써 외면할 수 있었다.

새로 집에 들어온 두 사람은 처음에는 집안에서의 자신의 위치를 한정 지으며 이상하리만큼 조용하게 지냈다. 이 자리에 오기까지 나름대로 고통과 어려움이 있어서였을까? 마치 그 두 사람은 어려운 과제를 겨우 마친 후 한숨 돌리고 쉬는 사람들처럼 보였다. 송사장이 대학 생활을 하는 내내 집안은 평화롭고 조용했다. 송사장이 남들보다 조기에 사법시험에 합격하자 아버지는 공식적인 자리에 아들을 데리고 다녔고, 송사장도 사회적인 일들에 대해 흥미를 갖기 시작했다.

그 무렵 집에 있는 남자 아이는 어느 새 어머니가 죽던 해에 송사장의 나이가 되어 있었다. 새 어머니는 누가 보아도 청초한 미인이었다. 희고 갸름한 얼굴에 고른 치아, 그리고 비단처럼 매끄럽게 반짝이는 눈을 가졌다. 아버지의 고백 이후 송 회장님은 점점 늙어가는 반면, 새로 들어온 어머니는 날이 갈수록 젊고 아름다워지는 듯했다. 그녀는 본래 어머니와 달리 사람들을 만나는 것을 좋아했고, 외부적인 일에도 관심을 가지고 있었다. 송사장에게는 언제나 깍듯하게 예의를 갖추었지만, 언제부터인가 자신의 입지를 넓히는 행동을 하기 시작했다.

그러면서 송사장은 어렴풋이 자신의 존재가 그 여자에게 위협이 된다는 사실을 깨달았다. 송사장은 세상에 태어나서 처음으로 대립적인 관계를 가진 사람을 만나게 된 것이다. 아버지는 늙어가고, 자신은 아직 준비 단계였고, 새어머니는 야망을 가진 사람이었다.

아버지에게는 부와 권력을 이어받을 두 아들이 있었다. 한 아들은 단 한 번도 그 사실을 의심해본 적이 없었다. 하지만 한 아들은 시작부터 쟁취해야 하는 입장이었다. 때문에 어리지만 본능적으로 민첩했고 가르침 없이도 강했다. 게다가 그 아들에게는 젊고 야심이 차고 넘치는 어머니라는 배경이 있었다.

송사장은 몇 차례 아버지의 일을 도왔지만, 자신이 알지 못하는 어떤 세력의 방해로 인하여 좋은 결과를 내지 못했다. 아버지는 그때마다 크게 실망했다. 송사장은 만약 이런 식으로 아버지와 자신이 한 편으로 일을 해나간다면, 회사에도 큰 피해가 갈 것이라고 생각했다. 송사장은 총명했지만 경쟁심이 강하고 억센 사내는 아니었다.

결국 사고는 터졌다. 어느 초가을 밤 송사장은 여자친구와 함께 밤길을 달리고 있었다. 반쯤 열어놓은 차창으로 이제 막 무거운 더위와 습기를 뿌리친 시원한 가을바람이 불어왔다. 여자의 몸에서는 이제 막 사랑을 나누고 난 여인에게서 나는 야릇한 향이 배어나왔다. 함께 샤워를 하면서 쓴 비누의 냄새 같기도 했다. 송사장은 그 순간을 매번 강렬하게 기억했다. 그 감미로운 향기, 그 싱그러운 바람, 그리고 너무 강한 쾌감으로 인해 엄습하는 기묘한 예감….

그 순간 이 세상에 한 번도 존재한 적이 없을 법한 강한 빛이 자신과 하얀 피부를 가진 여인을 덮쳤다. 자신도 모르게 핸들을 강하게 틀었고, 하얀 몸체로부터 붉은 폭발이 일어나는 것을 보았다. 그 후 깊고 긴 정적이 감돌았다.

송사장의 의식이 돌아 왔을 때 그는 혼자였다. 멀리서 여자들의 재잘거림이 들려왔다. 사랑을 나누었던 여자의 목소리는 섞여 있지 않았다. 가늘게 눈을 떠보니 흰 옷을 입은 낯선 여자들 몇 명이 흐릿한 시야에 들어왔다. 몸을 움직이자 자신의 몸에 여러 개의 줄들이 붙어 있었다. 줄들은 다시 규칙적인 소리를 내는 여러 기계들과 연결되어 있었다.

송사장의 눈에서 가느다란 한 방울의 물이 흘러나왔다. 여러 줄 중 하나에서 공급되는 수분의 일부가 송사장의 눈물샘을 타고 다시 배출된 것이다. 어머니가 죽었을 때도 나오지 않던 눈물이었다. 그 순간 송사장의 눈물을 본 사람은 아무도 없었다. 송사장은 여자들의 수다 소리가 자신의 귀에 들리기 시작하고 자신이 그렇게 살아 있음을 그저 한없이 원망하고 있을 뿐이었다.

송사장이 그 모든 줄을 몸에서 떼고 퇴원하기까지 계절이 꼬박 네 번 바뀌었다. 송사장은 퇴원할 때 중증 뇌 병변 장애 진단을 받았다. 과거에 있었던 일과 가족 관계를 기억하지 못했고 사고 전의 인격도 찾을 수 없었다. 송 회장님은 최고의 신경과 의사와 정신과 의사에게 아들의 치료를 맡겼지만, 그 누구도 그의 상태를 호전시키지 못했다.

병원에서 나올 무렵 그는 관계로부터 버려졌고 세상으로부터 잊혀졌다. 송사장은 결국 요양원으로 보내졌다. 전도가 유망하고 아름다운 청년에서 하루아침에 요양원의 장애인으로 전락한 것이다. 수년간의 요양원 생활을 마치고 그는 작은 소도시, 지금의 공간으로 독립했고, 아버지는 더 이상 송사장을 찾지 않았다. 송사장은 설령 아버지가 자신을 찾는다 하더라도, 그가 사는 모습을 보고는 분명 뒤돌아갈 수밖에 없으리라 확신했다.

물론 새어머니가 보내는 사람들은 요양원에 있을 때나 이곳 오피스텔에 있을 때나 정기적으로 그를 방문했다. 역시 검은 양복의 사내들이었다. 어린 시절에는 자신을 보호해주던 이들이 이제는 자신이 확실하게 폐인임을 확인하고 새어머니에게 보고하는 스파이들이 된 것이었다.

어차피 송사장은 아버지의 기업에 관심도 없고, 새어머니가 꾸미는 욕망의 드라마에 한 인물로 등장하고 싶지도 않았다. 그 사고로 한 젊은 여인은 생생한 앞날을 접었고, 전도 유망한 청년은 정신이 온전치 못한 장애자로 추락했지만, 송사장은 모든 일이 필연적이라고 생각했다.

평생 자신의 강한 의지만을 믿고 살던 아버지도 이런 방법이 아니면 결코 기대주이던 맏아들을 포기하지 못했을 것이다. 사고는 새어머니가 꾸민 일이고, 송사장은 이렇게나마 살아남는 방법을 선택한 것이었다. 송사장의 생활은 새어머니가 존재하는 한 이런 식일 수밖에 없었다. 날카롭고 영민한 새어머니를 안심시키고 더 큰 문제를 만들지 않기 위해서는 어쩔 수 없었다.

송사장은 다행히 요양원에 있는 동안 끔찍한 생활을 통해 육체를 무시하는 훈련을 할 수 있었다. 그는 스스로를 완벽한 뇌장애자로 만들기 위하여 많은 어려움들을 참아냈다. 누군가 씻겨주기 전까지 대소변을 몸에 묻히고도 참는 법을 배웠고, 비위생적인 식사와 벌레가 들끓는 지저분한 환경을 견뎌내는 법도 배웠다. 심지어는 진짜 정신병자들에게 성적인 폭력을 당한 일도 있었다.

하지만 모든 것이 괜찮았다. 그에게는 그럴수록 명료하고 날카로워지는 정신이 있었다. 오히려 어느 순간부터 육체는 그저 좀 성가신 부속품 정도로밖에 여겨지지 않았다. 정기적으로 먹을 것을 주어야 하고 일부는 다시 빼내주어야 하는 번거로운 도구. 하지만 정신이 주는 쾌락은 그 누구도 침범할 수 없고 제한이 없으며 특별했다. 때문에 송사장의 정신은 육체와의 균형을 잃고 한층 비대해졌다.

인연

　민석이 느낀 송사장의 커다란 변화는 이런 과정을 거쳐 생겨난 것이었다. 물론 민석에게 송사장 개인의 과거나 현재의 상황은 중요한 것이 아니었다. 그저 그가 어떤 삶을 거쳐왔든 간에 지금은 은둔한 한 천재의 은밀한 도움만이 필요했다.

　송사장과 민석, 이 두 사람의 인연은 과거 재인이 겪은 한 사건에 의해 시작되었다.

　재인과 한참 만나던 무렵이었다. 민석은 연인의 부탁으로 어떤 사건에 대한 조언을 구하기 위해 송사장을 찾았다. 그는 민석과 이미 친분이 있었고 당시 사법시험에 통과한 상태였기 때문에 그런 일을 부탁하기에 알맞은 상대였다.

　당시 재인은 인턴 생활을 마치고 내과 전공의가 되어 서울의 한 종합병원에서 일하고 있었다. 재인은 소화기 내과였기 때문에 다양한 암환자들을 치료했다. 담당 환자도 많고 당직도 많아 눈코 뜰 새 없이 바쁜 시기였다.

　그날도 재인은 콜을 받고 급하게 응급실로 달려갔다. 환자는 전부터 재인이 담당했던 말기 위암 환자로 심한 통증을 견디지 못하고 응급실로 찾아와 그녀를 찾고 있었다. 재인은 신속하게 환자에게 모르핀과 진정제를 투여하고 고통이 감소되기를 기다리고 있었다.

그때 또 다른 환자가 다급하게 간이용 침대 실려 응급실로 들어왔다. 언뜻 보아 아이 같기도 하고 체구가 작은 여자 같기도 했다. 간호사들과 인턴 선생 두어 명이 신환을 둘러쌌다. 그때까지만 해도 재인은 담당 환자만 진정되면 회진 준비를 위해 병실로 갈 참이었기 때문에, 새로 들어온 환자에게 크게 관심을 갖지 않았다. 하지만 갑자기 응급실 분위기는 심상치 않아졌다. 인턴 선생들 중 한 명이 파랗게 질린 얼굴로 재인에게 달려왔다.

"선생님, 지금 들어온 환자가 많이 안 좋아 보여요. 좀 도와주세요."

재인은 꼭 잡고 있던 담당 환자의 손을 놓고 새로 들어온 환자에게 다가갔다. 환자는 하얀 시트에 둘둘 말려 있었고, 그 밖으로 아주 작은 얼굴만이 드러나 있었다. 이미 셀 수 없이 많은 환자를 보아온 재인이었다. 하지만 그렇게 희고 창백한 피부는 처음 보는 것 같았다. 그 주먹 크기만 한 얼굴에서는 한겨울 눈밭에 떠 있는 달빛에서 뿜어나올 법한 차갑고 음산한 기운이 돌아 손을 대어 진찰하기가 두려웠다. 게다가 환자는 두 눈을 크게 뜨고 있었다. 깊고 둥근 두 개의 커다란 골에 죽은 짐승의 안구를 박아놓은 듯 섬뜩한 눈동자. 재인은 시선을 그 눈동자와 마주하지 않으려고 허둥대고 있었다.

작은 머리통에는 시든 지푸라기같이 누렇고 푸석한 머리카락들이 듬성듬성 엉켜 붙어 있었고, 눈썹은 하나도 남김없이 죄다 빠져 있었다. 그래도 고운 콧날이나 창백하지만 섬세한 입술 선을 보니 젊은 여자임이 분명했다.

재인은 정신을 가다듬고 간호사들에게 왜 환자의 바이털을 체크하지 않느냐고 소리쳤다. 본래 응급실에 환자가 들어오면 의사의 오더 없이도 가장 먼저 간호사들이 하는 일이 환자의 호흡과 맥박 그리고 혈압을 재는 일이었다. 하지만 그 환자의 처참한 몰골에 간호사들도 모두 넋이 빠진 것 같았다. 재인의 오더에 간호사 중 한 명이 용기를 내어 시트를 들추었다. 순간 모든 의료진은 한 걸음 뒤로 물러나 부르르 몸을 떨었다.

백골만 남은 몸, 하지만 터질 것처럼 부른 배가 시트 밖으로 드러났다. 그녀의 몸은 너무 말라서 그대로 세워놓으면 인체 도감이 없이도 인간의 골격이 어떤지 한눈에 볼 수 있을 정도였다. 하지만 배는 만삭 여인의 그것처럼 불룩해져 있었다. 배를 덮고 있는 얇고 하얀 피부가 아슬아슬했다. 순간 재인은 그녀 또한 암에 걸린 것이라고 생각했다. 간혹 어떤 암에서는 복수가 차기 때문에 재인은 그녀가 말기 암에 복수가 찬 환자라고 쉽게 단정 지은 것이다.

온몸의 에너지를 단 한 방울도 남기지 않고 모두 자신에게로 빨아들이는 암세포. 결국 생명 에너지를 모두 빼앗아 자신의 주인을 죽음에 이르게 만들고, 스스로도 그제야 끔찍한 최후를 맞이하는 무리들. 재인은 그 어리석고 탐욕스러운 세포의 무자비한 행동 양식을 그 누구보다 잘 알고 있었다. 때문에 그녀의 모습을 보자마자 암세포의 공격에 최후를 기다리는 사람이라고 확신한 것이다. 잠시 재인은 병마가 침범하기 전 잘 익은 복숭아의 과육처럼 부드럽고 감미로웠을 여인의 몸을 상상해보았다. 젊고 아름다웠을 여인의 모습을 그려보자, 지금의 처참한 상황이 더욱 안타깝게 느껴졌다.

가까스로 정신을 차린 의료진들은 서두르기 시작했다. 인턴 선생 중 한 명은 환자를 데리고 온 보호자를 상대로 기본적인 질문을 하기 시작했고, 한 명은 응급과 전공의들을 불러왔다. 간호사들은 바이털 체크를 시작했고, 정맥 확보를 위한 수액 주사를 준비했다.

덩치 좋은 응급과 주임과 전공의 두 명이 달려와 응급처치에 동참했으나 재인은 그 자리를 떠날 수 없었다. 보통 위중하고 다급한 환자가 발생하면 응급과 담당뿐 아니라 주변을 지나가는 모든 의사들은 그 처치를 돕는 것이 관행이었다.

재인은 먼저 청진을 시작했다. 혈관을 찾는 간호사는 살갗을 찔러도 피가 나오지 않는다고 아우성이었고, 바이털을 체크하던 간호사는 맥박이 거의 잡히지 않는다고 소리쳤다. 재인 또한 자신의 청진기를 통해 그 어떤 소리도 들을 수 없어 당황하고 있었다. 다행히 심전도의 펄스는 측정되고 있었으나 그 진폭은 매우 약했다. 재인은 청진기를 빼고 부른 배의 원인을 찾기 위해 촉지를 시작했다. 손끝에 느껴지는 감각이 낯설었다.

'이건 복수가 아니야.'

재인은 다시 한 번 흠칫 놀라며 환자의 눈동자를 쳐다보았다. 끝을 알 수 없는 깊은 안구 골 사이 커다란 눈동자가 재인을 향해 무슨 메시지를 전달하려는 듯 안타깝게 흔들리고 있었다. 재인은 환자를 향해 소리쳤다.

"아가씨…, 도대체 어디가 아파서 이 지경이 된 거예요?"

물론 대답은 없었다. 그때 응급과 주임의 크고 짜증스러운 목소리가 들렸다.

"뭐가 이래⋯. 아이구! 도대체 왜 이렇게 빨리 상태가 나빠지는 거야. 여기 인튜베이션 준비해줘요. 라인 잡는 사람은 경정맥 쪽에서 다시 시도해보고, 내과 선생님은 복수를 좀 빼주세요. 아아, 어어, 빨리 CPR 준비도 해야 되겠는데⋯."

응급과 주임은 붉은 빛이 도는 둥근 얼굴을 가졌고 덩치 또한 매우 컸다. 흰 가운만 벗겨놓으면 주먹깨나 쓸 것 같은 인상이었다.

주임의 오더대로 재인은 부른 배를 조심스럽게 주사기로 찔러보았다. 복수가 아닐 수도 있지만, 달리 영상 검사를 진행하기에는 상황이 너무 급박했다. 순간 재인은 또 한 번 소스라치게 놀랐다. 그녀의 배에 들어 있던 것은 암환자에게 흔히 차는 복수가 아니라 공기였던 것이다. 주사기는 공기의 압력으로 뒤로 밀리고, 배는 마치 작은 폭발을 일으키는 듯 기묘한 소리를 내며 급속도로 꺼지기 시작했다. 재인은 어쩔 줄을 몰랐다. 재인은 이제 막 히스토리 테이킹을 마친 인턴 선생을 향해 큰소리로 물었다.

"도대체 무슨 암을 앓고 있었다고 하던가요?"

인턴이 재인 쪽으로 다가오며 대답했다.

"암에 걸리진 않았답니다. 부모의 말에 의하면 한 일 년 전부터 먹는 것을 모두 토하는 질환이 생겼다고 하네요."

재인의 머릿속이 더욱 복잡해졌다.

'암이 아니라면 거식증? 아니면 정신 질환?'

"저희 병원에는 처음 방문한 환자 같은데, 다른 병원은 어디에 다녔는지 확인하고 기록을 좀 받아와야 할 것 같아요."

재인의 호흡은 가빠졌고 말하는 목소리는 타들어갔다. 뱃속의 공기가 점점 빠져나가자 환자의 몸은 바람 빠진 풍선처럼 형체를 알아볼 수 없을 지경이 되고 있었다.

"병원에 다닌 적은 없고요. 기도로 치료했었는데 오늘 상태가 급속히 나빠져서 처음 병원에 온 것이라고 하네요."

"뭐! 기도?"

환자를 둘러싼 의료진은 일제히 히스토리 테이킹을 한 인턴을 쳐다보았다. 그리고 그 시선들은 이내 약 십 미터 뒤 의료진을 바라보고 있는 두 명의 중년 남녀를 향해 옮아갔다. 환자의 아버지로 보이는 남자는 살집이 부드러운 이중 턱을 가진 중년의 신사였고, 어머니는 잘 가꾸어 곱게 나이 드는 귀부인처럼 보였다. 옷차림이나 태도 모두 여유롭고 귀태가 났기 때문에, 한눈에 보아도 끔찍한 딸의 모습은 풍요롭고 귀한 집안에 어쩌다 생긴 액운처럼 보였다.

'그런데 이렇게 심하게 아픈 딸을 놓고 기도라니…'

재인 또한 이해할 수 없는 이 상황에 말문이 막혔다.

'교양 있고 품위 있어 보이는 저 두 사람은 딸이 이 지경에 이르게 될 때까지 병원 치료를 하지 않고 있었다고? 이건 너무 이상한 사건이다. 저 태연해 보이는 중년의 남녀가 진짜 부모일까? 그들은 이 여자에게 어떤 짓을 저지른 것일까?'

재인의 두뇌가 혼란 속에 갖가지 추리를 하고 있는 동안 환자의 바이털은 더욱 약해졌다. 그리고 심전도의 미세한 진동 반응마저 길고 섬뜩한 여운을 남기는 직선을 나타내기 시작했다.

간호사들이 혈관을 찾기 위해 찌른 주사바늘에서도 피식피식 공기가 빠져나오고 자극을 준 피부는 검붉게 물들기 시작했다. 재인은 얼른 그녀의 눈을 다시 들여다보았다. 그나마 유일하고 살아서 빛을 내던 커다란 눈동자도 불길한 푸른 이끼가 덮어 올라오는 듯 탁해지기 시작했다.

'이건 아니야. 이건, 이건…, 여느 죽음이 아니야!'

재인은 의사가 된 후 수많은 죽음을 보아왔다. 하지만 이런 기묘한 죽음은 처음이었다.

"이봐요! 이봐요! 정신 차리고 말을 좀 해봐요."

환자는 여전히 입을 굳게 다물고 있었고, 눈동자를 담고 있던 웅덩이는 더 깊고 넓게 꺼지며 그 음울한 마지막 빛을 재인에게 던지고 있었다. 죽음의 순간이었다. 얼굴을 제외한 온몸은 바늘을 찌른 곳을 중심으로 검푸르게 변색되기 시작했다. 또한 꺼져버린 배는 바람 빠진 고무가죽처럼 쭈글쭈글해졌다.

넓게 벌어진 눈동자는 이제는 썩은 짐승의 그것처럼 혼탁해져서 차마 눈을 뜨고 바라볼 수가 없었다. 다른 의료진들이 전기 충격기를 들이대고 심장 마사지를 시작했지만, 재인은 한 손으로 눈꺼풀을 내려 그 무시무시한 눈동자를 덮어주었다.

재인의 귀에 여자의 연약한 갈비뼈가 심장 마사지를 하고 있는 건강한 사나이의 손에 의해 잘게 부서지는 소리가 들렸다. 동시에 그녀 위에 올라타듯 가슴께를 누르고 있던 응급과 선생의 외침이 들렸다.

"뼈가 너무 약해! CPR을 더 이상 할 수가 없어. 그녀는 이미 죽어서

온 것이나 마찬가지야. 빨리 보호자를 불러서 더 이상 할 수 있는 처치가 없다고 말해."

인턴 선생이 보호자 쪽으로 달려가 무슨 말을 하기 시작했다. 그리고 이내 다시 환자 쪽으로 돌아와서, 보호자가 환자의 죽음을 인정하니 모든 소생술을 중단할 것을 원한다는 의견을 전달했다.

"자, 더 이상 해줄 것이 없어요. 그만 처치를 중단합시다."

응급과 주임은 일단 자신의 책임 소재에 별 문제 없이 상황이 종료된 것에 안도하는 모습이었다. 모든 의료진들이 끔찍한 시신으로부터 한 걸음 물러났다. 하지만 재인은 그녀의 곁을 떠날 수가 없었다. 불과 몇 분 전, 그녀가 이 세상에 잠시 머물러 있을 때 재인에게 눈빛으로 전달해준 어떤 메시지를 무시할 수가 없었다. 무섭고 허탈하고 억울했다.

잠시 후 처참한 시신 위에 흰 천이 덮이고, 응급과 주임이 여자의 부모와 환자의 처리에 대하여 이야기를 나누는 모습이 보였다. 재인은 어느새 자신이 너무 오랜 시간 응급실에 머물렀음을 깨달았다. 서둘러 회진 준비를 해야 했지만, 재인은 그들 사이에 이야기가 끝날 때까지 먼발 치에서 꾹 참고 기다렸다.

그러면서 한 가지 너무 이상스러운 점을 발견했다. 부모가 보이는 온화한 표정이었다. 자식의 죽음을 눈앞에서 목격한 부모의 태도치고는 너무 차분하고 우아했다. 엄마로 보이는 사람은 가끔 꽃수가 고급스러워 보이는 손수건으로 눈물을 찍어내고 있었지만, 그 침착한 몸짓에는 한 치의 흐트러짐이 없었다. 재인은 주임과 부모 사이의 긴 이야기가 끝나자 잽싸게 응급과 주임의 곁을 차지했다.

"도대체 사인이 뭐예요?"

응급과 주임은 재인의 질문에 머리를 갸우뚱거리며 대답했다.

"부모들 말에 의하면 건강하고 예쁜 딸이었는데, 일 년 전부터 무엇이
든 먹으면 토했다고 해. 내가 보기엔 젊은 여자들에게 흔히 오는 거식증
같은데?"

"거식증에서 그렇게 배가 불러오나요?"

"왜 아프리카 애들처럼 너무 굶으면 영양 부족과 간 부전으로 복수가
차서 그럴 수도 있겠지. 김재인 선생이 보기엔 이상하다고 생각해?"

"아까 보셨지만 뱃속에는 복수가 아니라 공기가 가득했어요. 이건 단
순한 거식증이 아니라고요. 그리고 부모라는 사람들의 표정도 영 이상
해요. 전혀 슬퍼하지 않는 것 같아요."

"아버지 말에 의하면 자기들도 백방으로 치료를 하러 다녀보고 기도
를 해봤지만 소용이 없었다고 하더라고."

"병원 기록은 없다면서요?"

"그러게. 어떤 병원을 다녔는지는 끝내 이야기하지 않아. 자꾸 기도
이야기만 하고, 좀 이상한 종교를 가진 사람들 같기도 하고."

"어떻게 하실 거예요?"

"부모는 부검을 원치 않고 바로 사망처리를 하고 싶어 해. 영안실 사
용은 하지 않겠다고 했고, 화장 절차를 밟겠다고 했어."

"그냥 그렇게 해주실 건가요?"

"그럼 그래야지. 왜 경찰에 신고라도 하게?"

"의문의 죽음은 신고할 수도 있지 않나요?"

"일단 그녀는 부모의 손에 의해 병원에 옮겨졌고, 사인은 거식증에 의한 영양실조, 그로 인한 심장 발작으로 날 수 있어. 그리고 보호자가 원하지 않는 한 부검을 할 수도 없고."

"만약 그 여자가 어떤 학대에 의하여 죽었다면 어떻게 하실 거예요?

죽은 자는 말이 없고, 시신 또한 부모의 요청대로 화장시켜버리면 그 어떤 것도 밝혀낼 수 없잖아요."

재인은 응급과 주임 얼굴을 빤히 쳐다보았다. 뚱뚱하고 혈색 좋은 응급과 선생은 이 사건이 확대되길 조금도 원하지 않고 있었다. 그에게 절실한 것은 한시라도 자신의 당직 시간이 끝나는 일처럼 보였다.

"김재인 선생…, 너무 일을 힘들게 처리하지 말자고. 그것 말고도 우린 해야 할 일이 너무 많아. 경찰이 와도 이 정황을 보면 어설프게 우리 의사들이나 괴롭히다가 흐지부지 일을 마무리할 거야."

재인은 더 이상 앞에 있는 커다란 덩치의 사람과 대화하는 것이 의미가 없음을 깨달았다. 아픈 사람을 보는 일은 사람을 매우 지치게 만든다. 특히 응급실은 그야말로 엄청난 에너지를 소모시키는 장소였다. 재인도 응급실에서 보았던 그 수많은 사건 사고들을 다시 기억하고 싶지 않았다. 투신, 화상, 약물, 교통사고, 자살, 살인 등 세상에 있는 모든 끔찍한 일들을 바로 이 장소에서 다 보았다. 이미 전공의가 된 재인은 응급실 당직의 일차 의무는 없었다. 하지만 앞에 서 있는, 겉은 강해 보이지만 내면은 약한 이 남자는 어떤 이유에서인지 모르겠지만, 응급과를 지원함으로써 이 일을 직업으로 선택했다. 이 엄청난 응급실을 소위 말해 평생직장으로 삼은 것이다.

밤잠도 자주 설쳐야 했고, 언제나 절규와 비명을 듣고 죽음을 보아야 했기 때문에 어느 한 사건에 많은 에너지를 소모할 수 없었다. 그가 이 일을 하는 데 있어 효율을 생각하지 않는다면 한 달도 버티지 못하고 스스로 응급실 환자가 되어버릴 수도 있었다.

재인은 자신의 의견을 묵살하고 등을 돌리는 그의 둔한 등짝이 원망스러웠지만, 한편으로는 그를 이해할 수 있었다. 또한 응급실을 통해 오는 환자는 자신의 담당이 아니기 때문에 그의 말을 거역할 힘 또한 그녀에겐 없었다.

재인은 그날 밤 민석을 만나 이 일에 대하여 아주 세세하게 이야기했다. 민석은 의사가 아니기 때문에 모든 상황을 다 이해할 수는 없었다. 하지만 그래도 재인이 원하는 것이 무엇인지는 감을 잡을 수 있었다.

"재인 씨 혼자서 그 여자의 죽음에 대한 조사를 한다는 것은 어렵고 위험해요. 내가 아는 사람들 중에 그 일을 알아봐줄 수 있는 사람이 있는지 생각해볼게요."

그리고 난 후 민석이 연락을 취한 사람이 송사장이었다. 그때만 해도 송사장은 친절하고 배려 깊은 수재로 알려져 있었고, 이제 곧 법을 다루게 될 전도유망한 젊은이였다. 게다가 그의 아버지인 송 회장의 권력 또한 대단하여 그 어떤 조직도 쉽게 이용할 수 있었다.

송사장은 민석의 부탁을 듣고 성의껏 협조해주었다. 그리고 얼마 지나지 않아 주변 조직들의 도움을 받아 소규모의 종교적인 성격을 지닌 단체를 찾아냈고, 다른 사건들을 결부시켜 그 단체의 조사를 진행해주었다.

재인의 예감은 틀리지 않았다. 그 환자는 왜곡된 믿음에 의하여 희생된 아름답고 젊은 여성이고, 그 단체의 장은 바로 그녀의 아버지였다. 그녀의 아버지는 젊은 시절 작은 교회에서 활동한 목사였다. 미남형의 부드러운 인상에 화술이 좋아 따르는 신자들이 많았지만, 갑작스레 부인이 죽은 뒤 변하기 시작했다고 했다. 음성적으로 몇몇 신봉자들과 함께 그룹을 만들고, 이들과 함께 특별한 형식의 예배와 의식을 주도한 것으로 알려졌다.

재인의 예감대로 응급실에서 본 엄마라는 사람은 환자의 친어머니가 아닌 것으로 밝혀졌다. 환자의 친어머니는 딸을 낳고 6개월 후 사망했다. 사인은 산후 우울증으로 인한 약물 과다 복용이었다. 딸은 그 후 아버지와 단 둘이 살았으며, 보통 학생들처럼 학교에 다닌 기록이 있었다. 마지막으로 지방에 있는 작은 대학에 입학한 기록이 있으나 1년 만에 자퇴한 것으로 되어 있었고, 그 뒤 행적은 알 수 가 없었다.

대학교 시절 딸과 잠시 사귄 남자의 진술에 의하면, 그녀는 어릴 때부터 아버지와의 관계가 남달랐다고 했다. 아버지가 딸에게 한 행위는 정상적인 범위를 넘어서 있었다. 사춘기 이후 딸은 종교적인 이유로 폭식과 금식을 번갈아 강요당하고, 때로는 성분을 알 수 없는 약물의 투여나 공기주사 등을 맞기도 했다. 처음에는 특별한 의식 중에만 행해지던 이상 행위들은 그 정도와 빈번함이 더해졌다.

어릴 때부터 아버지 외에 다른 친척이나 친구들과의 교류가 거의 없었기 때문에 딸은 하나밖에 없는 가족인 아버지를 따를 수밖에 없었다. 딸에게 남자친구가 생기자 아버지는 모든 행동을 더욱 심하게 구속했다. 급기야 딸이 남자친구에게 도움을 청하려고 하자 아버지는 학교에 다니는 것마저 금지시키고, 그 뒤로는 누구도 여자의 소식을 접할 수 없었다. 그 남자친구는 마지막으로, 확실한 것은 아니지만, 어떤 형태로든 성적인 학대가 행해졌을 것이라고 진술했다. 특히 자신과 좋은 감정을 갖기 시작하면서 감금과 변태적인 학대가 진행된 것 같다고 말했다.

그녀의 아버지는 본격적인 경찰 조사를 받았다. 그러던 중 놀랍게도 구속 절차가 진행되기 전날 함께 살던 여자와 함께 사망한 상태로 발견되었다. 시신 주변에는 다양한 약물과 주사기 등이 있었다. 사인은 과도한 향정신성 약물 투여로 인한 호흡 부전으로 결론지어졌다.

수장을 잃은 그룹은 바로 해체되었다. 때문에 함께 의식을 가진 사람들에 대한 조사는 진행되었지만, 특정한 범죄 행위에 대한 증거를 잡아내지는 못했다. 결국 조사는 일차적인 책임이 있는 아버지의 자살로 추정되는 죽음으로 일단락되어버렸다. 그리고 민석과 재인이 알 수 있는 내용 또한 대체로 이 정도가 전부였다.

재인은 일을 조사하는 데 있어 민석과 송사장이 수개월 동안 힘써준 것에 대하여 무척 고마워했다. 하지만 자신이 적극적으로 관여한 결과 그녀의 부모마저도 죽음을 맞이하게 되었다는 사실에 크게 충격을 받았다. 비록 젊은 여인의 억울함을 풀어주고 또 다른 희생자를 막기 위해 반드시 밝혀져야 될 사건이었지만, 당시 재인은 한동안 매우 고통스러워했다. 자신 때문에 두 사람의 죽음이라는 추가적인 비극을 만들었다고 자책하기도 했다.

그 일 때문에 민석과는 한층 가까워지고 의지하는 사이가 되었지만 재인은 그로부터 쉽게 헤어 나오지 못했다. 민석은 그 후 재인이 심리나 종교에 대한 책을 심취해서 읽기도 하고, 정신과 의사들과 사이비 종교에 빠진 망상 환자에 대한 이야기를 나누는 것을 보고 은근히 걱정을 했다. 민석은 재인이 그저 자신을 믿고 따르는 단순한 여자이기를 바랐는지도 몰랐다. 이런 일들이 두 사람의 평범한 미래에 더 이상 영향을 주지 않았으면 하고 바랐다.

긴 시간이 지나면서 재인은 결국 그 일에 대해 더 이상 말하지 않게 되었고, 두 사람은 마침내 결혼했다. 송사장과는 그 사건을 도와준 인연으로 가끔 연락을 주고받았으나, 이후 서로 얼굴을 마주한 기억은 나지 않았다. 그 후 십 년 동안 서로의 인생이 어떻게 흘러갔는지는 알 길이 없었다.

송사장은 한 시간 정도 컴퓨터로 이성수란 인물을 검색하고 파악한 후 화장실에 놓여 있는 침낭을 비집고 거추장스러운 몸을 들이밀었다. 사드 백작…, 으흠 사드…, 사드…. 송사장은 혼자서 의미가 모호한 웃음을 지으며 입으로 우물우물 '사드'라는 말을 반복적으로 발음해보았다. 민석은 전에도 사이비 종교 단체와 관련된 한 여성의 죽음에 대한 조사를 부탁하며 이 엉뚱한 이름을 들먹였었다. 물론 민석은 전혀 기억하지 못하겠지만. 송사장은 사드라는 단어로 인해 당시 사건에 대하여 민석과 재인에게 차마 하지 못했던 이야기들을 떠올렸다.

아버지는 본래 잘생긴 외모와 총명한 두뇌를 가진 사람이었다. 기독교에 심취하여 신학대학을 나왔고, 목사라는 직업을 선택했다. 그 후 하나님의 성실한 전도자가 되어 자신의 교회를 만들었다. 교회는 그의 부드러운 인상과 현란한 화술 덕분에 꽤 많은 신도들을 거느렸다. 하지만 언제부터인가 그는 비틀린 믿음에 빠져버렸다. 딸을 낳은 아내가 우울증에 시달리다 자살한 이후 그의 변화는 더욱 심해졌다. 신도들 외의 모든 사람들에게 적대적으로 행동했고, 예배 의식도 점점 폐쇄적으로 진행했다. 그의 이런 이상한 행동으로 친척과 친구들은 모두 떠나가고, 아무것도 모르는 어린 딸만 곁에 남았다.

그는 신의 언어를 듣는다고 말했다. 자신의 광기를 신의 말이라고 생각했던 것이다. 광기의 에너지는 나약하고 왜곡된 의식을 가진 사람들만을 모았다. 아버지와 아버지의 신도들은 겉으로는 점잖고 고상해 보였다. 괜찮은 학력과 안정적인 직업을 가진 사람들도 많았다. 하지만 그들은 모두 반듯한 겉모습 뒤에 짙은 그림자를 감추고 있었다.

아버지는 신의 말에 따라 하나밖에 없는 딸을 키웠다. 딸은 정상적으로 학교를 다녔지만, 사소한 문제로 자주 방에 갇히거나 금식의 벌을 받았다. 기도의 의식 또한 엄격했다. 아버지는 기도 전에 항상 손수 딸의 몸을 씻겨주었다. 신께 순결한 몸을 바쳐야 한다고 말하며 구석구석 지나칠 정도로 문질러 닦았다. 어린 딸은 불편하고 힘들었지만 저항하지 못했다. 기도 중에 졸았다는 이유로 옷을 벗겨놓거나 손목을 묶어놓을 때도 있었다. 그런 날 밤 아버지는 미안하다는 이유로 딸의 침실에 들어왔다. 사랑한다고 말하며 한참 동안 몸을 어루만지고 돌아갔다. 어린 딸은 그런 아버지가 두렵기도 하고 좋기도 했다.

아버지에게는 많은 애인이 있었다. 대부분 신도들 중 한 명이었다. 딸은 언제부터인가 아버지의 방에서 일어나는 일과 자기 몸의 변화를 동시에 알아챘다. 생리가 시작되었지만, 아버지는 여전히 딸을 씻겼다. 사춘기를 맞은 딸은 더 이상 참지 못하고 조금씩 아버지의 감시와 손길에서 벗어나려 애쓰기 시작했다. 기도 시간까지 귀가하지 않고 친구들과 거리를 떠도는 날도 생겼다. 물론 다음 날엔 자신의 방문엔 자물쇠가 걸렸고, 하루 종일 아무것도 먹을 수가 없었다.

딸은 결국 어느 날 가출을 감행하고, 친구네 집에 숨어 지내다가 이틀 만에 아버지의 손에 의해 집으로 끌려 들어왔다. 그날 밤 방에 감금된 딸은 미친 듯 소리 지르고 발버둥을 쳤다. 화가 난 아버지의 분노와 광기도 극에 달했다. 아버지는 신도 중 한 명을 집에 불렀다. 의사라고는 했지만 정확하게 어떤 일을 하고 있는지 알 수 없는 중년 남자였다. 그는 성분을 알 수 없는 약물들을 챙겨왔고 소녀에게 몸과 마음을 안정시키는 주사를 놔주었다. 중년 남자는 아버지에게도 흥분을 가라앉히는 주사를 놔주었다. 그리고 온순해진 딸은 그날 아버지와 함께 전과 다르게 매우 황홀한 기도 의식을 치렀다. 그 후 아버지는 딸을 길들이는 도구로 종종 약물과 주사를 사용하고, 간혹 신도들에게 권유하기도 했다.

그러면서 딸은 대학생이 되었다. 딸은 잦은 금식과 약물로 야위고 창백했지만 아름다웠다. 적극적으로 사랑을 고백하는 남자들도 생기기 시작했다. 딸은 그 중 가장 조심스럽게 그녀에게 다가온 한 남학생과 친한 사이가 되었다. 처음 사랑의 감정을 알게 된 청년은 순수한 마음으로 여자를 아꼈다. 여자도 그런 남자에게서 아버지로부터 느껴보지 못한 안정된 친밀함을 느꼈다. 두 사람은 학교에서 항상 어울렸다. 함께 공부하고 함께 밥을 먹었다.

단, 남자에게 성적인 접근은 허락하지 않았다. 딸은 두려워했다. 남자친구가 좋고 남녀 간 사랑의 행위에 대한 궁금증이 있었지만, 막상 손길이 다가오면 참기 어려운 저항이 생겨났다. 마치 누군가가 그녀의 몸에 이성 접근 금지 프로그램이라도 깔아놓은 것 같았다. 그리고 그런 실랑이가 있는 날엔 딸은 집에 돌아와 아버지에게 주사를 맞고 기도하는 것으로 불안함을 달랬다.

딸에게 남자친구가 생겼다는 것을 알게 된 아버지는 매우 과민한 반응을 보였다. 달래보기도 하고 불같이 화를 내기도 하면서 남자와 만나는 것을 반대했다. 딸은 그래도 한동안 애인과 아버지 사이에서 아슬아슬한 줄다리기를 했다. 그러자 아버지는 어느 순간부터 더욱 심한 감금, 금식 그리고 약물로 딸을 길들이려고 했다. 당시 교회는 이미 수많은 미치광이들과 약물 중독자들에 의해 점점 타락해가고, 아버지의 인격 또한 더욱 광폭해져가고 있었다.

한편 남자친구는 시간이 지나면서 의심을 갖기 시작했다. 여자에게 연락이 닿지 않는 날이 잦아지고, 아무 말 없이 한동안 아예 자취를 감추어버리는 일마저 생겨나자 분명 말 못할 비밀이 있을 것이라고 짐작했다. 그래도 남자는 매번 이유를 묻지 않고 기다려주었고, 곁에 있을 때만큼은 정성을 다해 여자를 소중하게 돌보아주었다. 그리고 그런 남자의 태도에 딸은 점점 그를 신뢰하고 의지하게 되었다. 그 누구에게도 말한 적이 없는 자신의 상황을 털어놓을 정도로.

그 고백을 듣고 남자는 적지 않게 놀라고 당황했다. 하지만 이내 자신이 그 어두운 그림자를 걷어주어야 한다고 생각했다. 그는 먼저 딸에게 단호하게 아버지와의 병적인 고리를 끊어야 한다고 말했다. 그리고 어려운 일이겠지만, 약물 중독 또한 치료받아야 한다고 설득했다. 딸은 그의 말을 듣고 처음에는 혼란을 느꼈다. 하지만 반복되는 눈물 어린 호소에 서서히 정신을 차리기 시작했다. 자신이 얼마나 부적절한 양육 환경에서 자라오고, 현재 얼마나 커다란 위험에 처해 있는지 알게 된 것이다.

그러면서 아버지와의 갈등은 한층 심해졌다. 아버지는 더 자주 불같이 화를 내고, 남자친구와 계속 만난다면 무서운 일이 일어날 것이라고 협박했다. 하지만 딸은 더 이상 순순히 복종하려 하지 않았다.

어느 달빛이 아름다운 날 딸은 집에 들어가지 않고 남자와 밤을 보냈다. 처음으로 사랑하는 남자와 성교를 했다. 남자는 여자의 몸이 굳어지지 않도록 오랜 시간 정성을 들였다. 달이 하늘 꼭대기에 올라 작은 등불처럼 보일 때까지 길고 매끄러운 머리카락을 쓰다듬고 손과 어깨를 부드럽게 만져주었다. 그러다 여자의 몸이 조금이라도 긴장하는 반응을 보이면, 손길을 멈추기를 수십 번 반복했다. 새벽이 되어서 여자는 겨우 몸을 열고, 남자는 천천히 처녀의 몸에 들어갔다. 여자는 잠시 통증을 느꼈지만 잘 참아냈다. 남자는 얼마 지나지 않아 사정을 했다. 어쩔 수가 없었다.

여자는 남자의 따뜻한 등을 두 손으로 쓰다듬었다. 처음 느껴보는 안락한 느낌이지만 쾌감은 없었다. 그래도 자신의 몸 위에 엎어져 숨을 고르고 있는 남자에게 한없는 애정을 느꼈고, 순간 집을 나와 이 남자와 함께해야겠다는 결심을 굳힐 수 있었다. 여자는 아침에 집으로 돌아갔다. 남자와 함께 떠날 날을 잡아놓고 조심스럽게 집으로 들어간 것이다. 그것이 마지막 귀가인 줄 모르고.

언제부터인가 뒷조사를 하던 아버지는 딸이 전날 어떤 밤을 보냈는지 이미 알고 있었다. 그는 몸을 더럽힌 여자에게 내려질 최고의 벌을 준비하고 있었다. 아버지는 신의 명령에 따라 여러 신도들을 불러모으고 그들과 함께 딸을 기다렸다. 그 중에는 그 이름 모를 의사도 포함되어 있었다. 그리고 사람들은 모두 그가 준 주사와 약물에 취해 있었다. 세상에 그런 광기가 집약된 무시무시한 공간이 있다는 것이 놀라웠다. 사람들은 딸의 옷을 모두 벗기고 식탁 위에 눕혔다. 몸에 약물이 투여되고 이름 모를 주사가 이어졌다. 아버지는 그 옆에서 신에게 용서를 비는 기도를 했고, 미친 신의 응답을 들었다. 취하고 흥분한 무리들은 결국 딸을 차례로 범했고, 딸은 그 어떤 저항도 할 수 없었다.

그리고 그날 이후 아버지는 그녀를 더 이상 세상 밖으로 내보낼 수 없었다. 그는 어쩔 수 없이 미친 무리들이 매일매일 그녀를 조금씩 살해하는 것을 방관했다. 당시 송사장은 몇몇 신도들의 은밀한 진술로 그 끔찍한 일들을 세부적으로 알고 있었다. 하지만 이런 역겨운 이야기가 세상에 알려지는 것을 원하지 않았다. 오히려 아버지의 죽음으로 얼버무려지는 것을 천만다행이라고 생각했다. 그 당시 송사장은 적어도 엘리트이고 신사였으니까….

이번에도 민석은 사드를 들먹이며 또 다른 변태 성욕자를 의뢰했다. '사드가 변태 성욕자의 대명사인가?' 하긴 사디스트라는 말까지 생겨난 것을 보면, 그 옛날 방탕아인지 철학자인지 모를 한 인물의 화려한 행각이 오늘날까지 사람들에게 어떤 영향을 주고 있는 것은 분명했다.

세상이 음과 양으로 나뉘고 인간이 여성과 남성으로 나누어진 이상 성과 관련된 이야기와 사건들은 역사적으로 끊이지 않았다. 그 중 타인의 시선에 제약받지 않고 그 욕망의 가장 깊은 면까지 까발려버린 사드의 이야기는 가장 흥미로운 가십거리일 수밖에 없었다. 그는 사회적으로 용납되지 않는 갖가지 성적 도착행위들을 모두 행했다. 자신의 유곽에서 시종들 그리고 거리의 여자들과 더불어 갖가지 변태적인 행위를 했으며, 심지어 폭력과 살인까지도 쾌락을 위한 도구로 스스럼없이 이용했다.

그는 여성들이 성적으로 완벽하게 자유로워야 한다고 주장했다. 모든 여성들이 결혼제도로부터 벗어나 자유롭게 여러 남성들과 다양한 성관계를 맺어야 한다고 말했다. 표면적으로 이 주장은 여성들에게 성적인 해방을 허락하는 의미로 여겨질 수 있지만, 엄밀하게는 남성들에게 더 많은 여성들과 자유롭게 쾌락을 누릴 수 있는 환경을 제공해주고자 하는 남성 중심의 주장일 수 있었다. 말년에 그는 정신병원과 감옥을 오가는 불우한 생을 보냈지만, 그곳에서 자신의 쾌락주의를 합리화하는 많은 저서와 소설들을 집필했다. 때문에 그는 천하의 방탕아이면서 자신만의 철학을 가진 철학자, 작가로도 알려진 것이다.

송사장은 언제부터인가 스스로 육체가 주는 모든 만족감과 쾌감을 최소화시켰다. 사드라는 한 서양의 낯선 인물이 육체적인 쾌락만을 추구하고 또한 그것을 합리화하는 과정으로 전 생애를 살았다면, 송사장은 일찌감치 육체를 포기하는 것을 익혀나갔던 것이다. 요양원에서 나온 후 그는 기본적인 식사로 식욕을 해결하고 돈을 주고 배설하는 담백한 성교로 성욕을 해결했다. 얼어 죽지 않을 정도의 옷만 걸치고 지내고 잠도 오래 자지 않았다. 육체를 무차별하게 휘둘러 삶의 의미를 간절하게 찾으려 했던 사드와는 정반대로 정신에게 주는 쾌락을 추구했다.

반대 성향 사이에서 오는 끌림이었을까? 송사장은 간혹 두뇌를 이용하여 난교하는 상상을 했다. 물론 아주 가끔 있는 일이었다. 일 년에 한 번 혹은 두 번? 때로는 여자를 사러 나가기 귀찮을 때가 있었다. 그런 날 송사장은 두 눈을 지그시 감고 미친 변태 성욕자가 되어 죽음에 이를 정도로 끔찍한 성교를 하는 주인공이 되었다. 물론 이런 상상 속에 행한 자위행위 후에는 막대한 감정적인 소모가 따랐다. 죄책감? 아니면 수치심? 무엇이라고 표현해야 할지 모르지만 이와 유사한 내면의 혼란 때문에 그 후 수일간은 정신적 정화 작업을 하려 애썼다.

오늘 민석이 사드라는 어설픈 비유를 했을 때 송사장의 몸이 쭈뼛했던 것도 이런 이유 때문이었으리라…

송사장은 그 이상한 이름을 중얼거리며 자리에 누웠다. 하지만 오늘 밤 흥분하고 싶은 생각은 전혀 없었다. 그저 그 인물과 이성수라는 인물을 번갈아 떠올리면 어떤 단서가 생각나지 않을까 하는 기대뿐이었다. 전에도 재인이 의뢰했던 사건이 인간의 어두운 그림자와도 같은 왜곡된 성욕과 폭력에 의한 사고였다면, 이번에도 그럴 가능성은 충분했다.

침낭 속이 체온으로 적당하게 따듯해지고 졸음이 몰려오자, 송사장은 중얼거림을 중단하고 정신을 집중하여 한 가닥 전깃줄로 연결된 기계를 통해 알아낸 이성수에 대한 정보를 분석하고 조합하기 시작했다. 물론 어느 순간 깊은 잠에 빠지게 되겠지만, 바로 그때까지의 명료한 의식이 가장 중요한 힌트를 제공해주었다.

그는 의식과 무의식의 경계가 가장 훌륭한 아이디어를 창조해낼 수 있는 지점이라고 믿고 있었다. 의식은 너무 지식과 정보에 의존한다. 의식은 이성수의 나이, 직업, 사진을 대했을 때 느껴지는 인상 등을 종합하고 그동안 자신이 보아온 인물들과 비교 분석했다. 하지만 이런 지식적인 접근은 어느 정도 선입견이 따르기 때문에 제한적인 추리를 하는 우를 범할 수 있었다. 하지만 무의식은 그렇지 않았다. 선험적이고 직관적이며 시공간을 초월한 우주의 원리를 꿰뚫고 있는 듯 무한했다. 하지만 안타깝게도 무의식은 그 의미를 전달할 도구를 갖지 못했다. 무의식은 언어로 구성되어 있지 않고 단지 은유와 압축으로 나타날 뿐이었다.

꿈은 현실에서처럼 매우 리얼한 세계와 사건들을 연출한다. 하지만 누구도 매일 밤 자신이 만들어낸 그 다양하고 현란한 세계의 의미를 알지 못한다. 송사장은 한때 인간의 여러 의식 층위를 다룬 책을 즐겨 읽었다. 꿈의 의미를 애써 해석하려 하기도 했다. 그는 당시 무의식의 무한함과 전능함에 반해버린 것이다.

무의식은 우리 눈에 보이지 않는 하나의 신처럼 의식 세계로는 결코 그 의미를 파악할 수 없어 매력적이었다. 의식이 현실적으로 민첩하고 정확하게 활동하고 있을 때, 그것은 더욱 그 미묘하고 우아한 본체를 감추었다. 하지만 정신의 수행으로 그것을 감지하는 방법은 있었다. 무의식이 결코 호락호락하진 않지만, 그래도 인간의 이성적 노력의 일부는 인정해주는 아량은 가졌다고 말할까?

　때문에 송사장은 육체는 내팽개쳐두었지만, 정신만큼은 수정보다 맑고 깨끗하게 깨어 있으려 노력했다. 그리고 그는 잘 다듬어진 정신으로 바로 이런 순간 무의식과의 접촉을 시도했다. 낡은 침낭에 몸을 들이밀고 잠들기 직전, 의식이 무의식의 세계로 서서히 빠져들어 가는 순간 느껴지는 영감을 세심하게 잡아보려고 애썼던 것이다. 사드 백작부터 시작해서 컴퓨터에서 본 이성수란 인물에 대한 정보가 머리에서 논리적으로 정리되다가, 어느 순간 경계가 무너져 혼합되어버리고 함께 큰 소용돌이 속으로 빨려 들어가 감쪽같이 사라져버렸다.

영화는 끝이 나고

민석은 송사장의 침침한 오피스텔에서 나와 사무실로 돌아오는 길에 자신의 집에 전화를 걸었다. 한참 만에 전화를 받은 가연의 목소리가 심하게 떨렸다.

"여보세요?"

"아아…, 가연 씨, 이제 일어났군요. 몸은 좀 괜찮아요?"

"아, 민석 씨군요, 휴우."

전화기를 통해 긴 한숨이 흘러나왔다.

"지금 어디세요?"

가연이 물어왔다.

"아, 전 사무실로 가는 중이고요. 오후에 일을 마치고 집에 가려고 합니다. 몸은 좀 어떠세요?"

"많이 좋아졌어요."

"다행이네요. 정말 걱정 많이 했어요."

민석은 걱정했다는 말을 하며 아침에 본 가연의 모습을 떠올렸다. 자신이 내어준 하얀 티를 입고 어지러운 자세로 잠든 그녀. 혹시 깨어나지 못하면 어쩌나 하는 걱정이 들 정도로 곤하게 잠든 모습. 가연은 신열에 들떠 밤새 울다가 이제 막 내린 열로 겨우 잠이 든 아기 같은 모습이었다. 민석은 가연의 얼굴에 붙어 있는 젖은 머리카락을 걷어주고 이불도 가지런히 펴 어깨까지 올려 덮어주었다. 전에도 느꼈지만 화장하지 않은 얼굴이 더 예쁜 사람이었다. 각자의 생각에 잠겨 있는 동안 두 사람 사이에 침묵이 흘렀다.

'뭐 필요한 것 없으세요? 퇴근할 때 사가지고 갈게요."

민석이 먼저 짧은 침묵을 깼다.

"괜찮아요. 하지만 이제 저도 집에 가야 할 것 같아요."

"아직은 안 돼요. 가연 씨는 집에서 조금 더 푹 쉬어야 합니다. 어쨌든 이따가 집에서 저와 만나야 해요. 아, 참…; 냉장고에 먹을 것이 있어요. 깨울 수가 없어 묻지도 않고 내 맘대로 사두었는데, 좋아하는 음식인지 모르겠네요. 편하게 꺼내 드세요."

"아, 네…. 너무 감사해요. 그럼 오실 때까지 기다릴게요."

전화를 끊을 때 즈음해서 떨리던 가연의 목소리는 많이 안정되어 있었다. 민석이 송사장의 오피스텔에서 나와 사무실로 돌아왔을 때는 어느새 오후였다. 가연은 자신의 집에서 안정을 찾고 있고, 이성수에 대한 문제는 송사장에게 맡겼다.

그 다음에 자신이 해야 할 일은 무엇일까? 민석은 한 시간 가량 자신의 방에서 골똘히 생각에 잠겨 있었다. 그리고 늦은 오후, 불현듯 사무실에서 나와 희진의 집을 향해 차를 몰기 시작했다. 원래도 젊고 예쁜 희진은 지난 봄 이후 민석과 함께 시간을 보내기 시작하면서 더욱 아름다워지고 있었다. 또한 민석이 매일 집으로 퇴근했기 때문에 그의 음식을 준비하는 일에 애틋한 정성을 쏟고 있었다. 민석은 병원 일을 하느라 가정에 소홀했던 아내보다 더욱 자신의 일거수일투족을 돌보아주려 애쓰는 그녀의 노력에 감동하지 않을 수 없었다. 가연이 이런 모습으로 민석 앞에 나타나지 않았다면 머지않아 두 사람은 결합하게 되었으리라.

희진은 훌륭한 아내가 될 수 있는 여자였다. 그녀에게는 아내가 가진 위험하고 불안한 눈빛이 없었다. 민석만 허락한다면 이내 아이를 낳고 친절하고 부지런한 엄마 역할을 했을 것이다. 평생 민석의 곁을 떠나지 않을 것이며, 절대 이성수 같은 사람에게 현혹되지 않을 수 있었다. 그녀는 평범한 여자였으니까….

희진은 영문도 모른 채 다른 날보다 일찍 집에 온 민석을 반갑게 맞았다. 민석은 마주 앉은 희진의 동글동글한 눈망울을 바라보았다. 차마 꺼내기 힘든 말이지만 이제는 단호하게 말해야만 했다. 이렇게까지 할 필요가 있는지 잠시 망설였지만, 희진은 이번 일에 끌어들여서는 안 될 인물이었다. 그녀에게 이런 상황은 어울리지 않았다. 인간의 내밀한 부분에 있는 위험하고 파괴적인, 그래서 유혹적인 그것들을 그녀에게 알려줄 이유는 없었다. 그러기에 그녀는 너무 순수했다.

희진은 하루 빨리 평범한 남자를 만나 자신이 가장 잘하는 일을 해야 했다. 남편을 내조하고 아이를 낳고 그들을 바르게 교육해야 했다. 민석이 그 자리를 차지하고 있는 한 그녀는 혼란에 빠질 것임에 분명했다.

민석은 언제나 자신이 평범한 남자라고 생각했다. 하지만 아내와 인연을 맺는 순간 삶이 쉽게 풀려가지 않을 것이라고 예감했다. 아내는 다른 여자들보다 더욱 매력적이고 그만큼 위험하다는 것을 민석의 영혼은 알고 있었던 것이다. 결혼식 날 꾸었던 추락하는 제비 꿈… 민석은 단 한 번도 그 꿈을 누군가에게 말한 적이 없었다. 발설할 수 없었다는 것은 그만큼 그 의미를 진지하게 여기고 있다는 뜻이었다. 아내를 선택한 것은 단순히 여성에 대한 끌림 이상의 의미가 있었던 것이다.

존재는 타인을 통해 자신을 인식한다. 그 누구도 자신의 본모습을 직접 볼 수는 없다. 타자에게 투영된 상만이 자신을 찾을 수 있는 유일한 거울이 되는 것이다. 민석 또한 아내를 통해서 무엇인가를 알아가야만 했다. 고통스러운 과정일 수 있지만, 민석의 내면 깊은 곳에서 희진과의 안정된 생활을 선택하기보다는 아내를 찾아야 한다고 말하고 있었다.

"희진아, 이젠 난 이곳에 올 수 없어."

희진의 예쁜 얼굴이 순간 일그러졌다.

"무슨 말이에요?"

민석은 지금이라도 자신의 입에서 나온 말을 목구멍 깊숙이 쳐넣고, 싱싱한 그녀의 몸을 안고 아늑한 그녀의 침실로 가고 싶었다. 자신을 배신하고 사라진 아내, 상처투성이인 가연, 더러운 은둔자 송사장, 그리고 변태 성욕자 이성수 따위는 한낱 드라마 속 인물로 치부하고, 자신은 젊고 아름다운 희진에게 도망치고 싶었다.

"어제 아내의 친구가 찾아왔어."

희진은 그 어떤 말도 하지 못하고 멍한 표정을 지었다.

"너무 미안해. 그동안 너무 많은 일들이 있었어. 어떻게든 외면하고 싶었는데, 이제는 그럴 수가 없어."

"무슨 말인지 모르겠지만, 기다릴게요. 천천히 해결하고 정리해도 괜찮아요."

희진의 큰 눈망울 아래로 맑고 투명한 물이 차올라왔다. 언제 보아도 사랑스러운 여인이었다.

"너와 함께 있으면 난 결국 아내를 찾지 않게 될 거야."

"하지만 전…, 그럴 수 없을 것 같아요."

민석은 희진의 옆자리로 자리를 옮겨 한 손으로 흐느끼는 여자의 동그란 어깨를 감싸 안았다. 그리고 한 손으로는 그 향기롭고 부드러운 머릿결을 쓰다듬었다. 말로 표현할 수 없는 연민이 솟구쳤지만, 상황을 바꿀 수는 없었다. 민석은 희진을 알았다. 희진은 이내 누군가와 다시 사랑을 시작할 것이다. 그녀에게 누군가를 사랑하는 일은 그리 어려운 일이 아니었다. 자신의 빈자리가 크게 걱정스럽지는 않았다. 한 가지 염려되는 점은, 그녀가 다시 자신을 희생하는 역할을 하게 되면 어쩌나 하는 것이었다. 사랑하는 사람을 바라보느라 정작 자신을 바라보지 못하는 사람, 어린 꽃 한 송이. 민석은 아무 말 없이 희진의 울음이 잦아들 때까지 그곳에 머물렀다.

여자의 눈물이 모두 마르고 초저녁 자줏빛 노을이 세상을 덮을 무렵 민석은 희진의 집에서 나왔다. 노을 속에 길게 떠 있는 구름이 체리 케이크 사이에 낀 하얀 크림처럼 달콤해 보이는 저녁이었다. 민석은 마치 온몸에 배인 젊은 여인의 향기를 떨쳐내듯 큰 숨을 뱉어냈다. 이제 민석은 희진으로부터 진정으로 벗어날 수 있을 것 같았다.

희진과의 어긋난 사랑을 그린 영화는 이제 끝이 났다. 아내와 함께 살면서도 희진을 만나지 않을 수 없었던 자신. '벗어난다.' 예전 아내가 자신의 회사에 불쑥 나타나 했던 말이 떠올랐다. "그래, 이 세상에 영원한 것은 없다. 사랑도 관계도 그리고 존재도. 언젠가는 알을 깨고 다음 세상으로 가야 하는 것." 민석은 성큼성큼 큰 걸음으로 희진의 집으로부터 멀어져갔다.

가연과 민석은 마주 앉아 식사를 시작했다. 가연이 준비한 식탁은 그런대로 깔끔했다. 인스턴트 음식보다는 낫고 가정집의 일반적인 저녁상보다는 약간 부족한 정도? 어쨌든 가연이 살림하던 주부가 아님을 감안하면 꽤나 정성을 들인 반찬들이라고 할 수 있었다. 그리고 무엇보다 한결 안정된 가연의 모습이 보기 좋았다. 화장기 없이도 얼굴은 그늘지지 않았고 입술에도 핏기가 돌았다. 팔목 언저리의 멍 또한 많이 옅어지고 몸의 떨림도 사라져 있었다. 두 사람은 식사 내내 서로를 바라보며 가벼운 미소를 짓고 날씨나 뉴스 등 일상적인 대화를 나누었다. 민석은 가연에게 그 마지막 날에 있었던 일에 대한 구체적인 설명을 듣고도 싶었다. 하지만 이 분위기로 그 일들을 바로 들추어내긴 어렵다고 생각했다. 민석은 식사가 끝날 무렵 이제 막 숟가락을 놓은 가연의 팔을 살며시 잡았다.

"아직 많이 아파요?"

"민석 씨 덕분에 이젠 좋아졌어요. 정말 고마웠어요."

가연이 고마웠다는 말을 하며 두 팔을 살며시 빼려 하자 민석은 손아귀에 힘을 주며 말을 이었다.

"아까도 말했지만 며칠만 더 이 집에 있어요. 바로 보내기엔 내가 마음이 편안하지 않아요."

"민석 씨는 아직 내가 많이 걱정되나 봐요."

"걱정되는 것이 당연한 것 아닌가요?"

민석은 진심을 말했다. 가연에게는 그 진심이 중요했다.

"이젠 걱정하지 않아도 돼요."

가연은 생글생글 웃으며 질문을 던졌다.

"한 가지 물어볼게요. 민석 씨의 지금 느낌으로 말해주세요. 앞으로 내가 어떻게 지낼 것 같나요?"

"이젠 잘 지낼 것 같기는 하지만…."

민석은 머리를 갸우뚱거리며 가연의 두 팔을 놓아주었다.

"좀 더 구체적으로 상상해보세요. 제가 이 집을 나서고 난 뒤 무엇을 할 것 같은가요?"

민석은 가연의 질문에 꾸밈없이 대답하려고 애썼다.

"가연 씨가 집에 돌아가면 우선 주변을 정리하고 며칠간은 편안하게 쉬겠죠. 으음…, 어느 정도 쉬고 난 후에는 하고 싶은 일이 무엇인지 생각해서 일자리를 구할 것 같고요."

민석은 왠지 더 먼 미래까지도 말해야 할 것 같았다. 말은 미래를 정하는 데 매우 중요한 요소임이 분명하기 때문에.

"하고 싶은 일을 하면서 일상을 보내다 보면 좋은 사람을 만날 기회도 생겨날 것이고, 만남이 길어져 서로 깊이 신뢰하는 사이가 되면 그를 위하여 이렇게 기가 막히게 맛있는 저녁을 만들어놓겠죠."

민석은 미소를 지으며 한 손으로 식탁 위의 음식들을 가리켰다.

"맞았어요."

가연은 더욱 활짝 웃으며 고개를 끄덕였다.

"전에는 누군가 나의 앞날에 대한 이야기를 하면 언제나 부정했어요. 이를테면 '너와 그 사람의 만남이 오래가지 못할 거야.'라고 친구가 조언하면 화부터 냈지요. 하지만 언제나 타인의 예상은 틀리지 않았어요. 지금 민석 씨가 제가 그런 모습의 삶을 꾸려갈 준비가 되었다고 생각한다면, 틀림없을 겁니다."

민석도 더 이상 부정할 수 없었다. 맨 처음 가연을 만났을 때 느꼈던 긴장감과 공격성을 지금 눈앞에 있는 여인에게서는 느낄 수 없었다. 그러고 보면 가연이 이번에 겪은 트라우마에는 의외로 어떤 긍정적 치유작용이 있는 것 같았다. 참 알 수 없는 일이었다. 지금으로서는 이성수에 대한 정당한 조사나 처벌조차도 가연에겐 큰 의미가 될 것 같지 않았다. 하룻밤 사이 가연은 참 많이도 변해 있었다.

"알았어요. 그래도 며칠만 더 있어요."

가연은 고개를 저었다.

"지금 빨리 독립하고 싶어요. 전 실은 굉장히 의존적인 사람이에요. 강하고 반항적으로 보이고 싶던 시절조차도 속으로는 언제나 외롭고 쓸쓸하다고 느꼈죠. 하지만 이젠 그렇지 않아요. 오랜만에 혼자서 넓고 큰 세상을 향해 자신 있게 걸음을 내딛고 싶어요. 그 누구도 아닌 오가연으로서요."

민석은 가연 역시 또 하나의 세계로부터 벗어났다고 생각했다.

"알았어요. 그럼 오늘 밤 하루만 더 쉬고 내일 가요. 내일은 내가 쉬는 날이니까 집까지 데려다줄 수 있어요."

가연과 민석은 향이 좋은 차까지 나누어 마신 후 사이좋은 부부처럼 저녁식탁을 함께 정리했다. 그리고 전날처럼 가연은 부부의 침실에서, 민석은 긴 소파에서 잠을 잤다.

다음 날 아침 가연은 민석보다 일찍 일어나 간단한 아침 식사를 준비했다. 노른자가 탐스러운 계란 프라이와 효모의 향이 구수한 빵, 그리고 약간의 과일… 두 사람은 한가로운 휴일을 보내는 부부처럼 천천히 식사한 후 가까운 커피 전문점으로 나가 더운 커피를 마시며 오전 시간을 보냈다. 오후에는 백화점에 들러 가연에게 필요한 물건들을 샀고, 아담한 분위기의 레스토랑에서 저녁을 먹었다. 그리고 늦은 밤 가연의 아파트 앞에서 헤어짐의 인사를 나누었다. 가연은 전처럼 민석을 향해 손을 내밀었다. 민석은 내민 손을 맞잡고 가연의 허리를 가볍게 안았다. 그녀와 한 차례 잠자리를 했다는 사실이 도무지 상상되지 않을 정도로 담백한 접촉이었다.

"당신을 위해 식사를 만드는 일, 정말 즐거웠어요."

가연이 민석의 귀에 속삭였다. 민석은 뭐라고 대답해야 할지 몰라 그저 그녀를 안은 팔에 힘을 더해주었다.

"자, 그럼 전 이만 들어가야겠어요. 그리고 재인…, 그 친구 분명 찾게 될 거예요. 재인은 나와 달라요. 때문에 나와 다른 경험을 하죠. 난 그 친구를 따라하면 같은 경험을 할 줄 알았어요. 하지만 그렇지 않더군요. 재인은 지금 이 순간 그녀만의 여행을 하고 있을 거예요. 누구나 일상을 벗어나 색다른 경험이 필요할 때가 있어요. 한 개인이 변화하고 성숙하기 위해서는 필연적인 과정이죠."

가연은 자신이 이런 멋진 말들을 늘어놓을 수 있다는 사실에 스스로도 놀랐다. 민석은 대견해하는 눈빛으로 가연을 바라보며 그녀가 전날 했던 질문을 똑같이 던져보았다.

"이번에는 가연 씨가 말해봐요. 당신과 헤어지고 난 후 나는 이제부터 어떻게 지낼 것 같은가요?"

가연이 호탕하게 웃으며 대답했다.

"이건 마치 제가 판 굴에 제가 푹 빠진 기분이네요. 으음…, 먼저 민석 씨는 집으로 돌아가 샤워를 하고요, 푹 잠을 잘 것 같아요. 그리고 내일 아침에는 사무실에 가서 일을 하겠죠. 물론 전처럼 일의 성과에만 매달리지는 않을 것 같아요. 그리고 일을 하면서도, 일상을 보내면서도 매 순간 재인을 그리워하고, 재인과 다시 만나기 위한 노력을 하겠죠."

가연은 잠시 말을 멈추었다가 다시 말을 이었다.

"이건 정확한 제 예감인데요. 그 모든 조사나 추적 과정이 없이도 재인과 당신은 분명 다시 만날 것이라고 확신해요."

가연은 속으로 생각했다.

'어쩌면 당신이 재인을 되찾고자 하는 의지를 놓아버리게 될 때 재인이 나타날지 몰라요.'

왠지 느낌이 그랬으나 입 밖으로 내긴 어려운 말이었다. 민석은 그저 빙그레 웃고만 있었다. 늦은 밤이지만 제법 훈훈한 날씨였다. 민석이 떠나고 가연은 크게 숨을 들이쉬었다. 상냥한 저녁 공기가 숨구멍을 통과해서 온몸으로 퍼져나갔다. 재인의 실종으로 인해 생겼던 모든 일들은 이로써 그녀의 삶 속에서 끝이 나버렸다. 마치 영화가 끝난 것처럼. 자막이 올라가고 영화의 내용은 스크린에서 사라졌다. 영화가 준 기분만이 여운처럼 남아 있었다. 결코 나쁜 기분은 아니었다. 이제는 집으로 돌아가야 할 시간이고, 거기엔 본래의 삶이 있었다.

민석은 집을 향해 차를 몰았다. 송사장에게 전화를 걸까 생각했지만 이내 그만두었다. 가연이 좋아진 모습으로 집으로 돌아간 이상 이성수를 캐내는 일의 명분이 약해진 것 같았다. 그렇다고 이성수라는 큰 단서를 가진 인물을 그냥 놓아주고 싶지는 않았다. 그저 송사장이 알아서 잘 조사해주기를 바랄뿐.

민석은 집에 오자마자 가연이 귀를 잘 맞추어 정돈해놓은 잠자리에 들었다. 왠지 자신이 해야 될 일을 잘 마무리하고 밤을 맞이한 듯 졸음이 몰려왔다. 잠들기 전에 가연과의 포옹이 떠올랐다. 재인을 다시 만나 포옹하게 됐을 때도 그런 느낌일까? 남자와 여자의 포옹이 아닌 담백한 우정의 포옹이 되어버리면 어떡하지? 민석은 엉뚱한 걱정을 마지막으로 의식을 놓쳐버렸다.

만남 1

송사장은 타고난 직관으로 만나는 사람들의 성격을 비교적 정확하고 빠르게 알아냈다. 아버지도 새 어머니도 어린 동생도 그렇게 파악했다. 덕분에 그들과의 복잡한 관계 또한 나름의 방식으로 정리할 수 있었다. 하지만 이번 재인의 실종 사건은 간단하지 않았다. 새어머니가 벌인 사건처럼 눈에 바로 보이는 돈과 명예에 대한 탐욕 문제가 아니기 때문에 더욱 어려울 수 있었다.

이성수 또한 단순한 사업가는 아니라고 짐작되었다. 언뜻 돈과 명예를 넘치게 가진 사람으로서 마지막 욕망의 결정체인 애욕을 채우려는 인물로 볼 수도 있었다. 하지만 그런 사람이었다면, 재인이 잠시나마 그와 의미 있는 관계를 맺지는 않았을 것이다. 송사장에게 재인은 상대적으로 다른 대상들보다 복잡한 인물이었다. 때문에 흥미로웠다.

송사장은 단 한 번도 재인을 본 적이 없었다. 청년 시절 재인이 의뢰한 한 여성의 죽음을 조사하고 처리해준 적은 있지만, 민석이 모든 일에 대신 나서주었기 때문에 그녀를 직접 만나보지 못했다. 하지만 그때도 느낌은 평범하지 않았다.

아니나 다를까. 10년이 지난 어느 날 민석이 은둔한 자신을 찾아 어렵게 연락을 취해왔고, 느낌이 남다르던 그 여의사의 이상한 실종을 말해주었다. 비록 사람들과 관계를 맺지 않고 지낸 지 오랜 시간이 흘렀지만, 재인의 일만큼은 직접 알아내고 싶었다.

송사장은 민석의 의뢰를 받고 실로 오랜만에 세상에 나섰다. 그는 먼저 재인의 휴대폰 정보를 바탕으로 그녀와 관계를 맺었던 몇몇 사람들을 찾아낼 수 있었다. 송사장은 그들을 직접 만나 특유의 진솔하고 소박한 접근으로 모든 경계심을 풀어 자신의 이야기를 할 수 있도록 만들었다. 그래서 만들어진 것이 민석에게 전달된 간략한 진술서였다.

형식적으로나마 진술서는 전달해줄 수 있지만, 내심 그는 이런 방식으로는 재인을 찾을 수 없다고 생각했다. 그동안 만난 사람들은 재인에게 큰 의미가 없는 사람들이었다. 그저 일상의 무게에 눌린 재인이 잠시 시간을 버리기 위해 만난 사람일 뿐이었다. 재인의 친구 중 가연은 그중 가장 독특한 인물이기 때문에 민석에게 직접 연결해주었다. 하지만 가연 또한 이번 일에 아주 결정적인 역할을 하는 인물은 아니라고 생각했다.

그러나 이성수는 달랐다. 나름대로 심오한 철학과 능력을 가진 범죄자처럼 흥미를 끄는 매력이 엿보였다. 명민한 천재인지 정신이 왜곡된 도착자인지 경계가 모호한 인물일 수도 있었다. 이른 아침 송사장은 눈을 뜨자마자 망설임 없이 자신의 행동을 결정했다. 밤사이 무의식으로부터 생겨난 직관에서 나온 결정이라 여겼기 때문에 신뢰할 수 있었다.

송사장은 가능하면 빨리 이성수를 직접 만나기로 했다. 그와 마주하고 그의 이야기를 들어야 했다. 재인과 관련된 중요 인물일 것이라는 짐작도 갔지만, 그보다는 강렬한 개인적 끌림이 느껴졌기 때문이다. 송사장은 10년 전에 재인이 의뢰한 의문의 죽음을 조사하던 때처럼 잘못된 일을 뒤에서 캐내듯 수사하고 싶지 않았다. 이성수가 법적으로 처벌할 수 있는 대상은 아니라는 생각에도, 재인의 실종이 외부로 노출되어 좋을 것이 없다는 생각에도 변함이 없었다. 그렇다면 정면 돌파, 그것만이 정답이었다.

송사장은 먼저 편의점에 들러 검은 뱀의 몸통처럼 생긴 김밥을 사먹고 동네 목욕탕에 갔다. 그리고 정말 오랜만에 누군가에게 보일 자신의 육체를 위해 정확하게 한 시간을 할애했다. 목욕탕에서 영업하는 이발사에게 머리를 자르고 아무렇게나 길어져 있는 수염도 밀어버렸다. 얼굴의 개기름도, 몸의 검은 때도 비누로 깨끗이 닦았다. 평상시와 다르게 자신의 몸에 정성을 쏟으며 잠시 이성수란 인물이 과연 이럴만한 가치가 있는 사람일까 의아해하기도 했다.

목욕을 마친 후 그는 군데군데 흠집이 있는 싸구려 욕탕 거울을 통해 자신을 비추어보았다. 40대로 보이는 한 남자. 살이 찌지도 마르지도 않은 몸, 그리고 그 중심에 축 늘어진 검은 성기. 각진 얼굴에는 축 처진 눈꺼풀에 숨겨진 번뜩이는 두 눈과 그 사이 우뚝한 코, 굳게 다문 입술이 들어 있었다.

'이 낯선 남자가 나로구나…'

그리고 보니 자신이 살고 있는 오피스텔에는 거울이 없었다. 언제부터인가 타인에게 보이는 자신의 모습을 무시하고 지냈던 것이다. 그는 자신의 의식과 자기 자신과의 관계 속에만 몰입해 있었다. 하지만 오늘 이성수를 만나기 전, 왠지 그의 눈에 보이게 될 자신을 꼼꼼히 점검했다. 스스로도 자신이 왜 갑자기 이런 행동을 하고 있는지 알 수 없었다. 그는 벗어놓은 옷을 손으로 가지런히 펴서 입고 다시 한 번 거울을 들여다보았다.

송사장은 목욕탕에서 나오자마자 이성수의 회사로 가기 위해 시내로 가는 열차를 탔다. 출근 시간인지 사람이 많았다. 혼자서 명료한 정신으로 지내던 때와는 달리 둔탁하고 규칙적인 열차의 진동으로 인해 의식이 느슨해졌다. 그리고 그 의식의 빈틈 속으로 주변에 있는 여러 군상들이 내뿜는 부정적인 기운이 들어오기 시작했다.

미간을 잔뜩 찌푸린 노인의 불만과 편견, 다리를 떨며 친구에게 자랑을 떠벌이고 있는 청년의 어리석음. 짙은 화장을 한 여인의 불안함이 그를 불편하게 만들었다. 송사장은 눈을 질끈 감았다. 그는 가능하면 빨리 이성수를 만나고, 그의 이미지와 말을 어딘가에 담아 혼자만의 세계로 가고 싶다는 충동을 느꼈다. 눈을 감았지만 도무지 생각에 집중할 수 없고, 알 수 없는 피로감이 느껴졌다. 너무 오래 혼자 지낸 탓인지도 몰랐다.

목적지에 도착하자 송사장은 도망치듯 혼잡한 열차로부터 뛰쳐나왔다. 그리고 거리로 나와 수많은 빌딩들 사이 이성수의 회사를 찾기 시작했다. 빌딩들의 드높은 기세가 송사장의 속을 또 한 번 불편하게 만들었다. 다행히 그 회사의 빌딩은 다른 빌딩들보다 눈에 띄게 높았기 때문에 오래 헤매지 않고 쉽게 찾을 수 있었다. 송사장은 첫 대면에 대한 그어떤 준비도 없이 당당하게 커다란 건물로 들어섰다. 그리고 가연을 막던 그 로비 안 거창한 데스크에서 역시 가차 없이 저지당했다. 송사장은 항상 그렇듯 침착했다.

"만날 수가 없다면 이성수 대표님과 통화를 하고 싶습니다. 김재인 선생님의 남편이라고 전달해주시면 아실 겁니다."

"알겠습니다. 잠시만 기다리세요."

키 큰 남자는 전에도 김재인이라는 이름을 들어본 적이 있었다. 그때는 매우 천박하고 거만해 보이는 여자가 언급했었는데, 이번에도 같은 이름이었다. 그리고 눈앞의 남자 또한 그때 그 여자만큼이나 평범해 보이지 않았다. 보안 직원은 대표의 비서에게 김재인이라는 이름을 전달했다. 그리고 다른 누구도 아닌 그 여자의 남편이라는 사람이 눈앞에 서 있다고 말했다. 의외로 빠른 답변이 돌아왔다.

"사장님께서 잠시 뵙자고 하시네요."

보안 직원은 대표이사를 이렇게 빠른 절차로 만난 사람은 처음이라고 생각했다. 의아했다. 게다가 상대방은 평상시 같으면 상부에 보고조차 하지 않고 쫓아낼 법한 구차한 차림을 한 수상쩍은 남자였다. 전화를 끊자마자 어느새 타이트한 정장을 차려입고 머리를 동그랗게 말아올린 여자가 나타났다. 송사장은 키 큰 직원으로부터 갑자기 나타난 아름답고 단정한 여자에게로 넘겨졌다. 미인대회에서 방금 빼온 것 같은 여자는 정중하고 세련된 태도로 송사장을 로비 내 한 쪽 코너로 안내했다.

그 구석진 곳에는 열쇠로만 작동되는 엘리베이터가 한 대 있었다. 비서는 반짝이는 작은 열쇠를 꺼내 문을 열고, 미소를 지으며 타라는 손짓을 했다. 현실감 없이 길고 하얀 손의 인도에 이끌려 송사장은 엘리베이터에 탔다. 두 사람을 태운 네모난 공간이 산들바람에 밀리듯 가볍게 움직이기 시작했다. 송사장은 묘한 기분을 느꼈다.

네 개의 하얀 대리석 벽에는 그 어디에도 층수를 표시하는 전광 표시가 보이지 않고, 이동 방향 또한 이상했다. 수직으로 올라가다 어느 순간 수평으로 이동하고 있는 느낌…. 한 번도 접해보지 못한 미지의 장소로 가고 있는 듯 신비한 기분….

그 순간 엘리베이터가 멈추고 문이 활짝 열렸다. 그리고 믿을 수 없는 장면이 나타났다. 송사장의 푸석한 머리카락이 민트 향이 섞인 시원한 바람에 가볍게 날렸다. 정신이 번쩍 들었다. 붉은 흙으로 만들어진 바닥과 초록색 잎이 풍성한 나무들, 그리고 빛깔이 화사한 꽃들이 차례로 시야에 들어왔다. 머리 위에는 온통 해맑은 자연광이 비추고, 푸른 나뭇잎들에서 나오는 싱그러운 기운이 온몸을 감쌌다. 분명 건물 내부 엘리베이터에서 내렸는데, 마치 지구상에서 숲이 가장 아름다운 나라에 내려진 것 같았다.

볼수록 사람보다 로봇에 가까운 몸짓을 하는 날씬한 여직원은 엘리베이터에서 내리자 귀에 달린 이어폰으로 누군가와 잠시 이야기를 나누었다. 그리고는 이내 곧은 걸음을 걸으며 송사장에게 따라오라는 눈짓을 보냈다. 그녀의 모든 행동은 지상 최고의 미녀 조건에 맞추어 제작된 최첨단 사이보그가 만들어내는 동작처럼 보였다. 송사장은 그녀를 따라 걸음을 내딛기에 앞서 질문하지 않을 수 없었다.

"여기가 어디죠?"

"건물 위에 만들어진 인공 숲입니다. 대표님의 집무실이기도 하고요."

"아, 그렇군요."

송사장은 그제야 여자의 안내에 맞추어 발걸음을 떼었다. 두 사람은 붉은 빛깔의 융단같이 푹신해 보이는 흙길을 걷기 시작했다. 송사장은 자신보다 한 걸음 앞서 걸어나간 여자가 신고 있는 하이힐이 걱정스러웠다. 붉은 흙 속에 날카로운 힐의 끝이 박히지나 않을까? 하지만 걸음이 가벼워서인지, 인공 흙의 어떤 특수 기능 때문인지, 그녀는 전혀 발자국을 남기지 않고 걸었다. 참 여러 가지로 이상한 장소였다.

조금 더 안으로 들어가자 길 가운데에 작은 냇물이 흐르고 적당한 키를 가진 나무들 사이로 더욱 화려한 모양의 꽃들이 보였다. 특히 인상적인 것은, 그 꽃들 사이로 날아다니는 아름다운 나비들이었다. 날개 빛깔이 진기하고 몸짓이 우아한 나비들은 전에 본 나비들보다 매우 느리게 나는 것 같았다. 송사장은 나비 또한 정교한 몸짓이 가능하도록 제작된 사이보그의 한 종류가 아닌가 하는 생각을 하며 길을 걸었다. 얼마 지나지 않아 송사장은 숲속 공터에 덩그러니 만들어진 돔 모양의 유리방으로 안내되었다. 그리고 놀랍게도 그 유리방 한가운데에서 의자에 앉아 있는 이성수를 보았다.

그는 언뜻 공원에 앉아 무료한 오후를 보내는 실직자로 보일 정도로 한가로운 모습을 하고 있었다. 유리방 안에는 나무로 만든 작은 테이블과 의자만 덩그러니 놓여 있었다. 이상하게도 컴퓨터나 전화기, 서류나 책 등 일반적인 집무실에 있는 물건들은 전혀 보이지 않았다. 그저 이성수만 있을 뿐이었다.

맑은 빛깔의 두툼한 피부에 우뚝 선 둥근 콧날, 굳게 다문 야무진 입술, 날카롭게 빛나는 눈동자…. 누군가를 압도하는 큰 힘이 느껴지는 인상이었다. 그는 감이 좋아 보이는 박스 형 와인색 스웨터에 베이지색 면바지를 입고 있었다. 한눈에 보아도 고급스럽고 편안한 패션 감각이 돋보이는 스타일이었다.

송사장을 안내한 여자는 어느 순간 사라져버렸다. 송사장은 어느새 이성수와 단둘이 정면으로 마주했다. 짧지만 진지한 탐색의 침묵이 흘렀다. 송사장이 먼저 침묵을 깨고 인사를 했다.

"처음 뵙겠습니다. 전 송사장이라고 합니다."

송사장은 언제부터인가 자신의 이름을 잊고 지낼 정도로 이름과 관계없는 생활을 했다. 자신을 소개하는 상황에서도 무심결에 민석에게 불리던 호칭이 툭 튀어나왔다. 이성수는 자리에서 천천히 일어나며 단단하고 두툼한 손을 내밀었다.

"네, 전 이성수입니다. 앉으시죠."

송사장은 소박해 보이는 나무 의자를 당겨 자리를 잡았다. 보기보다 편안한 자세가 나오는 의자였다.

"김재인 씨의 남편이라고 하셨는데…."

"네."

"실은 제가 아는 재인 씨의 남편은…, 으음."

이성수는 크게 불편해 보이지 않는 표정으로 먼저 송사장의 거짓말을 지적했다. 송사장은 이성수의 치밀함을 예상했었다. 별로 당황할 일은 아니었다. 어차피 이성수에게 자신이 남편이 아니라는 것을 밝히려고 했었다.

"네. 실은 김재인 씨의 남편이 저에게 아내를 찾는 일을 의뢰했습니다. 하지만 제가 누구이든 그것이 중요한 것은 아니지 않습니까?"

"그렇군요. 실은 우리가 각자 어떤 이름을 가지고 어떤 개인적인 역할을 하고 있든, 그건 그리 중요한 것이 아니니까요."

이성수는 송사장의 위장에 크게 신경 쓰고 있지 않는 것 같았다. 송사장은 한편으로 이성수와는 왠지 모든 것이 잘 통할 것 같다는 느낌을 갖기 시작했다. 몇 마디 나누지 않은 상태였지만 직감으로 그랬다.

"김재인이란 사람이 실종된 일은 알고 있으시죠?"

"네, 알고 있습니다. 몇 개월 전에 재인이의 친구가 제게 알려주었죠."

이성수는 가연에 대한 이야기를 서슴없이 먼저 언급했다.

"아직 찾지 못했나 보군요."

"네, 아직…."

"저는 재인이 어디 있는지 모릅니다. 저도 그녀와 만나지 못한 지 한참 되었습니다."

"알고 있습니다."

"잘 아시면서 왜 저를 찾아오셨나요?"

"개인적으로 그냥 만나고 싶었습니다."

진심이었다. 송사장은 그저 이성수를 만나고 싶어 이곳에 온 것이었다. 이성수는 고개를 끄덕이며 상대방을 처음보다 부드러운 눈빛으로 바라보았다.

"그랬군요. 나도 당신이 밑에 와 있다고 전해 들었을 때 한 편으로 재인의 남편이 아닐 수 있다고 생각했지만, 왠지 여기까지 부르게 되었네요. 이곳에서는 사람을 거의 만나지 않는데도 불구하고요."

이성수도 자신의 직감을 믿는 사람 중 한 명이었다. 그는 송사장이 유리방 쪽으로 걸어올 때부터 이미 그를 유심히 살펴보고 있었다. 누추한 외모에 허름한 옷차림을 하고 있었지만, 무엇인가 꿰뚫는 눈빛이 범상치 않았다.

"안 그래도 이곳은 이상한 집무실이군요."

"그런가요? 여기는 내 모든 사업의 근원인 아이디어를 떠올리는 중요한 장소입니다."

"컴퓨터나 책, 전화기조차 없군요."

"아이디어를 내는 데 그런 것들은 다 필요 없어요."

송사장은 이성수 개인에게 느껴지는 호기심을 참을 수가 없었다.

"궁금하군요. 실례가 안 된다면 과연 이곳 숲속에서 어떻게 일하시는지 알고 싶네요."

송사장은 재인의 실종과 직접 관계가 없는 질문을 하고 있었다. 이성수 또한 앞에 앉은 초면의 중년 남자에게 깊은 관심이 생기기 시작했다. 상대를 알고 싶으면 우선 스스로가 진실하고 솔직해져야 한다는 것을 그는 잘 알고 있었다. 때문에 이성수는 정체를 알 수 없는 낯선 사람에게 자신을 내보이는 것을 주저하지 않았다.

"으음…, 전 대체로 해가 뜨기 전에 이곳에 옵니다. 여긴 건물의 꼭대기이기 때문에 맑은 날에는 해가 뜨는 모습을 자세히 볼 수 있어요. 언제 보아도 그 장면은 질리지 않지요. 제 개인적인 추측이지만, 세상은 매일 새로 태어나는 것 같습니다. 어제의 세상도 내일의 세상도 그저 환상

일 뿐, 아침마다 새로운 세상이 따로 생겨나지요. 덕분에 전 저 자신과 제 생각이 매일 이곳에서 새롭게 태어난다고 믿고 있습니다."

송사장은 그의 이야기에 조금씩 빠져들어 갔다.

"한 번 이곳에 들어오면 두어 시간 정도 가만히 있습니다. 일종의 명상 상태일 수 있지요. 그러고 나면 이 조직이 하루에 해야 할 모든 것들이 일목요연하게 정리가 돼요. 그럼 난 그것을 요약해서 제 직원에게 전달합니다."

송사장은 직원이란 말에 조금 전에 본 여자 비서의 모습을 떠올렸다. 발자국을 남기지 않는 그 여자는 이 사나이의 생각을 전달하는 정보 전달 장비인가? 이성수는 계속 말을 이었다.

"신문이나 인터넷을 통해 보는 소식이나 정보는 도움이 되지 않습니다. 그것들은 이미 낡은 지식이고 전혀 새롭지 않아요. 때로는 그런 것들은 오히려 마음속 불안과 두려움을 일으키는 독소가 되기도 하지요. 때문에 이곳은 오히려 세상 다반사로부터 고립되어 있습니다. 과거로부터 비롯되는 선입견과 편견 그리고 미래에 대한 잘못된 예측을 피하기 위해 매일 새롭게 태어나는 것…, 실은 이것이 제 일의 전부입니다."

그러고 보면 이성수와 송사장은 서로 공통점이 있었다. 이성수도 분명 내면에서 우러나는 생각의 힘을 이용해 일을 진행하는 사람이었다. 물론 어떤 결과물이 나오는지는 생각의 내용에 따라서 완전히 다를 수 있지만.

이성수는 의도를 물질로 바꾸는 데 탁월한 능력을 가진 사람이었다. 직관의 힘으로 조직을 다루고, 조직 내의 사람들로 하여금 스스로 숨겨진 재능을 찾아 그가 원하는 물질을 만들어내는 데 충성을 다하게끔 만드는 힘이 있었다. 때문에 송사장은 이성수가 그나마 재인을 가장 잘 이해할 수 있다고 생각했다.

"제가 보기에 이성수 씨는 타인이 무엇을 욕망하는지 잘 파악하고 있는 것 같습니다. 그래서 당신만이 재인 씨의 의도를 알 것 같습니다. 재인 씨가 왜 떠났는지…"

이성수는 고개를 숙이고 무엇인가 깊이 생각하는 듯 눈을 감았다. 그는 단 한 번도 재인에 대한 이야기를 누군가에게 솔직하게 말해본 적이 없었다. 물론 자신이 일하는 방식도 외부에는 아는 사람이 없었다. 하지만 앞에 있는 인물에게는 숨기고 싶지 않았다. 직관으로 판단하건대, 송사장은 특별한 사람이었다. 재인이가 특별했던 것처럼. 이성수는 감았던 눈을 뜨고 송사장을 단호한 표정으로 바라보았다. 그리고 천천히 입을 열었다.

"아아, 재인이…"

이성수는 재인이란 이름을 최고의 음식을 음미하듯 우물우물 혀끝에 담아냈다.

"그녀는 특별했어요. 그녀를 처음 보았을 때 난 아주 큰 충격을 받았어요. 길을 가다가 나 자신과 똑같은 사람을 만난 것 같은 느낌이었죠. '도플갱어'라는 말이 있죠? 시간과 공간이 왜곡되어 다른 시대 다른 장소에서 살고 있어야 하는 나 자신과 우연치 않게 조우하게 되는 현상. 물론 재인이가 저와 외모가 비슷하다는 의미는 아닙니다. 어디까지나 재인이는 여자니까요."

이성수는 잠시 입술에만 머무는 웃음을 지었다.

"하지만 왠지 모르게 나 자신을 보는 것 같은 느낌이었어요. 나와 똑같은 영혼이지만, 왠지 모르게도 반대의 극으로 끌려가 만들어진 형상 같다고나 할까? 난 나름대로 이 느낌을 양과 음, 선과 악처럼 서로 다르면서도 조화로운 한 쌍을 만난 징조라고 생각했어요. 인생에 있어서 가장 운명적인 순간이라고 할 수 있었죠. 실은 지금의 아내를 만났을 때도 느끼지 못한 강한 끌림이었습니다.

난 재인과 함께하기 위하여 내 생애 처음으로 기도를 했어요. 언제나 나 자신만을 믿고 행동했지만, 그때만큼은 신에게 청했다는 말이죠. 잠시라도 좋으니 내 여자로 만들어달라고요. 기도는 스스로도 놀랄 만큼 자연스럽게 이루어졌어요. 그리고 짧다면 짧은 시간이었지만, 우린 최고의 시간을 함께 보냈지요."

재인의 이야기를 하는 동안 이성수의 얼굴에서 빛이 나는 것 같았다.

"그렇게 운명 같던 여자와 왜 지금은 떨어져 있죠? 당신은 충분히 모든 것을 소유할 수 있는 힘을 가진 사람인데요."

"재인이는 저와는 종국에 추구하는 목표가 달랐어요. 내가 태양이고 그녀는 달이라고 비유하면 맞을까요?"

송사장은 그 비유가 어설프고 진부하다고 느꼈다. 하지만 그래도 두 사람의 성향을 말하기에 그것만 한 비유가 없겠다는 생각에는 동의했다. 이성수가 말을 이어갔다.

"같은 하늘에서 하루의 반을 나누어 차지하고 서로 다른 역할을 하는 두 개의 극이라고 할까요? 내가 밝고 동적이라면 그녀는 차분하고 정적이며, 내가 물질이라면 그녀는 정신이나 공기 같은 존재라고 말할 수 있지요. 우리는 그 극성 때문에 함께 있을 수 없었어요. 각자의 장소에 있어야만 했죠."

이성수의 미간에 아쉬움을 담은 주름이 지어졌다.

'각자의 장소라…. 이성수가 있는 이곳은 가장 번화한 시내 한복판이고, 인공적으로 만들어놓은 최고로 아름다운 곳…. 그렇다면 재인의 성향에 맞는 곳은 이곳과는 반대의 성격을 가졌을까?'

송사장은 이성수의 말을 들으며 재인이 있을 만한 곳에 대한 추리를 시작했다.

"완벽한 결합은 언제나 순간입니다. 그 이후 우리는 그저 되찾을 수 없는 그 순간을 그리워할 뿐이죠."

이성수의 말에 송사장이 한 마디 덧붙였다.

"그래도 사람들은 언제나 영원하고 완벽한 사랑과 결합을 꿈꾸지요. 아마도 꿈을 꾸는 일 자체가 삶이라서 그런 것이겠죠?"

"꿈을 꾸는 일 자체가 삶이라…. 참 여러 가지 의미를 담은 말이군요. 꿈을 꾸는 일만이 이루어진다는 의미일 수도 있고, 우리가 경험하는 이 모든 것이 꿈과 같다는 의미일 수도 있고…."

이성수의 입가에 희미한 미소가 떠올랐다. 그는 송사장의 말의 의미를 정확하게 해석하고 있었다. 송사장은 이성수의 미소를 바라보며 문득 자신의 꿈은 과연 무엇인지 생각해보았다.

'나는 언제까지 은둔자로 정신의 미로 게임에만 빠져 있을 것 인가?'

송사장은 재인의 실종을 의뢰받은 뒤부터 막연하게나마 이 문제가 해결되면 자기 삶의 문제도 답을 얻을 수 있을 것이라 생각했다. 그래서 적극적인 개입을 했고, 결국 이 자리까지 오게 된 것이다. 그리고 이 자리에서 송사장은 실로 오랜만에 자신과 통하는 사람을 만나게 되었다. 그는 삶에 대해 송사장만큼이나 정확하게 통찰하고 있었다.

송사장은 잠시 자리에서 일어나 이성수의 의자를 가운데 두고 유리방 안을 걷기 시작했다. 생각이 자신의 삶에 대한 부분까지 미쳤지만, 지금 본래 주제에서 멀어질 수는 없었다. 그리고 이성수가 이 정도까지 자신을 드러내며 솔직해진 이상 가연에 대한 이야기를 꺼내도 괜찮을 것 같았다. 송사장은 이성수 주변을 두어 바퀴 더 돌다 다시 의자에 앉으며 말을 꺼냈다.

"그때 재인의 실종을 알려주었다는 그 친구 말인데요. 그 친구가 당신으로 인하여 고통스러워하더군요."

이성수는 의외로 담담하게 이야기를 받아냈다.

"고통스러워한다는 의미가 무엇인가요?"

"당신이 그녀를 이 일에 좀 깊게 관여시킨 것 같더군요."

이성수는 잠시 무언가를 생각하는 듯 손을 올려 자신의 턱을 어루만졌다. 재인의 이야기를 할 때보다는 한층 경직된 표정이었다.

"그녀가 고통스러워하는 것이 제 탓이라고 생각하시나요?"

"그건 아닙니다."

송사장은 빠르고 단호하게 이성수에게 면죄부를 주고 부연설명까지 덧붙였다.

"엄밀하게 말하면, 누가 누군가에게 고통을 준다는 것은 있을 수 없죠. 고통은 스스로 만들어내는 것이니까요."

이성수의 굳게 다문 입술에 미묘한 떨림이 나타났다.

"당신은 모든 일을 다 알고 있나요?"

"네, 며칠 전 가연 씨는 재인 씨의 남편을 찾아갔습니다. 그리고 그동안 있었던 일들을 상세하게 말했죠."

대화는 빠르고 정확하게 가연에 대한 이성수의 폭력을 인정하며 진행되고 있었다.

"재인 씨의 남편은 그 이야기를 듣고 큰 충격을 받았고, 그 일과 아내와의 관련성 또한 걱정하고 있어요."

"당신 생각에는 내가 재인이에게도 가연에게 그랬던 것과 똑같은 행동을 했다고 생각하시나요?"

이성수가 더욱 굳은 얼굴로 송사장의 숨은 눈동자를 빤히 바라보았다. 송사장은 보일 듯 말 듯 고개를 가로저었다.

"그렇다면 가연의 일은 재인의 일과 연관 짓지 마시길 바랍니다. 그리고 오늘은 여기까지만 이야기를 나누었으면 합니다. 다음에 또 만납시다."

이성수는 역시 가연에 관한 깊은 이야기를 피하고 있었다. 송사장도 불편해하는 그를 바로 다그칠 마음은 없었다. 송사장이 머뭇거리는 동안 어느새 아름다운 여자 로봇 같은 직원이 방안에 들어와 있었다. 이성수의 어떤 행동이 그녀를 불렀는지 도무지 알 수가 없었다.

"오늘의 미팅은 끝입니다. 조심해서 돌아가십시오."

인사를 하는 이성수의 표정에서 특유의 여유로움이 사라져 있었다.

"네, 그러죠."

송사장은 먼저 악수를 청하며 이성수의 눈을 바라보고 미소를 지었다. 그리고 한 마디를 덧붙였다.

"전 당신을 이해합니다."

송사장 자신도 모르게 나온 행동과 말이었다. 타인의 눈을 바라보고 미소를 지어본 일이 언제인지. 타인의 눈길은 항상 피하려고만 했었는데…. 이성수는 머쓱한 표정으로 내민 손을 맞잡았다.

"큰 도움을 못 드려서 죄송하군요."

이성수는 아직 송사장의 미소에 화답할 여유를 찾지 못한 것 같았다.

"괜찮습니다. 그런데 한 가지 부탁이 있는데요. 저도 당신의 그 모임에 함께 가보고 싶습니다."

송사장은 단도직입적으로 이성수에게 대담한 제안을 했다. 이성수는 당황한 표정을 감추지 못했다.

"그건 좀 어렵습니다."

"오늘 우린 처음 만났지만 어느새 서로를 신뢰하게 되지 않았나요? 그리고 분명하게 말씀드리지만, 이 제안은 제 개인적인 순수한 관심에서 말씀드린 것이지, 그 모임을 조사하거나 비난하려는 목적이 아닙니다."

"음, 하지만…."

이성수의 표정은 여전히 편치 않아 보였다.

"그럼 됐습니다. 곧 다시 만나죠, 우리."

송사장은 마지막으로 이성수에게 한 번 더 미소를 지어 보이고 여자의 안내를 따라 온 길을 돌아 나갔다.

만남 2

"제가 좋아하는 산책길을 걸으면서 이야기를 나눌까요?"

이번에도 송사장은 인공 숲에 있는 이성수의 유리방으로 안내되었다. 무슨 심경의 변화였는지, 첫 만남이 있고 일주일이 지난 후 이성수가 직접 전화를 걸어 이루어진 초대였다.

"그러시죠."

이성수는 성큼성큼 유리문을 밀고 나가며 송사장에게 나오라는 눈짓을 보냈다. 전날 헤어질 무렵에 보인 굳은 표정은 사라지고, 모든 행동과 말투에 또 다시 우아함과 여유로움이 넘쳐흘렀다. 이성수는 송사장이 걸어온 길과 연결된 방향으로 걸음을 옮겼다. 두 사람은 오 분 정도 아무 말 없이 걸었다. 숲은 한층 더 깊어지고, 나무들의 키도 더 커졌다. 송사장은 길 주변 피어난 꽃들 사이로 느리게 날고 있는 진기한 나비들의 우아한 날갯짓에서 눈을 떼지 못하고 있었다. 그 신비함에 홀린 송사장은 그 중 가장 어여쁜 나비가 재인이 둔갑한 모습이라고 말한다고 해도 믿을 수 있을 것 같았다. 그만큼 깊게 들어갈수록 한층 비밀스러워지는 장소였다.

"이곳에 재인 씨가 있는 것은 아니겠죠?"

송사장이 엉뚱한 의문을 자기도 모르게 입 밖으로 뱉어버렸다. 이성수는 큰 웃음을 터뜨렸다.

"한때 재인이 이런 곳을 너무 좋아하기에, 오래도록 이런 자연의 아름다움과 풍요로움으로 그녀를 곁에 둘 수 있을까 하는 기대를 해보았죠. 하지만…"

이성수는 말끝을 흐리고 고개를 가로저었다.

"내가 여기에 있다면, 재인은 저와 정반대의 방향에 있을 겁니다."

"무슨 말이죠?"

"전에도 말했지만, 우린 서로 매우 다른 극성을 가진 사람이에요. 내가 이렇게 큰 건물 안, 인간이 인공적으로 만들어놓을 수 있는 최고의 환경에서 모든 물질적인 것들을 누리고 있다면, 아마도 그녀는 자연이 만들어놓은 최고의 환경에서 모든 내면적인 풍요를 누리고 있을 것이라는 말이지요. 우린 같으면서도 반대이니까요."

송사장의 재인에 대한 추리는 이성수의 말로써 어느 정도 완성도를 높여가고 있었다. 이후 민석을 만나게 되면 재인이 있을 만한 몇몇 장소를 추천할 수도 있을 것 같았다. 두 사람은 한 방향으로 산책을 계속했다. 송사장 머릿속에 문득 이 숲길의 끝은 과연 어디일까 하는 의문이 들었다. 태양이 직접 눈에 보이지는 않았다. 하지만 분명 어디선가 자연광이 지속적으로 두 사람이 가는 길을 밝히고 있었다. 이성수가 잠시 걸음을 멈추고 손을 뻗어 나뭇가지에 열린 작은 열매를 땄다. 그리고 송사장의 생각을 읽어낸 사람처럼 질문을 던졌다.

"당신이 전능하여 이런 숲을 만들 수 있다면, 어떻게 만들었을 것 같습니까?"

"네?"

"당신이 창조주라고 가정한다면요."

한 번도 생각해본 적이 없는 일이었다. 그러고 보니 이성수는 이 인공 숲을 왜 만들었고, 어떻게 관리하고 유지하는지 궁금해졌다.

"생각해본 적이 없군요."

"제가 창조주라면 일단은 보기 좋게 만들었을 것 같습니다."

이성수는 말을 하는 동시에 짓궂은 웃음을 지으며 송사장을 아래위로 훑어보았다. 마치 송사장이 언제나 무시해온 외형에 대한 부분을 꼬집고 있는 것 같기도 했다. 송사장은 자신의 낡은 옷과 해진 신발을 잠시 의식하며 대답했다.

"그렇군요. 안 그래도 처음부터 이 숲은 정말 아름답다고 느끼고 있었습니다."

"그 다음엔 그 아름다움이 자연스럽게 잘 유지될 수 있도록 만들어진 그것에 생명을 불어넣고, 스스로 변화하고 진화할 수 있도록 했겠죠."

"그러게요. 아무리 창조주라 하더라도 모든 창조물을 하나하나 관리하긴 어려운 일이겠죠."

"맞아요. 사업도 마찬가지이고, 내 개인 숲을 꾸미는 일도 마찬가지로 알아서 변화하고 진화하는 시스템을 만드는 것이 가장 중요합니다. 이 숲은 모든 것이 순환합니다. 태양이 온도를 맞추어주면 싹이 트고 잎이 자라고 열매가 생겨나고, 떨어지면 다시 그것이 거름이 됩니다. 제가 전지전능은 아니라서 식물 외의 생명체는 나비밖에 없지만, 이곳 모든 것들은 태양과 흙과 물만으로 스스로 자라고 죽고 또 다시 태어납니다. 그러면서도 모든 개체에는 나름대로의 개성이 있답니다. 이 열매는 일 년에 딱 일주일 동안만 열리고 떨어진답니다."

이성수는 조금 전에 딴 열매를 입에 넣으며 말을 이었다.

"저 잎들은 봄에는 푸른색, 가을에는 붉은색을 띠고, 겨울에는 떨어집니다. 만물은 하나로부터 나와 다른 모습과 역할을 담당하고 서로에게 영향을 주면서 변화하여, 점점 진화하는 하나의 세상을 만들어간답니다. 정말 재미있는 일이지요. 그 재미에 전 이곳을 만들었고, 이곳이 더 멋지게 진화하는 것을 기대하면서 즐거워합니다. 앞으로 제 열정이 남아 있는 한 또 무엇을 만들어나갈지…."

이성수는 열매를 넣은 입을 우물거리며 말끝을 흐렸다. 송사장은 이성수의 말에 동감했다. 그리고 변화와 진화는커녕 음지의 작은 벌레처럼 웅크리고 살아온 자신의 10년을 잠시 떠올렸다.

"이 숲의 끝은 저쪽입니다."

이성수는 손을 번쩍 들어 한 방향을 가리켰다. 송사장은 그 방향을 향해 몇 걸음을 더 옮겼다. 그러자 길이 넓어지면서 숲이 끝나는 곳이 보였다. 그곳에는 사람의 키보다 서너 배 정도 높은 유리로 된 벽이 있고, 더 다가가자 유리 벽면 아래 드넓게 펼쳐진 도시의 마천루가 보였다. 눈앞이 아찔했다. 숲과는 대조적인 수많은 빌딩들이 발아래로 빈틈없이 펼쳐졌다.

"실은 그 유리벽이 제 한계입니다. 그래도 난 아직 멈추고 싶지 않아요. 신을 향한 도전까지는 아니지만, 아름다운 것을 만들어내고 그 안에서 즐기고 또 멋있게 살고 싶은 마음에는 한계가 없죠."

송사장은 이성수의 남다른 욕망과 그것을 현실화한 그만의 세상에 감탄했다. 하지만 이것은 그의 욕망의 밝은 면이 형상화된 세계, 또 다른 이면도 분명 있으리라 생각되었다. 이성수가 유리벽으로부터 몸을 돌려 방향을 바꾸었다. 송사장도 끝없이 펼쳐진 도시의 전경으로부터 시선을 거두고, 반대 방향으로 걸음을 내딛는 이성수의 곁을 차지했다. 이성수는 다시 한 번 송사장의 생각을 읽은 듯 말을 이어갔다.

"하지만 인간은 그 무의식 속에 어두운 면도 가지고 있습니다. 제가 송사장과 오늘 보자고 한 것은 실은 다른 이유가 있어서입니다."

"다른 이유라뇨?"

"송사장 당신은 좀 특별한 사람입니다. 물론 당신 나름의 문제로 인해 그 특별함이 발휘되지 못하고 있지만, 내겐 의미가 있는 사람입니다."

송사장은 이성수가 무슨 말을 하고 있는지 바로 파악할 수가 없었다.

"당신은 가연에게 있었던 일을 모두 알면서도 내게 호의적이었어요. 당신은 다른 사람들과 달리 날 비난하지 않고 이해해보려고 했단 말이죠."

물론 그건 사실이었다. 민석이 이성수의 행동에 대한 처벌을 의뢰하러 왔지만, 송사장이 그를 만난 것은 순전히 개인적 호기심으로부터 비롯되었고, 심지어 지금은 이성수의 알 수 없는 매력에 빠져 있었다. 이성수가 걸음을 멈추고 고개를 돌려 송사장을 빤히 바라보며 질문을 던졌다.

"우린 친구까지는 아니더라도, 서로 이해할 수 있는 사이는 될 수 있겠죠?"

송사장은 그 순간 언제나 활활 타오르듯 야심찬 그의 눈빛 속에서 야릇한 공허함을 느꼈다.

'그는 최고의 능력을 가진 사람이다. 그러기에 그는 외로울 수 있다. 무릇 세상일에 휩쓸려 사는 사람들은 그를 절대 이해할 수 없다.'

송사장은 천천히 고개를 끄덕였다. 이성수는 송사장의 표정을 읽은 후 무엇인가를 골똘히 고민하는 사람처럼 한동안 말없이 걷기만 했다. 유리방 앞에 도달하자 이성수는 어려운 고민을 끝낸 사람의 단호함이 담긴 음성으로 침묵을 깼다.

"다음 주 목요일 오후 3시에 만납시다. 그날이 모임이 있는 날입니다."

"네, 좋아요."

송사장도 빠르고 간결하게 대답했다. 그리고는 아무런 질문도 하지 않았다. 말하지 않아도 통하는 무엇인가가 두 사람 사이에 흐르고 있었다. 이성수는 이번에는 먼저 미소를 지으며 손을 내밀었다. 두 사람은 어느새 한층 가까워진 것 같았다. 송사장은 이성수의 건물에서 나와 집으로 돌아가는 길에 양복을 한 벌 샀다. 그리고 지난 10년 동안 한 번도 입어본 적 없는 정장을 입고 거리로 나서며 혼잣말로 중얼거렸다.

'나쁘지 않군.'

성당

민석은 옷장에 있는 셔츠 두 벌을 들고 잠시 고민에 잠겼다. 어느새 대낮에는 더위가 느껴져 긴 팔 셔츠가 무겁게 느껴지는 계절이었다. 아내가 있었으면 한 손에는 반소매 셔츠를, 다른 한 손에는 긴소매 셔츠를 들고, "여보, 나 뭐 입을까?"라고 물었을 텐데…. 하지만 지금은 없는 아내. 민석은 한숨을 내쉬다 말고 문득 생각을 달리 해보았다.

아내가 있었다면 뭐라고 말했을까? "아직은 아침 저녁으로 쌀쌀하니 반팔을 입고 카디건을 하나 챙기세요."라고 했겠지. 의외로 아내의 대답을 예상하는 일이 어렵지 않았다. 민석은 반팔을 입고 얇은 카디건을 한 손에 쥐고 집을 나섰다. 아내에 대해 아는 것이 없다고 생각했지만, 실상 아내에 대해 알려고 하지 않았을 수도 있었다.

민석은 지난 밤 송사장의 전화를 받았다. 그는 먼저 가연의 안부를 물었다. 민석은 가연이 안정된 상태로 귀가했고, 자신도 개인적인 일들을 정리하고 편안해진 상태라고 말했다. 송사장은 모든 일이 잘될 것이라는 말과 함께 만날 장소와 시간을 말해주었다. 누군가 만나기를 그렇게 꺼려하던 송사장이 먼저 만남을 제안하다니…. 분명 이성수에 대한 조사가 어느 정도 진척된 모양이었다. 하지만 그 약속 장소라는 곳이 영

이상했다.

'서울에서 두 시간 이상 떨어진 곳에 있는 외딴 성당'

민석은 "왜 하필이면 성당, 그것도 먼 거리에 있는…?"이라고 그 이유를 묻고 싶었지만, 만나기 어려운 송사장이 정한 부분이라 의문은 접어둔 채 바로 그러마 하고 대답을 했다.

봄에는 귀하게만 보이던 연둣빛 잎사귀들이 어느새 흔하디흔한 짙은 녹색의 물결이 되어 거리에 넘쳐났다. 민석은 여전히 먼 거리 약속 장소에 대한 의구심을 가지며 두 시간 이상 고속도로를 달렸다. 강한 햇빛과 더운 공기 때문인지 평소보다 피로한 운전이었다. 차는 고속도로를 빠져나간 후에도 좁은 2차선 도로를 30여 분 정도 더 달린 뒤에야 겨우 약속 장소 부근에 도착할 수 있었다.

시계를 보니 약속 시간까지는 여유가 있었다. 민석은 마을길에 잠시 차를 세우고 작은 가게로 들어갔다. 촌로가 낡은 냉장고에서 꺼내준 음료는 생각보다 시원했다. 민석은 노인에게 성당으로 올라가는 길을 확인하고 다시 운전대를 잡았다. 갈증이 가셔서인지 기분이 조금 나아졌다. 성당은 언덕 꼭대기에 있었다. 언덕으로 올라가는 길은 양편 나무들의 쭉 뻗은 가지와 무성한 잎들이 이어져 커다란 녹색 아치를 통과하는 기분이 들게 했다. 민석은 차문을 열며 자기도 모르게 혼잣말을 중얼거렸다.

"참 이쁜 길이네."

초록색 나뭇잎 아치는 대낮의 뜨겁고 강한 햇빛을 가려 싱그럽고 아늑한 느낌을 만들어주었다. 운전 내내 들던 왠지 모를 불편함도 눈 녹듯 사라졌다. 민석은 한결 안정된 기분을 느끼며 오르막길에 마지막 코너를 돌았다. 코너를 돌자마자 언덕 위에 우뚝 세워진 성당이 보였다. 새파란 하늘과 하얀 양털 구름, 그리고 따듯한 주황색 벽돌로 세워진 아름다운 성당. 민석은 절로 감탄사를 내뱉었다.

"아아…, 이런 시골에 이렇게 예쁜 성당이 있었네."

민석은 성당 앞마당에 차를 세우고 주변을 둘러보았다. 미사 시간이 지났는지 사람은 단 한 명도 보이지 않고, 파란 하늘 밑 오렌지 빛 성당만이 그림엽서의 한 장면처럼 눈앞에 펼쳐져 있었다. 민석은 차 밖으로 나와 우두커니 아름다운 풍경을 감상했다. 그때 그 환상적인 풍경 가운데에서 한 낯선 인물이 자신을 향해 걸어오는 모습이 보였다. 말쑥한 정장 차림의 중년 남자….

'누구지?'

민석은 잠시 혼란에 빠졌다. 하마터면 알아보지 못할 뻔했다. 깔끔하게 이발한 머리, 정리된 수염과 말끔한 피부, 그리고 부드러운 표정과 미소…. 도대체, 어두운 도시 속 지저분한 원룸에 살던 그 폐인은 어디 가고…. 하지만 눈빛만큼은 그때나 지금이나 예리한 송사장의 그것이었다. 민석은 어느새 다가온 송사장에게 먼저 손을 내밀었다. 전과 같은 망설임은 없었다. 송사장은 비교적 고른 치아를 활짝 내보이며 악수에 응했다.

'송사장의 치아가 저렇게 깨끗하고 고른 모양이었나? 누렇고 치석이 끼어 있지 않았을까?'

하긴 그의 치아를 보는 것은 처음인 것 같았다. 그가 웃는 모습을 본 기억이 없는 걸 보면. 민석의 머릿속에 송사장의 변화에 대한 상념이 복잡하게 얽혀들었다.

"먼 길까지 오시라 해서 죄송합니다."

"송사장님이 오라 하면 어디든지 가야죠. 그리고 이곳으로 올라오는 길이 참 아름답더군요."

"안으로 들어가면 더 좋습니다."

송사장은 본당 쪽을 가리키며 민석을 안내했다. 두 사람은 성당의 정문을 향해 걷기 시작했다. 초여름인데도 언덕에는 선선한 바람이 산들산들 불고 있었다. 미풍에 흔들리는 나뭇잎 소리가 소년 합창단이 부르는 리드미컬한 허밍처럼 들려왔다. 성당 문은 사람 키의 두 배 정도의 높이였고, 붉은 빛깔이 도는 오동나무로 되어 있었다. 기도하기 위해 찾아온 많은 사람들의 손길에 길들여져 반질반질해진 나뭇결, 군데군데 패인 검은 홈들. 민석은 오래된 성당의 문을 보며 더욱 마음이 차분하고 따듯해지는 것을 느꼈다. 송사장이 한 쪽 고리를, 민석이 남은 한 쪽 고리를 잡아 양 옆으로 문을 밀었다. 오래된 나무문에 달린 경첩이 내는 소리가 늙은 연주자가 켜는 현악기 소리처럼 길게 울렸다.

"아!"

민석은 눈앞에 펼쳐진 실내의 모습에 또 한 번 작은 감탄사를 내뱉었다. 붉은색 카펫이 깔린 바닥 양쪽에는 문과 같은 오동나무로 만들어진 긴 의자들이 나란하게 놓여 있었다. 그리고 정면에 보이는 단상에는 정겨운 성물과 장식품들이 양 옆 창에서 들어오는 상냥한 햇살을 받으며 가지런히 놓여 있었다. 연속으로 길게 가로 배치된 의자들과 정면 벽에 걸린 십자가가 시선을 안정시키는 구도여서일까? 민석은 무엇이라 표현할 수 없는 단정한 실내의 균형감에 감탄하지 않을 수 없었다.

"송사장님 말대로 이 성당은 외형도 내부도 참 아름답군요."

"그래요. 우리가 관심을 두지 않아서 그렇지, 잘 찾아보면 주변에 이런 아름다운 곳이 참 많답니다."

송사장은 앞으로 걸어나가 단상으로부터 중간쯤에 위치한 의자에 앉으며 말을 이었다.

"저녁 미사까지는 사람이 없을 겁니다. 천천히 이야기를 나누기에 좋은 곳이죠."

민석은 조용하고 아늑한 이곳 분위기가 마음에 들었다. 하지만 한편으로 이성수에 대한 이야기를 나누기에는 어울리지 않는 곳이라 생각했다. 하지만 민석은 아무 말 없이 송사장 곁에 앉았다.

두 사람 사이에 대화가 잠시 끊어졌다. 부드러운 햇살이 비추는 이곳에서는 말보다 침묵이 오히려 자연스러워 보였다. 어느 정도 시간이 흘렀을까. 참다못한 민석이 먼저 송사장에게 질문을 던졌다.

"이성수를 만나셨나요?"

이성수라는 세 음절이 잔잔한 호수에 던져진 돌멩이처럼 경건한 실내 공간에 또렷한 파문을 일으켰다. 기도를 하듯 단상을 바라보던 송사장이 천천히 얼굴을 돌려 민석과 눈을 맞추었다.

"네, 만났습니다."

"그는 어떤 사람인가요?"

송사장은 이성수에 대한 이야기를 최대한 빨리 마무리 짓고 싶었다. 이곳으로 민석을 부른 이유는 이성수란 인물을 민석에게 설명하기 위함이 아니었다.

"이성수란 사람은 민석 씨가 생각하는 그런 복잡한 인격을 가진 사람은 아닙니다. 의외로 단순한 사람이고, 누구보다 욕망에 충실한 사람입니다."

순간 민석은 송사장이 이성수를 감싸고 있는 것은 아닐까 하는 의심을 품었다. 민석이 생각한 이성수는 남의 아내를 가로채는 파렴치한이고, 변태적인 성욕을 가진 자이고, 폭력을 행사하는 범죄자였다. 그리고 그가 송사장으로부터 듣고 싶은 이야기는 그런 이성수의 행태에 대한 낱낱의 고발이었다.

"하지만 그는 정상이라고 볼 수 없는 행동을 하지 않았나요? 특히 가연 씨에게는…."

"욕망에 충실했을 뿐이죠, 서로의 욕망에."

송사장은 민석의 말을 끊으며 간결하게 가연과 이성수 사이의 일을 정의했다.

"그럼 그가 가연 씨에게 가했던 일은 이대로 넘어가는 건가요?"

민석은 문득 억울한 기분을 느꼈다.

"가연 씨는 이제 괜찮아요. 오히려 이제는 전보다 더욱 자신의 삶을 찾으려 애쓸 것이고, 더 이상 이성수와 만나지도 않을 겁니다."

민석이 생각해도 그 말이 틀린 것은 아니었다. 가연이 자신의 집에서 휴식을 취하고 돌아가던 날, 그녀는 그 어느 때보다 안정된 모습이었다. 하지만 그 모습을 확인할 수 없는 아내는….

"재인과 이성수는요?"

민석은 실은 가장 묻고 싶은 물음을 물었다. 성당 안의 고요한 공기가 다시 한 번 '재인'이란 두 음절에 파동을 일으키는 것 같았다.

"두 사람은 이제 관계가 없습니다. 재인 씨가 이성수와 잠시 교류를 가졌던 것은 맞지만, 만나지 않은 지 한참 되었습니다. 그는 재인 씨의 실종조차 모르고 있었고, 역시 지금 재인 씨가 어디 있는지 알지 못합니다."

송사장은 잠시 시간을 두고 말을 이었다.

"단 한 가지, 이성수와 이야기를 나누면서 난 재인 씨의 마음을 어느 정도는 이해할 수 있었습니다."

민석은 혼란스러웠다. 자신도 이해하지 못한 아내를 도대체 어떻게 이성수가…. 송사장은 민석의 불쾌한 표정을 보고 어린아이를 달래듯 부드럽고 느린 말투로 이야기를 해나갔다.

"이성수에겐 특별한 능력이 있습니다. 그 능력이 좋게 쓰일 때도 있고 때로는 좋지 않게 쓰일 때도 있지만, 능력은 분명 능력입니다. 그는 사람들의 욕망을 알아채고 그것을 이용할 줄 압니다. 때문에 그가 재인 씨에 대한 이야기를 할 때마다 난 많은 추리를 할 수 있었습니다."

민석은 질투의 감정에 휩싸여 송사장의 말을 이해할 수 없었다. 아니 이해하려 하지 않았다. 송사장도 민석의 표정에서 그가 혼란스러워하고 있는 것을 느꼈지만, 할 말은 해야 했다.

"재인 씨는 어렸을 때부터 외로웠어요. 자신과 수준이 맞지 않는 사람들을 가족으로 만나야 했기 때문이죠. 아버지와는 어쩌면 잘 맞았겠지만 일찍이 떠나버렸고, 어머니와 언니는 세속적인 사람이기 때문에 그녀를 이해할 수 없었어요. 학창 시절 재인 씨는 혼자 책을 읽으며 자신과 맞지 않는 환경으로부터 탈출하는 것을 상상했던 것 같습니다.

고등학교 시절 만난 친구 가연은 독특한 인물이고 서로 외롭다는 점에서 통했지요. 두 사람은 그것이 가정이든 학교든, 단체나 규율이든 간에, 어딘가에서 벗어나고 싶어 한다는 점에서 잘 어울렸던 것 같습니다. 하지만 나머지 성향들은 너무 다른 친구였죠. 그러다 재인 씨는 당신을 만났습니다. 민석 씨, 당신에겐 극성이 없어요. 그 누구와도 잘 맞는 좋은 사람이지요. 당신과 함께 있으면 그 어떤 사람도 무한한 애정과 신뢰를 느끼게 됩니다.

한동안 재인 씨는 당신 덕분에 남녀 간의 사랑도 알게 되었고, 그 사랑 덕분에 결혼이란 제도에 적응하고, 안정된 사회적인 역할도 어느 정도 해낼 수 있었어요. 하지만 누구도 고인 물처럼 한 곳에 있을 수는 없어요. 특히 재인 씨처럼 민감한 사람이라면 더욱 그렇죠. 그녀는 언제부터인가 스스로 변화해야 한다고 느꼈고, 그 이후 일상의 삶은 참을 수 없을 만큼 힘들었을 겁니다."

민석은 아내를 분석하는 이야기를 어느 정도 받아들이면서도 여전히 그 이야기를 타인의 입을 통해 들어야 한다는 점에서 불편을 느끼고 있었다.

"그래도 난 그녀의 무책임한 행동만큼은 받아들이기가 힘듭니다."

민석이 그 불편함을 재인을 비난하는 말로 내뱉어버렸다.

"민석 씨도 두 사람의 결혼 생활이 점점 힘들어지고 있다는 것을 느꼈을 텐데요?"

화살이 예상치 못하게 민석 자신을 향해 돌아왔다. 민석의 머릿속에 희진의 얼굴이 잠시 떠올랐고, 그 뒤로 무한한 변명 거리가 물밀듯 밀려왔다.

"결혼하고 일정 기간이 지나면, 끓어오르던 열정의 온도는 적정한 점에 맞추어지고 관계는 안정됩니다. 누구나 그래요. 우린 그래도 크게 다투지 않았고, 서로에게 불만도 없었습니다. 난 한 번도 아내를 배신하고자 의도한 적이 없고, 절대 아내와 헤어지고 싶지도 않았습니다. 그리고 언제나 남편으로서 안정적인 생활에 대한 책임을 소홀하지 않았습니다."

변명거리는 두서없는 말들로 쏟아져나왔다.

"삶에서 안정이란 말은 또 하나의 굴레입니다."

송사장이 짧게 말을 끊었다.

"그래요. 재인이 어떤 변화를 원했을 수 있어요. 그렇다고 이런 식이어야만 하나요?"

민석은 여전히 자신을 방어하고 싶었다.

"변화는 누구에게나 두려움을 유발해요. 재인도 두려웠을 겁니다. 스스로가 고인 물처럼 썩고 있다고 느꼈지만 어떻게 변화해야 할지 몰랐겠죠. 그래서 다른 남자들도 만났을 겁니다. 여자들이 자신의 정체성에 혼란을 느낄 때 흔히 그러듯, 남자의 욕망을 통해 자신을 알아내고자 했다는 말이죠. 물론 그런 일탈이 그녀에게 큰 위안이 될 수는 없었을 테죠."

"그런데 왜 하필 이성수 같은 인간을 만났을까요?"

송사장은 내심 민석에게 이성수란 인물의 내면을 드러내고 싶지 않았다. 때문에 이 질문에 적절한 대답을 떠올리려 애썼다.

"다른 사람들을 만났던 이유와 결코 다르지 않아요. 그저 혼란스러워 만났던 거예요. 단, 그 사람은 크게 성공한 사람이고 부자이고 멋진 사람이에요. 그런 속된 매력 때문에 우리 모두가 더욱 큰 관심을 가졌고, 괜히 과장된 의미를 부여했던 것은 아닐까요?"

송사장은 민석, 가연 그리고 자신, 그 모든 사람들이 가졌던 이성수에 대한 특별한 관심을 빗대기 위해 '우리 모두'라는 말을 또박또박 강조해서 말했다. 민석은 부정할 수 없었다. 하지만 그래도 마지막까지 자기를 방어하는 질문을 하지 않을 수 없었다.

"그런데 아내는 왜 가장 가까운 나에게 그 엄청난 자신의 혼란과 갈등을 말하지 않았을까요?"

송사장은 여전히 화난 사람을 달래듯 부드러운 말투로 대답했다.

"말했을지도 몰라요. 어쩌면 당신이 당신 자신 속 문제에 빠져 있었기 때문에 듣지 못했을 수도 있어요."

'아아…, 그랬던가?'

민석은 머리를 둔기로 한 대 맞은 듯 멍해졌다. 그는 어떤 충격에 더 이상 말을 못 하고 고개를 숙였다. 선한 햇살로 가득한 실내가 고요해졌다. 침묵 속 두 사람의 긴 호흡 소리만이 번갈아 들렸다. 민석은 눈을 감고 생각에 잠겼고, 송사장은 그런 그를 바라보며 조용히 기다렸다. 민석은 송사장의 말을 곰곰이 되씹었다. 실은 그의 말은 하나도 틀리지 않았다. 머릿속이 혼란스러웠지만, 이제는 적어도 생각의 방향만큼은 민석 자신을 향하고 있었다.

대화가 끊어지자 성당 내부의 시간은 바깥세상보다 더디게 흐르는 것 같았다. 얼마나 지났을까. 느려진 시간 속 침묵을 깨고 민석이 갑자기 고백성사를 하듯 웅얼거리기 시작했다.

"그래요. 나도 언제부터인가 아내라는 존재를 일상처럼 당연하게 여겼습니다. 결혼 생활은 안정되었지만 무엇인가 결핍되어 있다는 느낌이 있었죠. 하지만 그것이 무엇인지 몰랐어요. 아니, 알려 하지 않았다는 표현이 맞겠네요. 아내가 문제에 대해 내게 말하려 할 때마다 슬며시 회피했고, 그저 게임을 하듯 일에 열중하거나 다른 여자를 만나기도 했습니다."

송사장은 드디어 민석의 생각이 올바른 방향을 잡았다고 판단했다. 이곳에서 민석을 만나기로 한 첫 번째 목적은 이성수에 대한 그의 관심을 돌리고자 함이었다. 그리고 두 번째는 민석이 그 관심을 자기에게로 돌려 스스로 내면 하나하나를 꺼내놓고 들여다볼 수 있게끔 하는 것이었다.

말을 마친 민석이 갑자기 눈을 뜨고 고개를 들어 성당의 높은 천장을 바라보았다. 단출한 회벽으로 된 뾰족한 천장이 그의 허망한 시선을 빨아들이는 것 같았다. 그 순간 민석은 시선의 끝에서 분명 어떤 음성을 들었다.

'미치도록 벗어나고 싶어 했던 사람은 바로 너야! 하지만 넌 그런 자신을 언제나 속이고 있었지.'

민석은 이제 더 이상 자신을 방어하고 변명할 수 없었다. 재인의 심정이 곧 자신의 심정이라는 것을 이해해야만 했다. 민석은 자기도 모르게 그 음성에 답하듯 천장을 바라보며 고개를 끄덕거렸다. 한참을 아무 말 없이 민석의 행동을 바라보던 송사장의 입가에 보일 듯 말 듯한 미소가 떠올랐다. 그리고 잠시 후 송사장이 작은 목소리로 민석에게 질문을 던졌다.

"그런데 이곳 멀고 낯선 성당까지 오시라 해서 궁금하셨죠?"

혼자만의 생각에 젖어 있던 민석이 갑자기 정신을 차린 듯 고개를 돌려 송사장의 입모양에 시선을 고정했다. 실은 하루 종일 가장 궁금한 부분이었다. 왜 하필이면 이곳 성당에서 만나자고 한 것인지, 송사장이 가톨릭 신자일 리는 만무하고, 아아…, 혹시 재인이 이곳에 있는 것일까?

"안 그래도 궁금했어요. 말씀해주세요. 왜 이곳까지 오라고 하셨죠?"

송사장이 담담한 말투로 대답했다.

"이곳이 매우 아름답기 때문입니다."

민석의 맥이 툭하고 풀렸다. 초여름 햇살이 두 사람이 이야기를 나누는 실내로 가장 깊숙이 파고드는 시간이었다. 그래서인지 실내의 모든 사물들이 미세한 변화를 일으키는 것 같았다. 의자의 나뭇결은 윤기가 흘렀고, 단상의 장식물들은 생명력을 부여받은 듯 생기가 더해졌다. 정면의 십자가상은 자체에서 빛을 내뿜는 것처럼 한층 더 밝아 보였다. 송사장은 이 미묘한 변화를 애서 감지한 사람처럼 가늘게 눈을 뜨고 실내를 한 번 둘러본 다음 말을 이었다.

"그리고 이렇게 아름다운 곳에서는 용서하는 마음을 갖기 쉽지요."

민석은 그 말의 의미를 바로 이해하지 못했다. 오히려 실망스러운 표정을 감추지 못하고 목소리를 한 톤 높여 대꾸했다.

"도대체 누구를 용서하란 말인가요? 내게 씻을 수 없는 상처를 준 재인을 용서하란 말인가요? 아니면 그 미친 이성수를 용서하란 말인가요?"

"아니요, 그 누구도 당신에게 용서받을 필요는 없어요. 그냥 당신은 당신 자신만 용서하면 돼요."

송사장의 말투는 여전히 조용하고 부드러웠다. 그러나 그 말의 의미는 엄청난 힘을 가지고 민석의 가슴으로 파고들었다.

"아아…"

민석은 순간 다시 높은 천장을 바라보았다. 그랬다. 모든 것은 자신 안에 있었다. 그 누구도 민석에게 상처를 줄 수 없었다. 상처를 준 사람이 없으므로 용서할 타인도 없었다. 오직 자신만이 있고, 자신이 결정한 삶이 있을 뿐이었다. 송사장은 그것을 일깨워주기 위해 이곳으로 자신을 부른 것이었다. 머릿속의 안개가 걷히고 맑고 투명한 정신이 그곳을 차지했다. 무엇이라 형용할 수 없는 명료함이 몰려왔다.

'이 모든 일들이 모두 내 안에서 일어나고 있었는데…. 그것을 몰랐었구나.'

민석은 한참을 멍하게 천장만 바라보다 어떤 꿈에서 깨어나는 기분으로 천천히 송사장을 바라보았다. 그의 모습이 조금 전보다 미세하게 달라 보였다. 분명 같은 사람이나 눈치 챌 수 없을 정도의 미미한 진동에 따라 그 상이 달라진 것 같았다. 송사장은 이제 막 자리에서 일어나려하고 있었다. 민석의 눈에 송사장의 움직임이 평상시와 달리 슬로우 비디오를 보는 것처럼 느리고 정교하게 느껴졌다. 그는 한참을 갓난아기의 호기심으로 송사장과 주변을 바라보고 난 후 자리에서 일어났다.

두 사람은 성당 밖으로 천천히 걸어 나왔다. 미풍조차 멈추어 실내만큼이나 고요한 마당이었다. 차 앞까지 걸어왔을 때 민석이 먼저 송사장에게 손을 내밀었다.

"송사장님이 오늘 이곳으로 오라고 한 이유를 드디어 알겠습니다. 이젠 모든 것이 확실해졌어요. 진심으로 감사합니다."

그리고 두 사람은 항상 그렇듯 악수를 나누었다.

모임

역시 목요일이었다. 가연이 이성수를 만나던 그 요일. 이번에는 송사장이 정장을 입고 이성수의 건물 아래에서 그를 기다렸다. 아침부터 흐린 날씨였다. 눅눅한 기운을 가득 담은 회색 구름이 온 도시를 장막처럼 뒤덮고 있었다. 이성수의 높은 빌딩도 그 절반 이상이 짙은 구름에 묻혀 보이지 않았다.

'저 꼭대기의 아름다운 인공숲도 오늘만큼은 어둠에 휩싸였으리라.'

송사장이 그림자가 드리워진 숲을 상상하고 있을 때 검은 양복을 입은 이성수가 매끈한 세단을 타고 나타났다. 이성수는 길가에 서 있는 송사장을 발견하고 차창 밖으로 한 손을 내밀어 흔들었다. 검은 양복 밖으로 나온 흰색 와이셔츠의 소매 끝이 유독 눈에 띄었다. 어두운 날씨, 검은 표범처럼 날렵한 세단, 그리고 반들거리는 새까만 양복과 극명히 대비되는 새하얗고 빳빳한 소매 깃이었다.

송사장은 그 손짓에 이끌려 차로 향했다. 그리고 빨려 들어가듯 매끄러운 세단 안으로 들어갔다. 차 안 공기에서 이성수가 사용하는 고급스러운 향수의 은은한 향기가 배어나왔다.

"잘 오셨습니다."

이성수가 먼저 인사를 했다. 그의 당당한 음성 사이로 허스키한 목소리를 가진 여인이 부르는 재즈가 들려왔다. 왠지 남자를 은근하게 흥분시키는 묘한 분위기의 노래였다.

"아, 네…"

"실은 한 주간 생각을 많이 했습니다."

"무엇을요?"

"송사장과 함께 가기로 한 결정이 잘한 일인지."

"…"

"난 원래 어떤 결정을 할 때 생각을 오래 하지 않습니다. 그런데 이번에는 꽤나 긴 시간 고민을 했지요"

"전 그 일을 파헤치고 고발하려는 것은 아닙니다."

"알고 있습니다. 하지만 대부분 사람들은 타인을 비난하고 고발하는 것을 좋아합니다."

이성수는 차분하고 담담하게 운전하며 말을 이었다.

"사람은 누구나 차마 입에 담을 수 없는 행동을 할 수 있습니다. 무척 잔인해질 수도 있고 비열해질 수도 있지요. 때로는 내밀한 욕망을 위하여 타인을 파괴할 수도 있습니다. 하지만 그들은 대체로 자신의 행동을 부정합니다. 물론 인간이므로 죄책감을 느낍니다. 그러나 불행히도 그 죄책감은 그만 타인에게 투사되어 버리지요."

"투사라뇨?"

"과거에 간통한 여자들은 무참히 다루어졌습니다. 개인은 무기력하지만 개인이 모여 군중이 되면, 그들은 비로소 겁이 없어지고 이성을 잃게 됩니다. 투사된 죄책감은 힘없는 사람에게 벌을 내리라는 함성과 폭력으로 나타나지요."

송사장은 이성수가 하는 말의 의미를 충분히 이해했다.

"일단 자세한 이야기는 도착해서 또 나누지요."

이성수는 선이 또렷한 입을 꾹 다물었다. 송사장도 말을 멈추고 차에서 흐르는 재즈의 느리고 끈적이는 음색을 즐겼다. 얼마간 달리자 드디어 가는 빗방울이 차창을 부옇게 물들이기 시작했다. 무거운 짓눌림을 견디지 못한 회색 구름이 터진 것이다. 송사장은 시계를 보았다. 어느새 이성수의 회사에서 출발한 지 한 시간 남짓 지났다. 비 때문인지, 초저녁인데도 날은 이미 어두워져 있었다.

차는 도시를 떠나 교외의 한적한 도로 위를 계속 달렸고, 빗줄기는 시간이 지나면서 더욱 굵어지고 있었다. 서로 아무 말 없이 한 시간 정도를 더 달린 것 같았다.

차는 고속도로를 빠져나와 왕복 2차로로 된 좁은 길로 들어섰다. 좁고 구불구불한 길을 한참 더 달리자, 더욱 좁아진 비포장도로가 나왔다. 비포장도로에서 이성수는 떨리는 목소리로 입을 열었다. 목소리의 떨림이 도로의 요철 때문인지 그의 긴장 때문인지는 알 수 없었다.

"우리는 한 달에 한 번 모입니다. 다들 사회적으로 성공한 사람들이죠. 혼자 참석하는 사람도 있고, 이성 파트너와 동반하기도 하고, 드물게 아내와 함께 오는 사람도 있어요. 처음에는 상류층 사람들만의 조용한 커뮤니티를 만들기 위하여 이곳에 별장식 콘도미니움을 개발하려고 했어요. 하지만 주변 사람들의 따가운 시선이 여간 피곤한 것이 아니었죠. 여기 모이는 사람들은 하나같이 외부의 관심을 싫어하는 사람들이니까요. 그래서 그 사업은 진행되지 못했습니다. 그리고 비밀리에 연수원으로 사용하게끔 허가된 건물만 하나 지어졌지요."

이성수의 말이 끝나자마자 송사장 눈앞에 3층 남짓 정도 되는 건물이 나타났다. 어둠속에서 건물의 외관이 희미하게 보였다. 건물을 둘러싼 높은 산세 때문인지 아니면 세찬 빗줄기 때문인지, 언뜻 영화에 나오는 유령의 집처럼 보였다.

"이런 외딴 곳에 이런 장소가 있었다니…."

송사장은 차창 쪽으로 머리를 빼며 말을 내뱉었다.

"송사장님도 아버님의 뒤를 이어 이 세계에 발을 들였다면 의외로 이런 곳이 꽤 많다는 것을 알 수 있었을 텐데…."

이성수는 말끝을 흐리며 시선을 돌려 송사장을 바라보았다. 어둠속이었지만 그의 눈동자는 사냥감을 노리는 맹수의 그것처럼 섬뜩한 빛을 발했다. 송사장은 이성수의 말과 눈빛에 흠칫 뒤로 물러났다. 그는 송사장의 출신과 과거를 아는 것이 분명했다. 아무러면 송사장에게 과거는 중요하지 않았고, 이성수가 그런 부분을 바로 알아낼 수 있는 사람이란 것도 놀랄 만한 일은 아니었다.

"전 아버지와 연을 끊은 지 한참 되었습니다."

"알고 있어요. 잘 처신하신 겁니다. 송사장의 성품으로는 감당하기 어려운 곳입니다. 그 세계가요. 실은 제가 송사장을 믿는 이유도 송사장의 그런 결단력을 존중하기 때문입니다. 자, 이제 들어가 볼까요?"

송사장은 이성수가 자신을 이곳에 데려오기까지 얼마나 치밀하고 철저하게 조사했는지를 생각하며 몸서리를 쳤다. 차는 건물 옆에 나 있는 작은 구멍으로 빨려 들어가듯 미끄러져 들어갔다. 어둠속에 초록색 유도등만이 차가 가야 할 커브를 정확하게 지시하고 있었다. 대여섯 번 정도 커브를 돌았을까? 송사장은 어느 순간 눈을 질끈 감았다. 갑자기 눈에 부담이 갈 정도로 조명이 밝아지며 커다란 홀이 눈앞에 나타났다. 이성수는 부드럽게 차를 홀의 중심에 세우고 송사장을 바라보았다.

"편하게 놀다 가면 돼요. 이곳은 천국입니다. 각자의 욕망을 남김없이 채울 수 있지요."

"욕망이라…"

송사장은 머리를 갸우뚱 기울이며 이성수의 말을 되뇌었다.

"누구에게나 원하는 것이 있겠죠. 부와 명예를 욕망하는 사람, 사랑과 섹스를 욕망하는 사람, 젊음과 아름다움을 욕망하는 사람. 이곳에서는 모두 이룰 수 있어요. 바로 그런 세상이 천국 아닌가요?"

"아…"

이성수는 어리둥절한 표정을 짓고 있는 송사장에게 의미심장한 미소를 지으며 한 마디 덧붙였다.

"단, 자신이 진정 원하는 것이 무엇인지 깨닫지 못하면 의외로 괴로움을 맛볼 수도 있어요."

두 사람은 차에서 내렸다. 이성수는 서슴없이 홀 가운데 있는 금빛 엘리베이터 앞으로 다가갔다. 머뭇거리는 송사장에게 새하얀 와이셔츠의 깔끔한 소매 깃을 내보이며 빨리 따라오라는 친절한 손짓 또한 잊지 않았다.

이성수의 지문이 벽에 붙은 금속판에 닿자, 고급스럽게 반짝이는 엘리베이터 문이 스르르 열렸다. 이어 두 사람이 안쪽으로 들어서자 네모난 공간은 빠르고 부드럽게 움직였다. 잠시 후 문이 열리더니 또 다른 커다란 홀이 나타났다. 순간 송사장은 난생 처음 보는 장면에 눈이 휘둥그레졌다. 마치 어머니의 산도를 빠져나온 생명체가 처음으로 밝은 빛을 감지한 듯 놀랍고 당황스러웠다.

밖은 어둡고 비가 내렸지만, 실내는 눈이 부실 정도로 밝고 따뜻했다. 원형 경기장을 연상하게 하는 둥근 홀 안에는 언뜻 20~30명 정도의 남자와 여자들이 파티를 즐기고 있었다. 남자들은 주로 깔끔한 정장 차림이고, 여자들도 대부분 정성 들인 머리치장과 아름다운 옷차림을 하고 있었다. 하나같이 영화에서나 볼 수 있을 법한 화려한 모습이었다.

이성수는 자연스러운 태도로 사람들을 가로질러 둥근 홀 안쪽으로 걸어 들어갔다. 송사장은 가까스로 정신을 차리고 이성수의 뒤를 따랐다. 걸음은 곧장 그를 따라가고 있었지만, 머릿속은 갖가지 의문으로 복잡했다. 차에서 볼 때 건물은 완벽하게 어둡고 외형은 분명 네모반듯한 회색 건물이었는데, 이렇게 밝고 화려한 둥근 형태의 홀이 있을 줄이야.

그리고 그 무엇보다도 의문스러운 점은, 이성수와 자신이 새로이 등장하여 홀을 가로질러 걷고 있는데 단 한 사람도 둘에게 인사를 하지 않는다는 것이었다. 아는 척을 하는 사람도, 얼굴을 쳐다보는 사람도 없었다.

'우리가 마치 투명 인간이라도 되는 것 같군.'

두 사람은 주변의 철저한 무관심 속에 홀 맞은편에 도달했다. 그곳에는 2층으로 올라가는 하얀 대리석 계단이 있었다. 천국으로 올라가는 계단이라고 해도 믿을 정도로 정교하고 아름다웠다. 송사장은 이성수가 차에서 내리기 전 "이곳은 천국입니다."라고 한 말을 떠올리며 계단을 올랐다.

2층으로 올라가자 넓고 긴 복도가 있고, 그 양 편으로 여러 개의 방이 늘어서 있었다. 방문은 일반적인 문보다 두 배 정도 높고 칠흑처럼 검은 칠을 해놓아 괴기스러운 분위기를 풍겼다. 이성수는 그 어떤 설명도 없이 앞만 보고 복도를 따라 성큼성큼 걸었다. 송사장은 어리둥절해하면서도 아무것도 묻지 못한 채 이성수의 곁을 따랐다.

서너 개의 문을 그냥 지나치던 이성수가 갑자기 어느 한 방 앞에 우뚝 섰다. 커다란 검은 문의 높이가 두 사람을 압도했다. 이성수가 한 손을 뻗어 문고리를 잡으며 동시에 고개를 돌려 송사장을 바라보았다. 그의 눈동자가 문보다도 더 새까맣고 강한 빛을 내뿜었다.

'이상한 예감'

"놀라지 말아요."

날카로운 눈빛과는 다르게 목소리는 부드럽고 차분했다. 순간 송사장의 눈이 튀어나올 듯 커져버렸다. 어느새 열린 그 방안에는 벌거벗은 남녀 여러 명이 격한 정사를 나누고 있었다. 송사장은 먼저 방에서 뿜어나오는 텁텁한 열기와 괴이한 소리에 놀랐다. 그리고 그들의 어지러운 자세와 요란스러운 행위에 그만 한 걸음 뒤로 물러났다.

잠시 후 이성수는 마치 '자, 이제 정신 차려요.' 하는 식으로 송사장의 어깨를 가볍게 툭 치며, 벌컥 연 방문을 살며시 닫았다. 송사장의 시야에서 인간의 나신들이 엉켜 있는 장면이 사라졌다. 불과 몇 초였던 것 같았다. 하지만 그 충격은 컸다. 이성수는 얼어붙은 듯 그 자리에 서 있는 송사장을 여전히 부드러운 목소리로 불렀다.

"송기준 씨."

"네에?"

'아아, 나의 이름…. 그 이름이 저 이상한 자의 입에서 나오다니.'

송사장은 스스로도 잊고 있던 자신의 이름이 이성수의 입에서 나오는 순간 다시 한 번 소스라치게 놀랐다.

"난 어느 정도는 송기준 씨가 예상하고 있다고 생각했는데요."

송사장은 어떤 대꾸도 못 하고 부들부들 몸서리를 쳤다. 그러고 보면 전혀 예상 못 한 바는 아니었다. 민석은 분명 가연의 일을 말하면서 사드 같은 인물을 운운했었으니까. 그리고 자신의 이름쯤이야…. 그 현란한 방의 문을 닫은 이성수가 다시 천천히 복도로 걸음을 내디디며 말을 이었다.

"송기준 씨. 난 당신을 처음 보았을 때 당신이 나에 대하여, 아니 인간에 대하여 이미 많은 것을 알고 있다는 것을 느꼈어요. 때문에 숨길 것도 없다는 것을요."

송사장은 흐트러진 호흡을 가다듬으려 애썼다. 이성수의 말이 맞다. 이미 그는 이런 상황을 어느 정도 예상했었다. 단지 막상 눈앞에 직접 마주한 장면에 잠시 놀랐을 뿐이다. 송사장이 겨우 입을 열어 말을 시작했다.

"이런 일들이 실제로 일어날 수 있다는 사실에 놀랐습니다."

"인간은 겉보기와는 다르게 여러 가지 모양의 내면을 가지고 있습니다."

"그렇긴 하지만…"

"당신도 한 인간 때문에 상상하기 어려운 일을 겪어본 적이 있지 않습니까?"

송사장은 그가 무슨 말을 하는지 바로 이해하지 못했다.

"네?"

이성수가 걸음을 멈추고 야릇한 미소를 띤 얼굴로 송사장을 바라보았다. 그 순간 송사장의 뇌리에 새어머니의 아름다운 얼굴이 떠올랐다. 그 누가 그 청초하고 고운 얼굴을 보고 음모와 살인을 상상할 수 있겠는가. 역시 이성수는 모든 것을 알고 있었다.

"그래요. 누구나 겉보기와 다르게 상상할 수 없을 정도로 다양한 내면을 가지고 있지요."

송사장은 이성수의 말에 동의하며 그의 말을 되풀이했다. 누구나 살면서 상대방의 또 다른 모습에 놀라게 된다. 민석은 겉보기에 조용하고 얌전했던 아내인 재인에게 놀랐을 테고, 자신은 강하고 완벽했던 아버지의 나약한 모습에 놀랐다. 가연은 아마 자신 안에 있는 또 다른 자기 모습에 놀라지 않았을까? 송사장은 어느 정도 평정심을 되찾고 다시 이성수와 걸음을 맞추어 걸으며, 처음부터 가장 의문스러웠던 점에 대한 질문을 했다.

"그런데 여기 있는 사람들은 우리를 아는 척하지 않는군요. 그리고 아까 그 방에 있던 사람들 또한 저희가 방문을 열었을 때 조금도 당황하지 않았고요."

"이곳에서 겉모습이나 이름, 직업 등은 의미가 없습니다. 페르소나라고 들어보셨나요? 자기를 포장하는 외형 말입니다. 이곳 사람들은 외형을 무시합니다. 내가 이곳에 들어온 것은 이성수가 들어온 것이 아니고, 하나의 욕망이 들어온 것일 뿐입니다. 이곳에는 개인은 없고, 의식과 욕망만이 왔다 갔다 합니다. 마치 유령처럼 말이죠."

"홀 안의 사람들은 이야기를 나누고 있었어요."

"물론 이야기를 나누기도 하지요, 하지만 그 누구도 자기라는 개인에 대한 이야기는 하지는 않습니다. 누가 어떤 사회적 위치에 있는지, 누가 누구와 어떤 관계인지, 어디에 사는지, 얼마나 소유했는지 이곳에서는 알지 못합니다. 서로 알면 위험해질 수도 있는 상황이니까요."

"저쪽 방 사람들도요?"

송사장은 손으로 처음 열었던 방의 방향을 가리켰다.

"물론이죠. 이야기를 나누듯 남자와 여자는 서로 원하면 자연스럽게 섹스를 하죠. 하지만 그들은 섹스를 하는 대상이 어떤 이름과 직업을 가졌는지 알려 하거나 궁금해하지 않습니다."

이성수는 다시 걸음을 멈추고 송사장의 얼굴을 똑바로 쳐다보며 말을 이었다.

"송기준 씨, 당신이 생각하는 천국은 이렇게 평등한 세상이 아닌가요? 여기서는 다 똑같습니다. 그저 의식과 욕망만을 가졌고, 그 욕망의 극성이 맞으면 함께 어떤 행동을 할 수 있습니다. 물론 서로간의 합의하에서요."

이성수는 어느새 또 다른 문 앞에 섰다. 그리고 그 문을 열기 위해

손을 내밀고 있었다. 송사장은 순간 방문을 향해 뻗은 이성수의 손을
저지했다.

"아직 전 준비가 덜 된 것 같습니다."

"왜요?"

"왠지 이 방에는 더 끔찍한 장면이 기다리고 있을 것 같아서요."

"왜 그렇게 생각하시죠?"

"욕망만이 존재한다면서요. 인간의 욕망이 얼마나 다양한 모습을 지
니고 있는지, 때로는 무척 잔인하고 무서울 수도 있다는 사실을 알고 있
어서요."

이성수는 얼굴에 여유로운 미소를 띠며 송사장을 빤히 바라보았다.

"뭘 상상하시죠? 폭력?"

송사장은 자기도 모르게 고개를 끄덕였다. 이성수는 웃음을 터뜨렸다.

"가연이 일 때문에 송기준 씨가 너무 비약하신 것 같군요. 그냥 식욕
을 채우기 위하여 맛있는 음식이 차려진 방일 수도 있잖아요?"

이성수는 송사장의 저지에 의해 물러났던 손을 다시 뻗어 문을 열었
다. 사방이 거울로 된 화려한 방이었다. 송사장은 아름다운 방 안에 있
는 멋진 여성 세 명과 눈이 마주쳤다. 문이 열리는 순간 여성들은 두 사
람을 수초 동안 바라보고 다시 자신의 일에 열중했다. 그녀들은 거울 앞
에서 화려한 옷을 입은 자신의 모습을 여러 각도로 훑어보기도 하고,
화장을 고치는 시늉을 하기도 했다. 거울 한편에는 수백 벌의 옷과 장
신구들이 걸린 걸이들이 보였다. 이성수는 역시 방안을 한 번 훑어보고
문을 닫았다.

"거울은 자신을 간접적으로 인식하는 유일한 도구죠. 여기서 사람들은 거울 속 대상에 욕망과 애착을 느낀답니다. 물속에 비친 자신과 사랑에 빠진 나르시스처럼 말이죠."

이성수는 알쏭달쏭한 말을 하면서 그 다음 방문의 손잡이를 잡았다. 그 방은 연기가 자욱했다. 몇몇 남자들이 시가를 입에 물고 작은 잔에 담긴 화려한 색깔의 음료를 마시고 있었다. 이성수는 다른 방보다 더 신속하게 문을 열고 닫았다.

"난 이 방을 좋아하지 않아요. 시가의 향은 좋지만 연기가 자욱한 것은 참을 수가 없지요."

이성수는 서너 개의 방을 건너뛰고 복도에 있는 마지막 방문의 손잡이를 잡았다. 송사장은 전신에 가벼운 긴장감을 느꼈다. 마지막 방은 다른 방에 비하여 어둡고 좁았다. 고급스러운 가구도 장식물도 없었고, 그저 방 한가운데 사람 엉덩이 높이의 나무 테이블과 의자 몇 개가 있을 뿐이었다. 테이블 주변에는 대여섯 명의 남자들이 술을 마시며 잡담을 하고 앉아 있었다. 그들은 하나같이 뚱뚱하고 험상궂었다. 또한 그들은 이 건물 내에서 본 그 어떤 사람보다 옷차림이 허술하고 위생 상태가 나빠 보였다. 송사장은 그들 몸에서 나오는 퀴퀴한 땀과 체액이 풍기는 악취에 인상을 찌푸렸다. 이런 화려한 곳에 이렇게 지저분한 방이 있다니, 믿을 수가 없었다.

게다가 더욱 더 이상한 것은 방안에서 흐르는 음악이었다. 모차르트 심포니 25번. 전혀 이 방과 이 방 사람들과는 어울리지 않는 음악, 싸구려 선술집 같은 장소에 천재 음악가의 장엄하고 아름다운 선율이라…

이건 도대체 어떤 부조화란 말인가. 송사장은 이성수의 표정을 살폈다.

"아직 축제가 시작되기 전이군요."

이성수는 역시 다른 방들을 볼 때와 마찬가지로 잠시 방 안을 훑어보고 신사적인 태도로 문을 닫았다.

"축제라뇨?"

"자, 이야기를 나누기 전에 우리도 한 잔 하면서 식욕을 채웁시다."

이성수는 직접적인 대답을 회피하고 방향을 돌려 걸었다. 그리고 건너편 방 중 한 곳의 문을 열고 이번에는 당당한 태도로 방안으로 걸어들어갔다. 그곳은 언뜻 고급 뷔페 식당을 연상시켰다. 방 가운데에는 긴 테이블이 있고, 그 위에는 갖가지 먹음직스러운 요리들이 놓여 있었다. 테이블 주변에는 부지런히 음식을 나르는 사람들이 보이고, 주변에 띄엄띄엄 배치된 의자와 탁자에는 몇몇 사람들이 음식과 음료를 먹고 마시고 있었다. 점심 이후 아무것도 먹지 못한 송사장은 순간 심한 허기짐을 느꼈다.

"자, 맛있는 음식들을 맘껏 즐기세요."

이성수가 시원스럽게 말했다. 송사장은 이성수를 따라 접시를 들고 평소에 보지 못한 진기한 요리들을 차례로 담기 시작했다. 주위 사람들은 이번에도 두 사람을 철저히 무시했다. 덕분에 송사장은 그 누구의 눈치도 보지 않고 허겁지겁 식사를 시작했다. 음식은 최고였다. 늘 먹던 싸구려 음식과는 질적으로 달랐다. 재료 하나하나의 신선함, 그리고 모양과 풍미, 모든 것이 완벽했다. 두서너 접시를 비우는 동안 두 사람은 말이 없었다. 그저 식욕을 만족시키는 데 전념할 뿐이었다.

식사를 마치고 따뜻하고 향이 좋은 차를 들고 쿠션이 좋은 소파에 앉자, 포만감과 더불어 묵직한 피로감이 온몸에 몰려왔다. 오후 내내 송사장이 느낀 충격과 긴장이 완화되며 오는 느낌이었다. 두 눈을 살며시 감자, 남녀가 엉켜 있는 방에서 본 장면이 떠올랐다. 송사장의 이완을 느낀 듯 이성수가 빛깔이 예쁜 칵테일 한 잔을 건네며 말을 걸었다.

"처음엔 어색하겠지만 마음 편안하게 즐기셔도 됩니다. 시가를 피워도 되고, 술을 마셔도 되고, 여자를 안아도 되죠. 원한다면 누군가를 지배하거나 누군가에게 지배를 당할 수도 있습니다."

송사장은 이성수에게 자신의 생각을 들킨 것이 아닐까 생각하며 감았던 두 눈을 번쩍 떴다.

"아직은 그러고 싶지 않아요."

송사장은 이제부터 무엇을 어떻게 해야 할지 난감했다.

"이곳에 오고 싶어 했잖아요."

"가연 씨가 이곳에 왔었나요?"

송사장은 신속하게 화제의 대상을 타인으로 돌리기로 했다.

"네, 그랬죠."

"아까 그 방에서 섹스를 했나요?"

"어느 방이요?"

송사장이 알고 있는 섹스를 할 수 있는 방은 이성수가 열었던 첫 번째 방밖에는 없었다.

"처음에 들어갔던 방이요."

"아니요."

"그럼 그런 행위를 하는 방이 또 있나요?"

이성수는 음료로 목을 축이면서 잠시 숨을 고른 후 대답했다.

"으음, 실은 가연이는 마지막 방에 들어갔어요."

송사장은 허름하고 거친 남자들 대여섯 명이 있던 마지막 방의 광경을 떠올렸다. 안 그래도 무엇을 하는 곳인지 가장 궁금한 방이었다.

"욕망 중에는 희생자의 욕망이라는 것이 있습니다."

이성수는 마치 남의 이야기를 하는 것처럼 담담하게 말을 이었다.

"희생자의 욕망이라뇨?"

"이 세상에는 무엇이든 채우려는 욕망도 있지만, 비우려는 욕망도 있고요. 관계에 있어서 지배하려는 욕망도 있지만, 지배를 당하고자 하는 욕망도 있습니다."

송사장은 어렴풋이 이성수가 말하고자 하는 바를 짐작할 수 있을 것 같았다.

"그럼 제 발로 그 방에 들어갔다는 말인가요?"

"그래요."

"그곳에서는 상대가 원하는 만큼 고통을 주기도 합니다. 심지어 강제로 범하기도 하고요."

송사장은 남루하고 거친 사나이들 사이에 둘러싸인 가연을 상상했다. 거친 나무 테이블 가운데 누운 가연은 양손이 묶이고 고통과 쾌락의 양날 끝에서 깊은 신음 소리를 내질렀을 것이다. 그리고 그 파괴적인 욕망의 무리들 속에서 이성수는 왕이 된 양 그 엄청난 의식을 지휘하고, 심포니 25번은 그 광기의 흥분을 더해주는 선율이 되었을 것이다. 상상만

해도 전신에 전율이 느껴졌다. 이성수는 말을 이었다.

"그녀는 한때 재인의 역할을 했어요. 물론 내가 제안했지만 그녀가 원하는 부분이었어요. 그녀는 자기를 버리고 싶어 했고, 결국 자아를 잃어버렸죠."

"당신도 그 방에 함께 있었나요?"

귀족적으로 잘생기고 깔끔하게 다듬어진 차림의 남자가 고개를 보일 듯 말 듯 끄덕이는 것 같았다.

"때로 사람들은 폭력을 통해 좀 더 힘 있는 자와 극적인 관계의 확장을 하고자 해요. 자신도 모르게 고통을 즐기는 사람들에게 타인으로부터 유발되었다고 인식되는 고통들은 하나의 생각 습관이지요."

송사장은 자신도 그런 사람들을 많이 보았다고 생각했다. 언제나 상황을 원망하고 타인에게 잘못을 투사하고 신세를 한탄하는 사람들은 그런 모든 부정적인 생각들이 무의식적으로 습관이 되어버렸다는 것을 깨닫지 못한다. 그러다 보면 어느 순간 그런 생각 습관들이 더 큰 고통을 끌어당기기도 하고, 질환을 만들기도 한다. 송사장의 생각을 읽은 듯 이성수는 그를 바라보며 옅은 미소를 지었다.

"하지만 모든 고통과 불행이 다 의미가 없는 것은 아닙니다. 때론 이런 큰 충격적인 사건이 자신을 들여다보게 되는 계기가 되어 긍정적인 결과를 가져오기도 하지요. 아마도 가연은 더 이상 이곳에 오지 않을 겁니다. 자신의 욕망을 진정으로 깨닫고 난 후에는 그 욕망이 얼마나 허망한 것인지 알게 됩니다. 가연은 비교적 빨리 깨달았어요. 쾌락보다는 고통이 어쩌면 치유적인 효과가 더 빠를 수 있거든요. 그녀의 삶은 어느 정도 변화를 겪게 될 것이라고 생각합니다."

"실은 재인 씨의 남편이 가연 씨의 그 과정을 돕고 있습니다."

이성수가 손에 쥔 음료를 한 모금 마시며 기분 좋은 표정으로 고개를 끄덕거렸다.

"아, 그래요? 잘된 일입니다."

송사장은 이제 재인의 이야기를 꺼낼 때가 되었다고 생각했다.

"그럼 혹시 재인 씨는 이곳에 왔었나요?"

이성수가 순간 몸을 움찔하며 마시던 음료를 테이블에 내려놓았다. 그리고 미소가 걷힌 덤덤한 표정으로 대답했다.

"말하고 싶지 않습니다."

"그래도…."

"그녀와는 어울리지 않는 곳이에요 이곳은."

이성수는 딱 잘라말했다.

"저에게는 모든 것을 말할 수 있지 않나요?"

"저도 이제는 이곳에 오지 않을 겁니다. 당신을 오늘 이곳에 데려온 이유는 이 방문이 마지막이기 때문입니다."

송사장은 이성수의 동문서답이 마음에 들지 않았다.

"왜 재인 씨가 이곳에 왔었는지에 대해 말하려 하지 않는 것이죠?"

"이 정도도 송사장에게는 매우 깊은 부분까지 정보를 제공했다고 생각합니다. 그리고 재인이 이곳에 왔었는지, 만약에 왔었다면 무엇을 했었는지는 스스로 알아가는 것이 좋을 것 같습니다."

"정말 다시는 이곳에 오지 않을 수 있을까요?"

"이젠 그럴 수 있을 것 같습니다. 가연이가 자신에게 숨어 있는 피해의식을 끄집어내본 것처럼, 저도 이곳에서 저의 깊은 내면을 들여다보았습니다. 그리고 결국 그 어떤 욕망도 절대 채워질 수 없다는 것을 알았지요. 그리고 그것이 결코 채워질 수 없는 것이기 때문에 삶이 지속된다는 것도 알았고요."

이성수가 잠시 말을 멈추고 자리에서 일어나 커튼이 드리워진 창가로 다가갔다. 그리고 방 한 쪽에 넓게 드리워진 푸른색 커튼을 열어 보였다. 놀랍게도 커튼 안쪽은 그냥 벽이었다. 커튼은 창처럼 보이게 하기 위한 단순 장치였던 것이다. 송사장은 순간 이 건물 밖으로 전혀 빛이 새어나오지 않은 이유를 알아냈다고 생각했다.

"이제는 인간에게 이런 욕망을 심어준 그 존재의 의도를 알아내보고 싶은 맘입니다."

이성수가 벽으로 된 창문만큼이나 새삼스럽고 엉뚱한 말을 했다.

"그 존재의 의도라뇨?"

"누구나 자신이 어디에서 왔는지, 왜 존재하는지, 앞으로 어디로 갈 것인지, 시간과 공간의 한계는 어디까지인지 의문을 갖지요."

"그렇긴 하지만."

"그것을 좀 연구해보려고요. 재인은 이미 알아냈을지도 몰라요. 나보다 항상 한 과정이 더 빠른 친구니까요."

이성수는 굳어졌던 표정을 풀고 장난스러운 웃음을 지으며 송사장에게 다가와 그를 자리에서 일으켰다.

"마지막 날인 만큼 조금만 더 있다가 갑시다."

"무슨 말인지…"

이성수는 머뭇거리는 송사장을 문 쪽으로 이끌었다.

"더 이상 언어로 할 소통은 없습니다. 전 모든 것을 다 말했고요. 이성수와 송기준은 오늘 이후로 더 이상 만날 이유가 없어 보입니다."

이성수는 말을 하며 동시에 문을 열고 복도로 나갔다. 송사장도 잰걸음으로 이성수의 당당한 걸음 뒤를 따랐다. 머릿속에는 이성수가 어느 방 앞에서 멈추게 될지에 대한 의문이 물밀 듯 밀려왔다. 포만감으로 이완된 송사장의 몸이 순식간에 딱딱하게 굳어지고 있었다.

송사장이 불안하게 기대하던 그 순간은 결국 닥쳤다. 이성수는 처음 열었던 방문 앞에 우뚝 서서 송사장이 어떤 말과 행동을 하기도 전에 벌컥 문을 열었다. 그리고 떠밀듯 송사장의 어깨를 밀어버렸다. 송사장은 그저 그의 힘에 굴복할 수밖에 없었다. 그는 두 눈을 질끈 감고 이성수의 이끌림에 저항 없이 따랐다.

어느 순간 송사장은 자신이 모든 것을 벗어 던져버린 채 어딘가 모를 저 끝을 향해 달려가고 있다고 생각했다. 검은 말을 타고 비바람이 부는 숲속을 미친 듯이 달리는 기분. 누구의 절규인지, 귓가에는 거친 바람에 섞인 비명 소리가 들렸다. 누구의 체액인지, 땀과 함께 얼굴에 끈끈하게 머리카락이 엉켜 붙었다. 끝도 모를 절정을 향해 검은 말은 더욱 속도를 내어 달렸다. 드디어 송기준은 자신의 어두운 오피스텔을 부수고 나왔다고 생각했다. 자신을 가리고 있던 두꺼운 껍질을 벗었다고 생각했다.

그의 심장에는 언제나 이글거리는 뜨거운 불덩어리가 있었다. 그 누구도 모르는, 심지어 자신에게조차도 숨기고 깊숙하게 묻어둔 그 불덩어리. 하지만 지금 더 이상 뜨거워질 수 없을 정도로 달아오른 그것은 굉음을 내고 폭발했다. 가슴은 터지고, 불덩이는 사방으로 흩어졌다. 검은 말은 하얀 이를 크게 드러내고 하늘 높이 치솟았다.

아…, 이제 알았다. 끝내 채울 수 없는 것이 욕망이고, 그래서 삶은 지속되어야 한다는 이성수의 말을. 송기준은 질주를 멈추고 바닥에 널브러졌다. 그리고 멈추었던 숨을 천천히 고르며 눈을 돌려 어지러운 나신들 속에서 이성수를 찾아보았다. 창조와 파괴의 능력을 동시에 가진 자, 그리고 그 탁월한 능력으로 이 세상 모든 권력을 가진 것처럼 보이던 거인. 하지만 그를 찾은 순간 송기준은 그의 진실을 똑바로 보았다. 그는 그냥 벌거벗은 한 남자일 뿐이었다. 송기준은 헛헛한 웃음을 참을 수가 없어 한참을 그렇게 웃으며 누워 있었다.

에필로그

현준과 만나고 돌아오는 차 안에서 8월 중순까지는 폭염이 지속될 것이라는 예보를 들었다. 이제 7월 말이므로 적어도 3주간은 무덥고 습한 날들이 계속된다는 말이었다.

민석은 유독 더위를 탔다. 재인이 추위를 싫어하는 것과는 반대로 민석은 여름을 두려워했다. 그는 무더운 날이면 사방이 막힌 감옥에 갇힌 사람처럼 무기력하게 시간을 보내곤 했다. 잘 먹지도 못했고, 깊은 잠을 자지도 못했다. 그리고 자주 기분이 언짢아져 아내에게 퉁명스럽게 굴기도 했다. 하지만 이번 여름은 좀 달랐다. 지난번 송사장과 성당에서 만난 이후 민석에게는 어떤 변화가 있었다. 상황이 어떠하든 상대가 누구이든 간에 받아들이는 마음을 가지게 된 것이다. 계속되는 무더운 날씨 또한 그에게 불평의 대상이 될 수 없었다.

민석은 매일 아침 눈을 뜨며 이유 없는 기쁨과 흥분을 느꼈다. 아침부터 잔인한 여름의 태양이 민석의 침실을 짓누르고, 땀으로 축축하고 눅눅해진 잠자리에서 눈을 떠야 했지만, 그는 매일 가볍게 자리에서 일어났다. 그리고 하루 종일 재인을 마음껏 그리워했다. 그리움에는 전과 같은 복잡한 감정의 앙금이 없었다. 순수한 보고 싶음만이 있고, 만지고 싶음만이 있었다. 민석은 매일 재인의 부드러운 갈색 머리와 갸름한 목선 그리고 하얀 피부를 생각했다. 낮고 부드러운 음성을 만들어내던 도톰한 입술과 고른 치아를 내보이던 환한 미소를 그리워했다. 키 큰 설치류처럼 집안을 돌아다니던 몸짓을 떠올리며 혼자서 빙긋이 웃기도 했다. 그는 매일 온몸과 마음으로 재인을 느끼고 생각하고 원했다.

재인이 사라진 직후에도 민석은 재인을 그리워했었다. 하지만 그때와 다른 점은, 더 이상 조급해하지 않고 고통스러워하지 않는다는 점이었다. 신기할 정도로 마음속에 재인에 대한 그 어떤 의문도, 질투도, 원망도 남아 있지 않았다.

민석은 현준에게 건축 사무소를 모두 넘겼다. 한때 민석을 사로잡은 사회적인 성공이라는 유혹이 그 매력을 잃어버려서일까? 민석은 쉽게 결정하고 단순하게 마무리했다. 아내가 알 수 없는 후배에게 병원을 넘겼을 때도 이런 기분이었을까? 그때는 이해할 수 없었다. 아내가 담담하게 자신의 사회적인 위치와 이름을 버리는 것을. 하지만 민석 또한 그 어떤 미련도 없이 일을 그만두었다. 민석은 한여름 내내 재인을 실컷 그리워하기로 했다. 사무실에 나가지 않아도 되는 이상 그 일 말고는 특별히 할 일도 없었다.

민석은 그렇게 한가로운 시간을 보내면서 한편으로는 여행을 준비했다. 일 년이 될지 그 이상이 될지 알 수 없지만, 꽤 긴 여행이 될 것 같았다. 실은 준비랄 것도 없었다. 그저 먹을 것을 살 수 있는 얼마간의 돈을 챙긴 것이 전부였다. 그리고 이제 막 무더위가 한풀 꺾인 8월의 마지막 날 어느 새벽 집을 나섰다. 재인이 그랬던 것처럼.

재인과 다른 점은 한 가지, 민석은 편지 한 장을 남겼다. 아직도 화장대 위에 놓여 있는 재인의 가방 위에.

이른 새벽이었다. 화장실 바닥 침낭 속은 다른 날과 다름없이 쾌쾌하고 눅눅했다. 하지만 의식은 밝아오는 새벽처럼 맑고 깨끗했다. 송기준은 이성수와 함께 보낸 시간에 대하여 어느새 잊은 것 같았다. 한 달 남짓밖에 지나지 않았지만 그와 무슨 이야기를 나누었는지, 무슨 행동을 했었는지 정확하게 기억나지 않았다. 그와 함께 했던 경험들은 마치 낮에는 뚜렷하게 기억나지 않는 비현실적인 꿈의 내용인 것만 같았다.

송기준은 민석으로부터 재인의 실종에 대한 의뢰를 받았다. 그는 조사 과정에서 다양한 인물들을 만났고, 그 속에서 오히려 자신을 들여다보게 되었다. 무의식의 한 부분을 끌어올려 의식화했다고나 할까? 그는 결국 재인을 찾는 과정에서 잃어버린 자기를 찾을 수 있었다.

그는 자기 삶의 불균형은 가족 드라마에서 비롯되었다고 믿었다. 평생 부와 명예만을 추구하다 균형을 잃어버린 가족, 그들과 얽힌 드라마에서 스스로를 희생양이라고 여긴 것이다. 하지만 이번 일로 삶을 왜곡시킨 부분이 외부가 아닌 내면에 있다는 것을 분명하게 알았다. 마치 가연이 자신도 모르게 키워온 피해의식 때문에 폭력을 끌어당겼던 것처럼 모든 것은 자신 안에 있었던 것이다.

그는 이제 이 구차한 도시의 시궁창으로부터, 타인 때문에 어쩔 수 없이 선택되었다고 생각한 궁색한 삶으로부터 벗어날 용기를 얻었다.

송기준은 이번 일로 또 하나의 놀라운 사실을 깨달았다. 어느 순간 자신이 재인을 한 여성으로 사랑하고 있다는 것을 안 것이다. 단 한 번도 본 적이 없고, 말을 해본 적도 없지만. 그는 언제부터인가 재인을 사모하고 그리고 있었다. 게다가 그 마음은 그가 그렇게 엄격하게 길들였던 의식과 정신으로는 전혀 조절이 되지 않았다. 그렇다고 의지로 조종할 수 없는 그 감정이 싫지는 않았다. 마침내 그 새로운 감정의 힘이 자신을 변화시켰다는 것을 깨달았기 때문에.

민석이 더 이상 송기준에게 재인에 대한 일을 의논하지 않을 것은 확실했다. 그도 이제 잃어버렸던 자신을 찾았으니까. 결국 재인이란 알 수 없는 여인과의 인연도 이로써 끝이었다. 하지만 송기준은 태어나서 단 한 번도 경험해보지 않은 그 아름다운 감정의 의미를 알았다. 미친 듯 단련한 자신의 의식이 이토록 쉽게 그 흔한 사랑이란 이름의 정신으로 귀결되는 것이 신기하기만 했다.

송기준에게 이 새벽은 특별했다. 그는 축축하고 끈적이는 침낭으로부터 천천히 빠져나와, 하나밖에 없는 정장을 입었다. 그리고 아직 채 해가 뜨지 않은 거리로 터벅터벅 걸어 나왔다. 어디로 가야 할지, 무엇을 해야 할지 떠오르지 않았다. 하지만 한 가지 확실한 것은 다시는 이 도시로 돌아오지는 않으리란 것이었다. 송기준은 새로운 사랑을 찾아 세상을 향해 큰 걸음을 내디뎠다.

민석의 편지

사랑하는 여인 재인에게

언젠가 당신과 함께 재미있는 영화를 보고 난 후 내가 말했지. '난 해피엔딩 영화가 좋아.' 그때 당신이 무엇이라 말했는지 알아? 꽤 진지한 표정으로 영화에는 엔딩이 있지만, 삶에는 엔딩이 없다고 말했어.

난 그때 당신의 그 말이 좀 엉뚱하다고 느꼈어. 영화를 보면 그저 그 결말이 주는 재미와 감동만 즐기면 되는 것 아닌가?라고 생각했지. 하지만 이제는 당신의 말을 이해할 수 있을 것 같아.

난 당신과의 결혼을 내 인생의 해피엔딩이라고 생각했어. 당신을 나의 집에 둘 수 있었고, 마음껏 끌어안을 수 있었고, 안을 때마다 행복했으니까. 우린 정말 사랑했고, 정말 완벽했었지. 매일 사랑을 속삭이며 함께 잠을 자고 함께 눈을 떴어. 영원히 함께할 보금자리를 꾸몄고, 오래도록 안전한 사랑을 하기 위해 일도 열심히 했지. 결국 결혼 생활은 빠르게 안정되고, 우린 편안한 일상을 누렸어.

그러면서 당신과 나는 마치 복사기로 복사를 거듭하듯 같은 사랑을 반복했어. 복사를 많이 하다 보면 점점 글씨가 흐려지다 나중에는 아무 것도 보이지 않게 되어버리지. 난 뒤늦게 그것을 깨달았어. 언제부터인가 나도 우리 사이에 아무것도 남지 않았다는 것을 느꼈지만 부정해야만 했어. 난 어쨌든 해피엔딩을 좋아하는 사람이고, 내 사랑은 해피엔딩이어야만 했으니까.

사람은 시간에 구속된 생명체야. 때문에 자신이 경험하는 일들에 시작과 끝이 있다고 착각하곤 하지. 나도 당신을 만나 사랑을 시작하고 결혼으로 사랑이 완성되고…, 그게 해피엔딩이라고 착각했던 거야. 하지만 어떤 현자가 말했어. 시간이란 존재하지 않는다고. 시간이 존재하지 않는다면, 삶에는 엔딩이 없다는 당신의 말이 맞는 것이로군.

언제부터인가 내 곁에는 언제나 당신이 있고 일상은 평화롭고 고요했어. 하지만 나는 방황하기 시작했어. 일에서도 관계에서도 더 많은 성과와 더 큰 인정을 원하기 시작했고, 그것이 주는 자극에서 일시적인 위안을 받곤 했지. 하지만 일의 성공이나 다른 관계에서 받는 위안은 알 수 없는 갈증을 더해주기만 했어.

난 이해할 수 없었어. 내가 왜 이렇게 살고 있는 것인지…. 겉모습은 전과 같았지만 속으로는 미친 듯 발버둥치고 있었지. 왜 그러는지도 모르는 채 말이야. 유일하게 알 수 있었던 것은, 긴 방황의 시간 동안 그 어디에서도 그 무엇에서도 당신에게 처음 느꼈던 그 순수하고 강렬한 열정은 느낄 수 없었다는 점이야. 살면서 한 개인의 삶 전체를 말하는 사랑은 단 한 번뿐이어서일까?

결국 난 세상 안의 그 어떤 것도 유일한 진실인 '진정한 사랑'을 이길 수 없다는 것을 깨달았어. 다른 모든 경험들은 부질없는 스쳐 지나가는 꿈의 영상 같은 것들이었지. 비록 잠시 돌보지 않아 퇴색된 사랑이지만, 그것만이 나의 전부였다는 사실을 알게 된 거야.

당신도 나와 다르지 않았다고 생각해. 당신과 나는 다른 존재가 아닌 하나의 존재니까. 당신도 세상을 헤매고 방황하다가, 결국 당신 생 안의 유일한 진실인 사랑을 되찾기 위한 여행을 떠났다는 것을 알아. 나도 지금 당신과 똑같이 하려고 하니까. 당신이 홀로 떠난 것처럼, 나도 혼자서 가야겠지. 짐은 없어. 영혼만 가지고 떠나는 육체가 되어 가볍게 집을 나서려고 해. 여행은 언제나 사람을 설레게 만들지. 지금 내 영혼은 어느 봄날, 알 수 없는 먼 곳으로 떠나는 소풍을 기다리는 어린애의 마음을 담고 있는 것 같아.

재인.

당신은 11월의 어느 날 차가운 바람과 함께 내 곁으로 다가왔어. 모든 운명은 그 순간 결정되었지. 삶에는 시간이란 없고, 결국 엔딩도 없어. 당신과 내가 만나 사랑하고 하나가 된 그 순간은 절대 끝나지 않고 영원히 존재하지. 나는 영원히 당신을 안고 당신을 어루만지고 당신과 하나가 되기를 꿈꾸는 사람이야.

비록 생을 살면서 여러 가지 무의식의 영상과 상징들이 우리 사이를 떠돌아다닌다 하더라도, 우리 삶의 가장 깊은 중심에는 사랑만이 유일한 진리로 존재한다는 것을 알았어. 마침내 난 너를 통해 삶의 신비를 깨달았지.

'내 존재의 이유는 바로 재인 너야.'

긴 여행이 끝나면 집으로 가겠지. 어쩌면 당신이 먼저 떠났으니까 당신이 먼저 여행을 마칠지도. 만약 당신이 먼저 집에 도착하여 이 편지를 읽는다면, 날 기다려줘. 당신을 이 순간, 그리고 영원히 사랑해, 재인.